L'EXÉCUTEUR

LES NOCES NOIRES DE PALERME

DON PENDLETON

L'EXÉCUTEUR

LES NOCES NOIRES DE PALERME

VAUGIRARD

Photo de couverture : PICTOR INTERNATIONAL

ISBN 2-258-03538-4

PROLOGUE

— Aigrette ! Regarde ! Y en a des millions !

Les deux enfants avançaient dans les travées, bousculés par les grandes personnes et se heurtant aux énormes paquets brillants de bolducs multicolores. Quand on est petit, c'est fou ce que les paquets-cadeaux peuvent être gros. Surtout ceux de Noël... surtout ceux des autres.

— Aigrette, t'es sourde, ou quoi !

La fillette aux grosses nattes claires et au bonnet enfoncé sur ses grands yeux gris-mauve n'écoutait pas. Ou bien ne voulait pas entendre. Comme son frère elle avait été saisie par la démesure, par l'opulence.

Sans savoir qu'ici, c'était normal. Délibéré.

Aux grands magasins FAO Schwarz de New York, la démesure et l'opulence étaient érigées au rang d'institution. Ici, à FAO, comme on disait, le jouet n'était pas un produit, mais la seule et unique raison d'être. Il y en avait partout. Par milliers, par millions, même. Surtout aux yeux des enfants car, c'est bien connu, ces derniers n'ont pas la même conception des chiffres et des nombres. Mais, ici, à l'angle de *Fifth Avenue* et de la 58e Rue, juste en face de l'hôtel Plazza, le rêve rencontrait la réalité, dans cet immense vaisseau illuminé, érigé à la gloire de l'enfance. Des milliers de mètres carrés de jouets, de paillettes, de lumières folles, de musiques emmêlées en joyeuses cacophonies et de rires irrépressibles. Chez Schwarz, on rêvait tout éveillé.

C'était Noël toute l'année.

— Aigrette ! T'as vu toutes ces pisseuses ?

— Iguane ! ne parle pas comme ça ! fit une voix derrière lui.

Celle de Super-Louve. Maman, quoi.

Pour le jeune Iguane Solitaire, toutes les poupées étaient des « pisseuses ». Il avait entendu dire ça une fois à la télé pour désigner les filles et le mot poupée étant du genre féminin, celles-ci s'étaient donc, par définition, rangées dans la même catégorie. Mais la fillette ne l'entendait pas de cette oreille. Se retournant brusquement pour fusiller le garçonnet d'un regard qu'elle savait rendre parfaitement hautain, elle rétorqua, lèvres serrées :

— Une bonne fois pour toutes, Iguane Solitaire, tu n'es qu'un sauvage primitif qui n'a jamais étudié les sciences. Les poupées ne sont pas des pisseuses, mais seulement des poupées.

Ils s'étaient arrêtés au beau millieu d'une allée et se moquaient d'être bousculés. D'ailleurs, leur éclat commençait à surprendre et quelques personnes faisaient cercle pour mieux les observer. Fort de ce public inespéré, le garçonnet bomba le torse sous son T-shirt Batman et grinça d'un air suffisant :

— Tu parles !

Il avait vu faire ça dans un polar en noir et blanc par Humphrey Bogart... à moins que ce ne soit par James Cagney.

— Avancez, les enfants ! fit encore la voix de Super-Louve derrière eux. Vous bloquez le passage.

— Et une bonne fois pour toutes, continua la fillette avec une sainte colère dans les yeux, mon nom n'est pas seulement Aigrette, mais Aigrette Bavarde.

— Tu parles !

— Oui, justement, c'est parce que je parle que je m'appelle comme ça. Et je continuerai à parler tant que tu n'auras pas compris cette chose essentielle : les poupées ne sont pas des pisseuses.

— Tu parles !

— Les enfants ! Ça suffit, maintenant. Où est Cheng ?

— Ici, répondit une voix grave et tranquille dans son dos. Il est avec moi. Et je vais gagner trois dollars.

Mais les jumeaux ne bougeaient toujours pas et la fillette insista, son regard gris-mauve voilé d'un juste mépris :

— Et les filles non plus, ne sont pas des pisseuses ! Et si tu continues à dire des choses aussi bêtes, j'arrêterai de t'appeler Iguane Solitaire pour te redonner ce prénom stupide qui...

— Arrête !

Le cri du petit garçon avait résonné si fort qu'un brusque silence se fit autour d'eux. Un silence relatif dans le brouhaha général du vaste magasin, mais qui les cueillit à froid et qui les laissa figés, se regardant en chien de faïence et n'osant poser les yeux ailleurs. Une légère bousculade eut lieu et plusieurs hommes sortirent de la foule des clients. Un surtout était remarquable aux yeux des deux enfants : le pompier de service.

Pour les autres, deux agents de la sécurité et deux ou trois responsables, dont celui de l'étage, leur costume civil était moins impressionnant.

— Les enfants, ça suffit, maintenant ! prévint la voix de Super-Louve d'un ton ferme.

— Je suis en train de gagner trois dollars, fit en écho la voix grave et tranquille.

— Est-ce que tout va bien ? demanda le responsable d'étage en se penchant gentiment sur les enfants.

— T'as pas le droit ! ragea le garçonnet. On a dit qu'on s'appellerait plus jamais...

— Tout va bien, coupa la fillette pour répondre au responsable de l'étage. Mon nom est Aigrette Bavarde, lui, c'est mon frère et...

Elle hésita, finit par soupirer :

— Pour cette fois, il s'appelle encore Iguane Solitaire.

— J'ai pratiquement gagné trois dollars, insista la voix grave et tranquille derrière eux. Trois dollars, c'est une somme.

— Et alors ? fit le responsable d'étage, qui lui aussi

semblait ignorer ce qui se passait autour d'eux. Quel est le problème?

— Le problème, répondit la fillette d'un ton pincé, c'est que je ne suis pas du tout d'accord avec lui.

— Ah? fit poliment son interlocuteur.

— Une fois pour toutes, il faut bien que tout le monde comprenne, compléta Aigrette Bavarde en frappant du pied.

— Comprendre quoi, mademoiselle?

— Que ni les filles, ni les poupées ne sont des pisseuses!

— Mes trois dollars sont quasiment gagnés, dit encore la voix grave et tranquille, quelque part au-dessus de la foule.

Une foule qui, d'ailleurs, ne s'intéressait plus guère au petit groupe. Sentant venir l'échec à vitesse sidérale, Aigrette Bavarde s'écria en montrant l'énorme sapin qui occupait tout le fond de l'étage :

— Le Père Noël! Le Père Noël est là!

Ça intéresserait sûrement beaucoup de monde.

— Aigrette Bavarde! Tu vas te perdre. Attends-nous!

Super-Louve s'inquiétait toujours. Mais Iguane Solitaire qui, lui aussi, avait son idée sur le Père Noël demeura sur place. Les sourcils froncés, il semblait réfléchir aux choses graves de ce monde. C'est alors qu'une paire de petits après-ski rouge fluo apparut dans son champ de vision, suivis de deux pieds géants, plus classiquement chaussés de rude cuir. Les pieds de Cheng et de Big-Mack. Par association d'idées, Iguane Solitaire leva les yeux pour questionner :

— Pourquoi tu dis que tu vas gagner trois dollars, Big-Mack?

Une expression faussement réprobatrice se peignit sur la face de Mack Bolan.

— Si vous continuez à vous chamailler, répondit-il de sa voix de Grand Chef Géronimo, je garde pour moi les trois dollars qui étaient prévus pour les *ice-cream*.

Sachant bien que Big-Mack ne commettrait jamais un acte aussi terroriste, Iguane Solitaire fit quand même semblant d'être impressionné. En baissant la tête, son regard rencontra un regard sombre et un peu triste, comme toujours. Celui de Cheng.

Samouraï Silencieux.

Un regard légèrement fendu où, malgré l'amorce de joie qui pétillait tout au fond des prunelles à la vue des millions de trésors, toute la détresse du monde semblait s'être à jamais tapie.

Comme chaque fois qu'il croisait ce regard, Iguane Solitaire ressentit de la peine. Lui et sa sœur connaissaient maintenant tout le drame de Cheng. Ils en parlaient souvent ensemble. Ils comprenaient. Eux, ils avaient déjà perdu leur papa[1], Œil-de- Kodak. Et ils se demandaient ce qu'ils feraient si Super-Louve mourait aussi. Peut-être qu'ils deviendraient muets à leur tour, avait songé Iguane Solitaire.

En pensant surtout à Aigrette Bavarde.

Et peut-être qu'ils seraient eux aussi pris en charge par la Fondation Miséricorde. Là-bas, en Suisse. Heureusement, ils connaissaient maintenant les Galapagos. Et Cheng les avait vues aussi. Big-Mack les avait tous emmenés là-bas et ils avaient été heureux. Très heureux. Surtout Super-Louve, dont les grands yeux couleur de ciel d'Irlande s'illuminaient chaque fois qu'elle les levait sur Big-Mack. Il faut dire qu'il avait des atouts, Big-Mack. Il était super. Fort comme un robot de série japonaise. Et sympa, avec ça. Surtout avec les enfants. Et aussi bien sûr avec Super-Louve. Mais ça, c'était obligé. Parce que les petits emmerdeurs, ils savaient bien que c'était surtout pour elle qu'il venait les voir. Bizarrement, ils ne connaissaient pas grand-chose de lui, sinon qu'il était une espèce d'aventurier et que Super-Louve en était dingue. Ils savaient surtout que depuis le coup des Galapagos, ils s'étaient mis à l'aimer, Big-Mack. Vachement, même. Et Samouraï Silencieux aussi, ils s'étaient mis à l'aimer. Surtout Iguane Solitaire.

1. *Enfer à Tingo Maria*, L'Exécuteur N° 98.

Il en aurait bien fait son copain, mais c'était pas facile car il ne disait jamais rien. Alors on ne savait pas ce qu'il pensait. Lui, il aurait bien aimé entendre Samouraï Silencieux lui raconter des trucs de samouraïs. Et puis, aussi, ça lui aurait sûrement fait du bien de parler, à Samouraï Silencieux. D'ailleurs, Iguane Solitaire était sûr qu'un jour...

— *No!*

Ce fut plus qu'un cri. Plus qu'un hurlement. Ce fut en vérité une sorte d'appel au secours. La détresse absolue résumée en un mot. Ou plutôt en un son. Tout autour, la foule s'était figée. Vraiment figée. Des centaines de gens dont le sang s'était instantanément glacé au cri de peur du petit Vietnamien. Incrédule et tétanisé lui aussi, Iguane Solitaire avait tourné la tête vers Samouraï Silencieux.

Pour la première fois, il venait d'entendre un mot échapper aux lèvres du petit Cheng. Mais c'était un cri de terreur!

Et ce mot effrayait Iguane Solitaire. A cause de sa force. A cause de tout ce qui l'accompagnait. Livide, raide comme un piquet, le petit Cheng fixait son regard halluciné droit devant lui. Un regard fou de peur et de répulsion qui semblait fasciné par un vaste rayon où des dizaines d'objets s'alignaient sur leurs présentoirs.

Des armes.

C'était comme une parade militaire immobile. Comme une exposition pour spécialistes de la violence et de la mort. Mais tout cela n'était rien. Ce qui hypnotisait Cheng c'était un autre petit garçon. Un petit garçon comme Iguane Solitaire et comme Samouraï Silencieux, qui s'était emparé d'une réplique de M.16 en plastique et qui la braquait sur eux.

Ce n'était pas une arme, évidemment, juste un jouet, mais Mack Bolan comprit immédiatement. Arrachant instantanément le petit Cheng dans ses bras immenses, il fit de son corps un rempart entre les jouets et l'enfant en le serrant contre lui.

— Ce n'est rien, petit, souffla-t-il. Ce n'est rien!

Mais il savait bien que c'était faux. Ce n'était pas rien. La vue de ces répliques d'armes avait déclenché de véritables ravages dans la mémoire martyrisée de l'enfant. Le temps d'un flash aveuglant, des images horribles s'étaient superposées sur ses rétines à celle du gamin qui le braquait. Les images du drame de son enfance, de l'odieux massacre de sa mère et de son père. La mort de Ly Anh et de Liang, le presque fils de Mack Bolan[1].

— Ce n'est rien, petit, souffla encore Bolan d'une voix apaisante à l'oreille de l'enfant. Ce ne sont que des jouets.

Mais disant cela, il savait bien qu'il était trop tard. Pour le petit Cheng les armes ne pouvaient être des jouets. Les jouets, c'était la joie, les armes, le malheur.

Ici, dans le temple du jouet, les prémices laborieux de la résurrection d'un enfant avaient été détruits.

Par des jouets.

Alors, le regard de Mack Bolan plongea dans celui de Jil et ni l'un ni l'autre n'eut besoin de parler. Ils savaient tous deux que le charme était rompu et qu'un formidable pari venait d'être perdu. A Genève, le professeur Schmidt s'était montré formel : au moindre incident, il fallait rentrer. Ne prendre aucun risque. Le petit Cheng était toujours malade. Malade de ses souvenirs. Malade de son désespoir.

Les petits emmerdeurs aussi le savaient. Ils avaient été prévenus. Maintenant, leur instinct d'enfant avait déjà fichu aux oubliettes cet extraordinaire Noël qu'ils devaient passer tous ensemble et dont ils avaient rêvé.

Et eux aussi, ils avaient envie de pleurer.

— Ce n'est rien, petit, répétait inlassablement Mack Bolan en serrant toujours le petit Cheng contre lui. Rien du tout. On va rentrer à la maison. Tout va bien.

1. *Les Sources de sang*, L'Exécuteur N° 72.

Pour Cheng, il n'y avait qu'une « maison » : la Fondation Miséricorde.

Là, il retrouverait les autres enfants perdus et Viviane la douce. Là était le refuge et le silence.

Là seulement était la paix.

CHAPITRE I

— Je vais mourir.

Don Solo Scarlene laissa échapper une courte toux sèche, avant d'éponger son front blême d'un revers de mouchoir. Puis, abaissant de nouveau ses petits yeux noirs et glacés sur le jeune garçon qui lui faisait face au bout de l'immense table de conférence recouverte de noir, il répéta d'une voix cassée :

— Je vais mourir, Vito. Tu le sais.

L'enfant hocha gravement sa tête aux cheveux bruns impeccablement coiffés pour acquiescer d'un ton ferme :

— *Si*, Don Solo. Je le sais.

A treize ans, il savait déjà beaucoup de choses.

Raide dans son fauteuil de cuir noir et le regard toujours aussi froid, Don Scarlene, dit « SS », le *capo di tutti capi*, la référence sicilo-mafieuse absolue et le membre suprême incontesté de la *Commissione Siciliana* depuis la mise à l'écart de Michele Greco, s'épongea de nouveau le front. Sur sa face décharnée, les stigmates de la terrible maladie se creusaient un peu plus chaque jour. Avec son front dégarni et crayeux, son grand nez busqué et ses petits yeux cruels sous la barrière des épais sourcils gris, Don Solo Scarlene aurait ressemblé à tous les grands malades du monde, s'il n'y avait eu, en plus, tout au fond de ses prunelles d'encre, une lueur particulière : la cruauté à l'état pur. Même lorsqu'il les posait sur la face maigre et tout aussi froide de son fils unique, Vito-Donato Scarlene.

Hochant la tête, il questionna :

— Bien sûr, tu connais la nature de ma maladie, Vito.

— *Si*, Don Solo. Cancer généralisé.

— Et, comme moi, tu ne te fais plus d'illusions, n'est-ce pas ?

— Non, Don Solo. Aucune.

Autour d'eux, le décor sinistre de l'immense salle de conférence décorée en chambre funéraire ne laissait lui non plus aucun doute sur l'issue de la maladie. Hochant de nouveau la tête, le sexagénaire demanda encore :

— Cela te fait-il de la peine, Vito ?

— Non, Don Solo.

Les yeux du jeune garçon n'avaient rien perdu de leur froideur et sa voix n'avait même pas fléchi. Aussi raide que son père dans le fauteuil qu'il occupait et dans la lumière frémissante des armées de bougies fumeuses, il continuait à le fixer, attendant la suite. Un sourire de loup vint un instant errer sur la face malade du *capo* suprême, puis sa voix cassée s'éleva de nouveau :

— C'est bien, Vito. Très bien. Désormais, je suis certain que tu seras un jour mon successeur au sommet de notre *Commissione*. Comme je suis sûr que, comme moi, tu sauras donner sans frémir aux traîtres qui croiseront ta route notre *bacio della morte*[1].

— *Si*, Don Solo. Je saurai.

— Bien, répéta le malade en étouffant une autre quinte de toux. Très bien. C'est précisément pour me confirmer dans cette conviction que je t'ai ordonné de présider avec moi notre réunion de ce soir. Et aussi pour confirmer dans cette idée les autres membres du Sommet de notre *Commissione*. Ceci, afin que tous sachent qu'il faudra désormais compter avec l'Héritier, Vito. C'est-à-dire avec toi.

— *Si*, Don Solo.

Le jeune Sicilien n'avait toujours marqué aucune réaction. Immobile, les mains posées à plat sur le tapis noir de la table, il conservait le regard rivé à celui de son père

1. *Baiser de la mort.*

avec l'attention soutenue d'un élève particulièrement zélé.

— Au cours de cette réunion, reprit Don Scarlene en essayant en vain de s'éclaircir la voix, tu entendras des choses qu'aucun garçon « normal » de ton âge ne devrait jamais entendre. Des choses que réprouve la morale du monde extérieur, la morale de tous ceux qui vivent hors de l'Organisation.

— *Si*, Don Solo.

— Tu entendras des mots, et des choses, qui hors de cette salle sont synonymes d'horreur.

— Je sais cela, Don Solo.

— Surtout ce soir, Vito, enchaîna aussitôt le *capo di tutti capi*. Surtout ce soir, car ce soir, notre *Commissione* va désigner un coupable et le condamner. Implacablement. Irrévocablement. Comme c'est son rôle depuis la nuit des temps. Comme c'est son obligation, afin que puisse toujours survivre notre Organisation et que continue à s'étendre son immense pouvoir.

— *Si*, Don Solo.

— Notre *Commissione* va voter la mort, Vito. Tu le sais.

— *Si*, Don Solo.

— Et tu sais la mort de qui.

— *Si*, Don Solo.

Alors, Don Scarlene enchaîna :

— A l'issue de cette réunion, tu sauras des secrets qui ne devront plus jamais franchir la frontière de ta mémoire. Ta bouche devra pour toujours rester close sur ce chapitre, que seuls les membres de cette *Commissione* seront habilités à partager avec toi.

— *Si*, Don Solo.

Un assez long silence plana entre le *capo di tutti capi* et l'Héritier, avant que le premier ne désigne les panneaux coulissants laqués de noir qui fermaient l'étrange salle de conférence.

— Avant l'entrée des autres membres de notre *Commissione*, Vito, as-tu des questions à poser?

Le jeune Vito-Donato Scarlene aurait effectivement

eu une question à poser. Une seule, mais d'une importance capitale à ses yeux. Le temps d'un éclair, il faillit le faire, mais se ravisa aussitôt. Il connaissait son père et savait que celui-ci ne revenait jamais sur une décision. Alors, ravalant sa haine, il laissa le sujet « Rosaria » de côté. Un sujet qu'il réglerait plus tard. A sa façon.

Quand le vieux serait refroidi.

— Je vais mourir.

Les six hommes réunis autour de la grande table recouverte de noir levèrent la tête, délaissant pour un instant l'étude des jeux de photos étalées devant eux. Au bout de la table, raide dans son fauteuil de cuir noir, Don Solo Scarlene s'épongeait le front avec un mouchoir. C'était vrai que depuis quelque temps le mal semblait progresser plus vite. Sur la face décharnée du *capo di tutti capi*, les signes de la mort se faisaient de plus en plus évidents. Mais le *capo della Commissione* faisait encore illusion. Cette lueur tout au fond de ses prunelles noires était la preuve tangible qu'il vivait encore. Une lueur insoutenable.

A côté de lui, les six autres membres permanents de la *Commissione* avaient presque l'air de doux rêveurs. Pourtant, à eux six, ils avaient plus de morts sur la conscience que les plus sauvages de tous les *caporegime* réunis de l'histoire de la mafia.

— Je vais mourir, répéta Don Solo Scarlene après une quinte qui le fit pâlir un peu plus.

— On le saura! souffla Gene Lavaro entre ses lèvres serrées.

Il était le plus âgé des six nouveaux venus et son autorité sur la *Commissione* était presque aussi grande que celle de « SS ». Une vieille rivalité d'éthique les opposait depuis toujours et tout le monde le savait. Son voisin de droite esquissa un embryon de rictus pour ajouter tout aussi discrètement :

— Manque plus que les pleureuses.

Comme les cinq autres, Armando Secca avait

d'emblée été impressionné par l'ambiance funèbre de la grande salle de conférence de la villa. Une salle directement attenante à la chambre du *capo di tutti capi* et décorée comme cette dernière. Velours noir aux murs, sol moquetté de gris, candélabres d'église croulant sous les bougies dans tous les coins et musique funèbre en sourdine.

Depuis l'annonce de l'incurabilité de son cancer par les médecins, « SS » ne vivait plus que dans cette ambiance fumeuse d'encens et de mort. Une morbidité théâtrale qui confinait à l'obsession, au point que Don Solo Scarlene n'avalait plus ses calmants qu'à coups de vin béni et dans un ciboire en or incrusté de pierres précieuses. Une lente agonie aux allures de superproduction hollywoodienne, dont toute la Sicile était le témoin privilégié, grâce aux témoignages des habitants de Scarlene, auxquels Don Solo avait ouvert les portes de sa villa. Une page d'histoire de la mafia était en passe d'être tournée et tout Sicilien savait d'instinct l'importance d'un tel événement. Depuis toujours, les Scarlene régnaient sur la région. Exactement depuis la fondation du village du même nom par l'ancêtre de la lignée. Ici et de tout temps, même les carabiniers baisaient la main du Don régnant et le fait que Don Solo autorisât ses « administrés » à le visiter à son chevet de souffrances renforçait encore leur dévotion pour lui. Surtout lorsqu'ils passaient devant le luxueux cercueil d'ébène, incrusté d'or et de nacre, dressé au pied de son immense lit à baldaquin. Un cercueil qui avait coûté l'équivalent d'une vie de labeur d'un paysan sicilien, mais dans la soie duquel le Don reposerait bientôt. Un vrai morceau d'anthologie.

— Messieurs, lança soudain Don Scarlene en faisant grincer son fauteuil, vous avez maintenant eu tout le loisir de consulter ces photos.

Les six *capi* acquiescèrent en silence et Don Scarlene enchaîna d'une voix soudain affermie :

— Ces photos ne doivent pas vous faire oublier l'essentiel. Notre sauvegarde, celle de l'Organisation tout entière passe par la décision que nous allons devoir prendre ce soir.

Nouveau hochement de tête des six hommes.

— La sécurité de l'Organisation doit primer, n'est-ce pas ?

Les six têtes s'inclinèrent derechef et Scarlene assena :

— Contre Bolan le fumier, tous les coups sont permis.

Encore une fois, ce fut l'accord total. Pourtant, levant une longue main soignée, Armando Secca hasarda :

— *Si*, Don Solo. *Si*. Contre le grand fumier, il faut tout tenter. Même s'il fallait passer les States au lance-flammes, on le ferait, mais...

— Mais ?

Le regard de « SS » avait instantanément capté celui de l'intéressé, fixe et glacé comme celui d'un serpent. Mais Secca en avait vu d'autres. Soutenant l'examen de ses prunelles délavées et son magnifique casque de cheveux immaculés scintillant dans la lumière des bougies, il esquissa un sourire qui se voulait aimable pour déclarer en désignant le jeune Vito toujours assis à l'autre extrémité de la table :

— C'est que la présence d'un... étranger à la *Commissione* a toujours été contraire à nos usages, Don Solo.

Immobile et comme absent, Vito-Donato Scarlene ressemblait à une statue. En revanche, la face creusée de son père avait encore blêmit et ses petits yeux noirs se mirent à lancer des éclairs.

— Mon fils Vito n'est pas un étranger, Armando, grinça-t-il. Il est l'Héritier. Et je l'ai dit à l'ouverture de la séance, bien que son vote ne soit pas requis, il fait désormais partie de nous tous. De la *Commissione*.

— Mais ce n'est qu'un enfant, Don Solo !

Un rire sec et bref secoua le *capo di tutti capi*.

— Mon fils n'est pas un enfant, Armando. Un enfant éprouve des sentiments. Or, mon fils Vito n'éprouve rien. Mon fils est un homme. Il est... moi, acheva Don Scarlene avec force. Moi, vous entendez ?

Pour Armando Secca, Solo était devenu complètement fou. En d'autres circonstances, il aurait exigé une suspension de séance et tenté de faire voter l'éviction du marmot. Mais comme les cinq autres, il savait les semaines de « SS » comptées et il se dit qu'ils auraient tout loisir de se débarrasser du gosse après la mort de Solo. Voire, de lui régler son compte. Après tout, les mômes, ça se tuait aussi. Surtout ceux qui en savaient trop. C'était comme pour ce mariage dingue que Scarlene avait décidé de contracter avec cette pute de Rosaria avant de crever. Un mariage de cinoche, dans un décor de cinoche, avec invitation de toutes les huiles. Tout ça pour cette traînée. Une vraie salope, cette Rosaria. Pute de haute volée qui avait déroulé du câble dans tous les Emirats, avant d'être remarquée par Scarlene. Depuis, non seulement cette roulure se prenait pour la reine de Sicile, mais elle commençait à fourrer son pif dans les affaires de l'Organisation. Heureusement, les putes, ça se flinguait aussi facilement que les gnards. Alors, hochant sa belle tignasse blanche, il grogna :

— C'est comme tu voudras, Don Solo.

Personne d'autre ne protesta, car tous pensaient exactement la même chose que Secca : avec de la patience, on arrive toujours à ses fins.

— C'est bon, fit Don Scarlene en s'épongeant le cou. Dans ces conditions, plus rien ne nous arrête. Nous allons procéder au vote.

Il laissa planer un silence, faisant peser un long moment sur l'assistance ce regard qu'il savait si impressionnant. Puis, sentant qu'il avait récupéré sa voix, il scanda plus fort :

— Messieurs, vos votes !

Partant de sa gauche et faisant le tour de la grande table catafalque, les mains des six autres membres du Sommet se levèrent dans la fumée grasse des bougies et de l'encens, puis, une à une, les six voix résonnèrent dans le silence :

— La mort ! clamèrent-elles tour à tour. La mort !

Seul au bout de sa table, le jeune Vito n'avait toujours pas bougé. Ses yeux noirs fixant le vague, il semblait à des années lumière de tout ça. Simple apparence. En réalité, il était bien là. Corps et âme. Mais lui, il se moquait de ce vote. Lui, il ne pensait qu'à une chose. Ou plutôt, qu'à une seule personne.

Rosaria Salito. La pute.

Cette roulure ne perdrait rien pour attendre. Sitôt le vieux canné, Vito lui ferait régler son compte. Il serait alors à la tête d'une immense fortune et tous les flingueurs de Sicile seraient à sa botte. Une fois pour toutes, il avait décidé qu'aucune femme jamais ne serait sa belle-mère. Il se l'était juré. Trois ans plus tôt sur la tombe de sa mère.

— Messieurs ! jeta Don Solo d'une voix soudain prise d'un regain de puissance. Messieurs, à l'issue de ce vote, je déclare l'opération lancée.

Il marqua un temps, adopta ce masque tendu qui l'avait souvent fait passer pour un Don « inspiré » puis, incorrigiblement théâtral, il leva la séance en déclarant plus fort encore :

— Son nom de code sera... « Noël Rouge ».

CHAPITRE II

— Bug Tisch ?

C'était une voix d'homme. Apparemment jeune et distinguée. Le genre de timbre que le *killer* n'avait guère l'habitude d'entendre sur sa ligne téléphonique. En principe, il avait plutôt affaire à des types de son genre. Des marginaux, le plus souvent doublés de repris de justice. Et surtout, depuis quelque temps, personne ne l'appelait plus par son nom sur cette ligne. Pour la bonne raison qu'il était en cavale. En *vraie* cavale. Car dans son cas, ce n'étaient pas les flics qui le cherchaient. C'était l'autre camp. Des millions de fois plus dangereux que la police.

La mafia.

Une cavale consécutive à un « contrat » raté. Huit mois plus tôt, complètement *stone*, il avait manqué le sénateur qu'il devait flinguer. Un témoin dans un procès concernant une affaire mafieuse. Lui-même blessé à la jambe par le garde du corps du politicien, il n'avait dû son salut qu'à la fuite. Résultat, quelques *amici* condamnés. Faute gravissime pour un tueur. Depuis, boitillant à vie et ayant plus ou moins repris les activités de pickpocket de sa jeunesse pour se payer ses rails, il croyait s'être fait oublier. Pure illusion.

— Bug Tisch ?

Toujours aussi distinguée, la voix ne s'impatientait pas. Elle marquait juste un soupçon de force supplémentaire.

— Je sais que c'est vous, Tisch. Répondez, vous ne risquez rien. Vraiment rien.

Une voix persuasive. Presque chaleureuse. Alors, à cause de ce ton et aussi sans doute un peu à cause de sa toute récente sniffette, le tueur se dit que l'inconnu avait raison. Il ne risquait rien à répondre. A sa connaissance, on n'avait encore jamais vu un téléphone tuer.

— Qu'est-ce que vous lui voulez, à Tisch? s'entendit-il demander. Et d'abord, vous êtes qui?

— Appelez-moi, disons... *mister X*. Mais cela n'a pas d'importance.

— Je comprends rien à vos conneries, gronda le tueur. Même question : qu'est-ce que vous lui voulez, à Tisch?

Il avait redressé son athlétique silhouette contre l'oreiller crasseux et un filet de transpiration s'était mis à sinuer sur la peau sombre de son large poitrail. De ses origines portoricaines, il n'avait conservé que cette pigmentation et un ton légèrement traînant dans l'élocution.

— Lui dire qu'il n'y a plus de problème, répondit son correspondant. Lui dire aussi que j'ai du travail pour lui. Un travail dans ses cordes.

Dans les petits yeux légèrement fendus de Tisch, une lueur s'était allumée. « Dans ses cordes », ça n'avait sûrement rien à voir avec ses talents de pickpocket. Ça voulait dire quelqu'un à buter. Et du gibier coriace. On ne faisait certainement pas appel à lui pour un contrat banal. Toujours prudent, il s'enquit :

— Plus de problème, ça veut dire quoi?

— Ça signifie que vos anciens employeurs ont décidé de passer l'éponge et qu'ils m'ont demandé de vous rechercher pour vous proposer un job.

— Ouais! grinça le Portoricain. Et qu'est-ce qui me dit que c'est pas un piège?

Un rire bref et discret lui répondit :

— Ne soyez pas stupide, Bug! Si nous avions eu de mauvaises intentions, vous l'auriez su depuis longtemps.

C'était vrai. Puisqu'ils l'avaient retrouvé, ils pouvaient

tout aussi bien le faire buter sans crier gare. Un soupir gonfla la poitrine du tueur. Huit mois de cavale, ça commençait à bien faire. Finalement, il aurait donc le dernier mot. Malgré la « bavure », ces enfoirés avaient compris qu'il était le meilleur et qu'ils ne pouvaient pas se passer de ses services. Il était le plus fort. Le plus pro et le plus dangereux. Le seul capable de buter n'importe qui. Dans n'importe quelles circonstances. On le savait suffisamment vicieux et violent à la fois pour attaquer seul tout un commando de ses semblables s'il le fallait. Un *killer* qui portait bien son surnom : « *Crazy-Bug* ».

Les gros bonnets s'en étaient souvenus.

Après un silence destiné à cacher son soulagement, Bug Tisch lança dans le combiné :

— Ouais ! Ça dépend du prix.

— Vous ne serez pas déçu, affirma son correspondant. Mais nous ne pouvons évoquer ces questions par téléphone, n'est-ce pas ?

Tish laissa encore passer un peu de temps, avant de concéder :

— Bon. On procède comment ?

L'inconnu ménagea lui aussi un silence, avant de déclarer :

— A l'angle de Francisco Street, devant le *Hilton*. Dans une heure. C'est moi qui vous aborderai.

Puis il y eut un déclic et ce fut tout.

Un instant décontenancé par le retournement subit de sa situation, Bug Tisch cherchait dans son esprit envapé par la dope où pouvait se situer le piège éventuel. Mais il avait beau se creuser les neurones, il en arrivait toujours à la même conclusion : si la mafia avait voulu sa peau, il serait déjà mort. Soudain convaincu qu'il ne risquait vraiment rien, il attrapa la bouteille de Johnnie Walker posée près de son lit, faillit en porter le goulot à ses lèvres, finit par la reposer. Inutile de se détendre davantage les nerfs. Maintenant qu'*ils* l'avaient retrouvé, il fallait voir. Et bien voir. Il alluma une cigarette, souffla la fumée, redécrocha son téléphone pour composer un numéro. Presque aussitôt, une voix d'homme lui répondit sur fond de musique tonitruante.

— Ici le *Red-Bunker*.

— Je voudrais parler à Gina, lança Bug Tisch.

A l'autre bout du fil, il y eut une hésitation, puis de nouveau la même voix, hésitante, étonnée :

— *Shit*! C'est toi, Bug?

— Fais pas chier! Passe-moi Gina!

— Euh, attends, Bug... elle est en scène. Elle finit dans une minute. Elle peut te rappeler?

— Déconne pas, grogna Bug Tisch. J'attends. Dis-lui de se magner le cul.

Deux minutes plus tard, une voix féminine essoufflée résonnait enfin dans l'appareil :

— Bug! Qu'est-ce qui se passe?

Gina était inquiète. Depuis le début de sa cavale, il n'avait plus jamais appelé sa maîtresse au boulot. Il le faisait toujours chez elle, et d'une cabine téléphonique.

— Rien, dit-il. Ou plutôt si. J'ai besoin de toi.

La voix de Gina émit un roucoulement suivi d'un petit rire.

— Dis donc! On dirait que c'est urgent. Ça fait pourtant pas si longtemps qu'on a...

— La ferme! coupa Bug Tisch. J'ai besoin de toi et de ta bagnole.

— Ma bagnole? Si t'as plus la tienne, t'as qu'à en piquer une autre et...

— Tu vas la fermer, oui ou merde! s'emporta le tueur.

— Bon, bon! Ça va!

— O.K., fit Bug Tisch en se calmant. Alors écoute bien et fais exactement ce que je vais te dire.

Il faisait une chaleur poisseuse sur Los Angeles et, même à plus de minuit, la circulation était encore dense sur Francisco Street. Un vrai train de limousines et de taxis défilait sans cesse devant les grandes portes de verre du *Hilton*, ne s'arrêtant que le temps d'une courte halte. Cela faisait maintenant plus de dix minutes que le délai annoncé par l'inconnu à la voix distinguée était dépassé, et personne n'avait encore abordé Tisch. Au point qu'il commençait à s'inquiéter. Il aurait suffi maintenant qu'une de ces voitures abaisse une de ses glaces devant lui et qu'un canon d'arme ne vienne lui cracher la mort en pleine face. N'importe quel minable flingueur était capable de ça. Sans le moindre risque. Car même s'il était armé, Tisch ne pouvait pas se balader avec le calibre à la main. Surtout avec le genre d'outil qu'il avait dans la poche. Beretta 93 R. Un vrai bijou. Un truc au chargeur de 20 cartouches de 9mm imbriquées, avec frein de bouche, cache-flamme, poignée additive et sélecteur de tir par rafales de trois coups. Pour ça, au début de sa cavale, il avait dépensé une fortune. Question de survie. Mais cette nuit, pas question de jouer au cow-boy. Les patrouilles de flics qui circulaient dans le secteur imposaient un minimum de discrétion. Ici, on était à L.A *downtown*. Pas dans le Bronx. Et à L.A, les *cops* étaient plutôt du genre...

— Bug.

Bug Tisch se retint in extremis de sursauter. Il était tellement absorbé par le manège des voitures qu'il n'avait prêté attention à aucune en particulier. Et là, juste devant lui, la portière arrière de l'une d'elles venait de s'ouvrir. Une Mercedes. Le must chez les mafieux. Noire, rutilante, comme le sourire du jeune type blond qui venait de l'apostropher.

— Montez, Bug. Montez!

Le flingueur jeta instinctivement un coup d'œil autour de lui, un autre à l'intérieur de la voiture. Mais le plafonnier de celle-ci était allumé et on n'y voyait que deux hommes. Un chauffeur entre deux âges, séparé de l'arrière et de son unique passager par une glace.

— Montez!

Le jeune blond souriait toujours, mais le ton s'impatientait. Alors, la main droite toujours fourrée dans sa poche de blouson, le Portoricain se décida à le rejoindre. Aussitôt la portière claquée, la Mercedes redémarra et Bug Tisch se retint de regarder par la glace arrière. Déjà, la limousine avait contourné l'*Atlantic Richfield Plaza* et remontait sur *Little Tokyo*.

— Je suis *Mister X*, se présenta le jeune homme blond. Heureux de vous rencontrer, Bug.

— Ouais, grogna Tisch. Et après?

Il avait toujours la main droite dans sa poche de blouson. Doigts refermés sur la crosse striée.

— Comme je l'ai dit par téléphone, attaqua d'emblée *Mister X* en allumant une longue cigarette à bout doré, nous avons un travail à vous proposer.

— *Nous*? tiqua Bug Tisch.

— Quand je dis nous, précisa le blond avec patience, je parle de gens qui sont en rapport avec vos anciens employeurs.

Tisch s'en serait douté. Décidé à ne pas se laisser manœuvrer trop ouvertement, il grogna :

— Quel genre de boulot?

— Un contrat, bien sûr. Pour le paiement, dix pour cent ce soir, le reste après exécution.

— On peut savoir?

— Bien sûr.

Le jeune homme blond sortit une enveloppe kraft de sa poche de blazer sombre, la tendit à Tisch.

— Ouvrez ceci, enjoignit-il. Vous y trouverez un jeu de photos de votre contrat.

— Je parlais du fric, fit-il valoir.

— Tss, tss! Un peu de patience, Bug! Ouvrez cette enveloppe.

Le tueur obéit, passa en revue une demi-douzaine d'agrandissements en couleurs, avant de froncer les sourcils en remettant les photos dans l'enveloppe.

— Reprenez ça, lâcha-t-il. Et trouvez quelqu'un d'autre.

Juste un bluff. Destiné à faire grimper les enchères. Aucun contrat ne l'avait jamais rebuté. Le jeune homme blond sourit, repoussant l'enveloppe sur les genoux de Tisch.

— Allons! fit-il avec reproche. Il n'en est évidemment pas question, Bug. Vous pensez bien que tout a été prévu. Même un refus éventuel de votre part. Et bien sûr...

— Patron?

Coupant la parole du blond, une voix nasillarde s'était élevée dans l'habitacle. Celle du chauffeur qui avait glissé un regard vers l'arrière.

— Oui?

— Il y a une voiture qui nous suit, patron. Qu'est-ce que je fais?

Bug Tisch sentit une onde glacée lui parcourir la nuque. Cette conne de Gina s'était fait repérer. La filoche qu'il lui avait demandé de faire était éventée. Mais contre toute attente, le blond ne parut pas étonné. Ne prenant même pas la peine de se retourner, il soupira :

— Bug! Ce genre de démarche est stupide. Vous auriez dû penser que nous nous douterions de ça aussi!

Pour la première fois, il esquissa une mimique agacée, avant de lancer à l'intention du chauffeur :

— Semez-la.

Puis s'adressant de nouveau à Tisch, il soupira :

— Vous avez tort de vous méfier de nous, Bug. Je vous l'ai dit, une fois pour toutes, votre ardoise est effacée. A moins...

Il parut hésiter, finit par ajouter d'un ton presque badin :

— A moins bien entendu que, comme vous en donniez l'impression il y a un instant, vous ne refusiez de coopérer. Dans ces conditions, mes amis seraient malheureusement contraints de réviser leur position.

Bug Tisch aurait sans aucun doute pu écraser le jeune blond d'une seule main et flinguer le chauffeur. Ce ton snob l'exaspérait et quelque chose lui disait qu'*ils* étaient en train de le piéger. Mais le blond avait dû prendre des tas de précautions. Il y avait gros à parier qu'une autre bagnole bourrée de *soldati* circulait dans le secteur en les gardant dans le collimateur et qu'il se ferait descendre au moindre faux pas. N'empêche que cette merde de contrat lui collait un peu la frousse.

— Ne vous bercez pas d'illusions, Bug, le doucha le blond. Vous n'avez pas le choix. Refusez, et vous êtes un homme mort. Quoi que vous puissiez faire, nos amis vous auront. Tôt ou tard.

Une seconde, Tisch se dit qu'il pouvait tenter sa chance, sauter de la voiture, ficher le camp loin d'ici et...

— Alors, Bug?

Rien à faire. Et puis bordel, un contrat n'était jamais qu'un contrat. Après tout, personne n'était inflinguable. Absolument personne. Alors, fataliste, il s'entendit questionner :

— Combien?

Un sourire un peu trop précieux étira les lèvres du blond qui éluda :

— Laissez-moi d'abord vous briefer, Bug. Ensuite, nous parlerons argent.

Tandis que la Mercedes roulait dans Los Angeles et que Bug Tisch ne se faisait plus d'illusions à propos de la filature de Gina, son commanditaire attaqua :

— Vous devez d'abord savoir que cette opération est très importante pour mes amis, Bug. Avant le contact de ce soir entre vous et moi, tout a été minutieusement préparé. Filatures, repérages, ainsi que des écoutes téléphoniques qui nous ont donné une très bonne idée de scénario pour l'exécution de ce boulot.

Il tourna la tête et Bug Tisch se sentit comme disséqué par le regard pourtant presque transparent du blond.

— Un scénario que *vous* êtes chargé de réaliser, Bug. De réaliser à la lettre.

Il avait appuyé sur le *vous* et Tisch se sentit pris au piège. Mais, déjà, le blond s'était remis à parler. Il fit un exposé clair et concis, et pas une seule fois sa voix ne trahit la moindre émotion au cours de ses sinistres explications. Quand il eut fini, Bug Tisch se demanda comment un type apparemment si *clean* pouvait commanditer un truc aussi pourri. Mais, avec les *amici*, on ne plaisantait jamais. Surtout quand il était question de tuer. Comme s'il avait senti l'hésitation du tueur, le blond lâcha sur le même ton mondain :

— Ce contrat est votre dernière chance, Bug.

— Je sais.

— Je veux dire, *vraiment* votre dernière chance, insista-t-il.

— Ça va! J'ai compris!

— Et ce contrat porte un nom, enchaîna aussitôt le commanditaire. Il s'appelle « Noël Rouge ». Faites en sorte qu'il ne le soit pas pour vous.

Le même petit sourire suffisant était revenu sur sa face de jeune homme bien élevé. Mais maintenant que le principe était acquis et qu'il avait donné son accord, Bug Tisch n'avait plus qu'une hâte : mettre les voiles. Ce type lui filait la chair de poule. Un *mafioso* déguisé en golden boy de Wall Street, ça coinçait quelque part.

— D'accord, d'accord, dit-il. « Noël Rouge ». Tout sera O.K. Combien?

Si ces enfoirés avaient dans l'idée de le faire bosser gratis en souvenir de sa bavure passée, ils se gouraient.

— Cent mille, laissa tomber le jeune homme blond.

Tisch faillit sursauter. Un contrat de cent mille dollars, il n'avait jamais vu ça. Comme s'il avait suivi sa pensée, le blond précisa d'un ton dédaigneux :

— Estimez-vous heureux. La valeur réelle d'un tel contrat ne dépasse pas dix mille dollars. Mais nous souhaitons une opération parfaite. Réalisée selon nos directives.

Bug Tisch avait beaucoup de mal à ne pas montrer sa joie. Même dix mille, pour lui et par les temps qui couraient, c'eût été faramineux. Alors, cent mille! C'était le prix d'un super contrat. Pour un tueur international. Par exemple, l'exécution d'un Président des Etats-Unis. Cent mille dollars! De quoi s'offrir une cargaison de coke.

— Bien sûr, précisa *mister X*, pour cette somme, nous exigeons une complète réussite et le respect absolu de nos règles. Une seule bavure...

Il n'avait pas besoin de terminer sa phrase. La moindre erreur et Tisch mourrait. Mais Tisch s'en foutait. Cette fois, tout irait comme sur des roulettes. Il pouvait d'ores et déjà se considérer comme riche de cent mille dollars. Parvenant quand même à mimer l'embarras, il protesta :

— A propos de l'avance, dix mille, c'est peu. J'aurai des frais et...

— Aucun frais, coupa le blond. Quand vous aurez sélectionné vos équipiers, nous nous chargerons de vous faire parvenir leur avance. Nous vous fournirons également les armes et le matériel.

Tisch discuta encore pour la forme, fit semblant d'hésiter, d'ergoter, puis, saisissant amicalement le bras de *Mister X*, il déclara, soudain étrangement chaleureux :

— O.K. Je marche. Passez la monnaie !

— Voilà, voilà ! grimaça son commanditaire qui semblait ne pas apprécier les effusions. Tenez. Vos dix pour cent promis.

Ce disant, il avait jeté une autre enveloppe sur les genoux de Tisch. Celui-ci l'ouvrit, en sortit une épaisse liasse de beaux billets verts qu'il ne prit même pas la peine de compter.

— Ça va, fit-il, brusquement calmé. Je vous fais confiance. Et... et pour le reste ?

— Après exécution du contrat, vous m'apporterez les photos en un lieu que nous vous fixerons ultérieurement et vous recevrez le reste de l'argent.

Le jeune homme toqua à la vitre de séparation et le chauffeur arrêta la Mercedes en double file.

— Bonsoir, Bug, salua-t-il, plein de morgue. A bientôt.

Sitôt sur le trottoir, Bug Tisch se sentit mieux. La mafia passait l'éponge, il était déjà à la tête de dix mille dollars et les affaires reprenaient. La vie redevenait belle. D'autant qu'avec ce *Mister X*, il s'était bien amusé. Enfin pas vraiment lui. Juste ses mains. Ces foutues mains qui n'arrivaient pas à oublier les mauvaises habitudes du passé.

Mais c'était juste pour rire. Ou presque.

CHAPITRE III

— Les enfants sont très déçus, Mack.

— Je m'en doute, répondit Bolan.

Sa voix était à peine déformée par les milliers de kilomètres qui séparaient Los Angeles de la Suisse.

— Ils comptaient beaucoup sur le petit.

— Désolé, Jil. Cheng semble navré aussi. Je pense qu'il comptait également beaucoup sur ce Noël avec vous. Les médecins espéraient même que cela aurait un effet bénéfique sur lui.

Jil Becker posa son beau regard gris sur l'immense sapin de Noël dressé dans son living, puis sur les visages navrés des deux « petits emmerdeurs ». Ses enfants.

Aigrette Bavarde et Iguane Solitaire.

Des noms tellement à eux qu'elle avait presque fini par oublier ceux qu'elle et leur père Franck avaient donnés sept ans plus tôt à ces deux ravissants petits jumeaux. Deux « petits emmerdeurs » qu'elle aimait à en mourir. Deux « petits emmerdeurs » qui avaient perdu leur père, quelques mois plus tôt, alors qu'il effectuait un reportage au Pérou sur les trafics d'enfants. Un père dont Jil était séparée, mais dont, par affection, elle avait néanmoins essayé de retrouver la trace en pleine *selva* amazonienne[1].

1. *Enfer à Tingo Maria*, L'Exécuteur N° 98.

— N'aurais-tu pas pu le ramener quand même ? questionna Jil Becker.

La déception des deux bambins lui faisait mal. Ils auraient eu tant besoin d'un « vrai » Noël.

— Il a presque trente-neuf de fièvre ! Il est vraiment secoué, reprocha Bolan. Schmidt craint un sérieux traumatisme et...

— Excuse-moi, Mack, coupa la jeune femme. Je suis stupide.

— Ecoute... j'avais moi-même mis beaucoup d'espoir et de joie dans ce projet de Noël avec nous tous. Sans cet incident stupide du magasin...

— Je sais. Je suis injuste.

Jil se mordait les lèvres. Elle aurait voulu crier. Ce Noël, c'était aussi pour elle qu'elle l'avait voulu. Pour son bonheur à elle, bien égoïste, fantastiquement délicieux. Elle l'avait voulu au moins aussi fort que les deux « petits emmerdeurs ». Rien que pour l'avoir, lui. Lui, Mack Bolan. Cet homme fabuleux qui avait incendié sa chair et embrasé son âme. Cet homme absolu qu'elle aurait voulu bien à elle... juste pour la plus belle nuit de l'année. Pour son Noël à elle. Mais elle ne cria pas et ravalant son immense déception, elle répéta :

— Je suis injuste.

— Tu sais, enchaîna Bolan, après ce voyage aux Galapagos, Cheng semblait vraiment mieux. Je sais maintenant que sa guérison est possible. Grâce à vous, un jour, il parlera de nouveau. Il y aura d'autres Noël, Jil. Beaucoup d'autres. Ce n'est que partie remise.

— Je sais, Mack.

La voix de Jil s'était un peu étranglée et elle se trouva idiote.

— Je sais, répéta-t-elle en s'arrachant un sourire presque enjoué. Après tout, nous referons Noël. Dès que Cheng sera guéri. Au mois de février, par exemple...

En guise de récompense, elle eut droit aux mines ravies des jumeaux. Deux Noël, c'était génial !

— Bonne idée, approuva Bolan. Au fait, tu ne leur as

pas annoncé ma surprise, au moins, à tes deux monstres ?

Jil Becker haussa ses épaules dorées dénudées par la robe de fée qu'elle portait pour la circonstance.

— Bien sûr que non !

— Parfait. Dans ce cas, Cheng et moi, nous vous souhaitons un formidable *Christmas*. En attendant mieux.

— Nous aussi, Mack. On vous souhaite à tous les deux un merveilleux *Christmas*.

Un silence s'établit sur la ligne, entrecoupé de parasites. N'y tenant plus, Jil lança tout bas dans l'appareil :

— Mack. Je voulais te dire...

Elle hésitait.

— Moi aussi, Jil. Moi aussi, je voulais te le dire.

Puis il raccrocha.

Jil Becker conserva un instant le combiné contre son oreille, comme si la voix de Bolan pouvait encore s'y trouver. Mais les enfants l'observaient toujours et elle se résigna à raccrocher. Le temps de se redonner une allure de fée crédible elle remit à son oreille la boucle qu'elle avait retirée pour téléphoner. Incessamment, ses parents venus de Boston et ceux de Franck arriveraient et la joie *devrait* régner. Pour les enfants. Alors, affichant un sourire un peu forcé, elle s'exclama en désignant le pied du grand sapin que nul paquet n'entourait encore :

— Mais enfin ! Qu'est-ce qu'il fiche, ce sacré Père Noël ?

Simple jeu. Les enfants avaient du haut de leurs sept ans une idée réaliste du Père Noël. Mais c'était justement dans ce jeu que résidait la « surprise » de Bolan. Une idée géniale dont elle attendait avec impatience de voir les effets sur les deux gamins.

— Le Père Noël... Le Père Noël ! On veut voir le Père Nöel, se mirent à scander les « petits emmerdeurs » avec de rires excités.

De très bons comédiens.

— Les enfants ! Les enfants ! tempéra Jil. Si vous n'êtes pas sages, le Père Noël ne viendra pas.

A cet instant, le carillon de l'entrée résonna et tout le monde se précipita pour ouvrir la porte.

— Joyeux Noël ! Joyeux Noël !

C'étaient les parents de Franck. Une femme un peu maigre, les traits tirés et le regard éteint de ceux qui ont beaucoup souffert. Franck Reynolds était son fils unique et sa disparition l'avait à jamais marquée. Son mari, un colosse sexagénaire qui ressemblait à John Wayne, cachait son désarroi derrière une mine joviale qui semblait à jamais figée sur sa face burinée de vieux cow-boy. Contrairement aux autres, il avait un paquet sous le bras et Jil lui rappela discrètement :

— J'avais dit les mains vides, Dick.

— Je sais, souffla-t-il d'un air conspirateur. Les mains vides pour les mômes, mais pas pour nous.

Il lui remit le paquet, recommanda :

— A mettre au frais.

Aussitôt assailli par les enfants qui lui sautèrent au cou, il sacrifia au rite sacro-saint. Celui de les lancer ensemble vers le plafond et de les rattraper de manière désordonnée. Comme s'il avait failli les laisser échapper. Vieux numéro qu'il affectionnait déjà de pratiquer au temps de l'enfance de Franck, mais qui deviendrait bientôt impossible avec ces gosses qui grandissaient si vite....

— Dick ! gronda doucement Mary Reynolds d'un air de reproche. Tu n'as plus l'âge de ces bêtises !

— Je suis jeune, Mary ! rétorqua aussitôt le colosse en faisant mine de se vexer, regarde !

Et, de nouveau, il fit sauter les enfants. Ce duel verbal ravissait les « petits emmerdeurs ». Ils riaient aux éclats et l'immense Dick en faisait autant. Mais dans ses yeux bleus entourés de profondes rides, un voile était apparu. La peine était toujours là. Tapie comme un fauve qui se prépare à bondir.

— Ce vieux Dick ne changera décidément jamais !

C'était l'étonnante voix de basse de Larry Becker. Arrivés sur les talons des Reynolds, les parents de Jil venaient de faire irruption. Moins grand et plus mince que Dick Reynolds, Larry Becker était d'une grande distinction. Issu d'une vieille famille de Boston, il donnait au premier abord une impression assez froide. Mais, quand on le connaissait, on était charmé par sa gentillesse et captivé par son érudition. De son épouse, Vivian, mère de Jil, on aurait dit la sœur aînée de celle-ci. Légèrement plus grande, elle avait su exploiter à merveille la combinaison de son âge et de sa beauté mature: Au fond de ses grands yeux presque noirs, il y avait cette lueur, mi-ironique, mi-nostalgique qui flottait dans le regard de Jil et qui lui donnait tant de charme. Autrefois, dans sa jeunesse elle avait un peu touché au cinéma. Dans une production de série B, elle avait même été l'éphémère et très jeune partenaire d'un acteur nommé Ronald Reagan. L'ex-Président des Etats-Unis. Puis elle avait rencontré Larry et son amour pour lui avait balayé toutes ses prétentions cinématographiques.

— Ma fille !

Larry Becker avait perdu son combat contre Dick pour l'exclusivité des « petits emmerdeurs » et, comme à son habitude, il avait pris le visage de Jil entre ses grandes mains osseuses.

— Papa ! souffla Jil en se serrant contre son père. Je suis si contente !

Tandis que les autres se disputaient les étreintes des enfants, le père attira sa fille légèrement à l'écart pour plonger son regard dans celui de Jil.

— Quelque chose ne va pas, jeune fille. Je le vois bien.

Depuis toute petite, Jil n'avait jamais rien réussi à cacher à son père. Une fois de plus, elle céda :

— Il ne viendra pas.

A son retour du Pérou et à cause de ce fameux pouvoir qu'il exerçait sur elle, Jil s'était laissée aller à évoquer sa rencontre avec Bolan. Sans citer son nom, sans dire non plus qui il était vraiment. Et ce soir, Larry Becker comprit immédiatement qu'elle parlait de lui. Il sourit, lui caressa la joue et murmura tendrement :

— Tu l'aimes donc tant que ça?

Jil ne répondit pas. Sauvée par le chahut des enfants et les vociférations faussement courroucées du colossal Dick, elle rejoignit les femmes qui, prévenues de la « surprise » à venir, entouraient le grand sapin en feignant de s'étonner de l'absence de paquets-cadeaux autour de lui.

— Le Père Noël n'est donc pas encore passé?

— On va l'attendre de pied ferme, gronda Dick Reynolds. Et que le champagne nous noie tous!

Il venait d'aller chercher les deux bouteilles qu'il avait apportées : deux magnums de Dom Pérignon 1982. De son passage dans les forces de l'OTAN alors basées en France, il avait gardé quelques mauvaises habitudes : à ses yeux, un Noël sans Dom Pérignon n'était pas un vrai Noël. Le premier bouchon fit entendre sa petite explosion, juste au moment où le timbre de l'entrée résonnait de nouveau. Cette fois, c'était le traiteur. Le lunch fut livré et la fête commença vraiment. On resservit le champagne et l'ambiance monta d'un cran. Même la mère de Franck avait fini par rire aux plaisanteries de son époux et discrètement, Jil consulta sa montre pour la troisième fois. Les livreurs étaient en retard...

— Le Père Noël se fait attendre! s'exclama Larry qui avait surpris le geste de sa fille.

— Il ne devrait plus tarder, annonça cette dernière d'un air enjoué.

Il était maintenant plus de 21 heures et les enfants s'énervaient un peu quand, enfin, le timbre de l'entrée résonna de nouveau.

— Le Père Noël! clamèrent les enfants. C'est le Père Noël!

On n'attendait plus que lui. Ou presque. Retenue par son travail à la TV, la sœur de Jil ne viendrait qu'en fin de soirée.

— C'est le Père Noël! criaient toujours les « petits emmerdeurs » en se précipitant pour ouvrir la porte.

Complices, ni Jil, ni aucun des grands-parents n'avaient tenté de les devancer. Plus rapide, Iguane

Solitaire fut le premier sur place. Il tira le battant à lui et son cri de joie lui resta dans la gorge, tandis que ses grands yeux clairs se dilataient encore sous le coup de la surprise.

— Bonsoir, les enfants!

Ils avaient lancé ça tous les trois en même temps et Jil qui arrivait sentit son cœur se gonfler de joie.

— Bonsoir, les enfants. Ça va bien?

Trois superbes Pères Noël. Ou plutôt, le Père Noël et deux aides. Immense dans son manteau de drap rouge et la face mangée par une exubérante barbe de coton blanc qui faisait ressortir son teint sombre, *le* Père Noël découvrait deux rangées de grandes dents mal plantées dans un large sourire. Dans ses yeux noirs, à peine visibles sous les épais sourcils artificiels et immaculés, il y avait une expression clownesque un peu outrancière, renforcée par une légère claudication.

— Père Noël! s'exclamèrent les enfants. Maman! Il est vraiment là! C'est génial!

Visiblement, les « petits emmerdeurs » n'en revenaient pas. Jamais au cours de leurs rêves les plus fous, ils n'avaient imaginé un tel événement possible. Le Père Noël en chair et en os, et pour eux tout seuls. On a beau savoir, à sept ans, que le Père Nöel n'existe pas... Celui-là avait plein de paquets multicolores dans les bras, et ses deux aides en portaient autant. Des cadeaux pour eux! Des dizaines de cadeaux! A cet instant, émue et le cœur près d'éclater, Jil Becker aima très fort Mack Bolan. Si fort qu'elle en eut envie de pleurer. Sa « surprise » était à son image. Simple et forte. Et efficace. Il suffisait de voir les yeux des « petits emmerdeurs » pour s'en convaincre. Même si le doute persistait un peu au coin des rires.

— Seigneur! fit semblant de s'étonner Mary Reynolds qui arrivait à son tour. Mais c'est le Père Noël!

— Qu'est-ce que tu crois, renvoya son gigantesque époux. C'est pour nous qu'il est là, le Père Noël. Pas pour les enfants.

— Si! protesta aussitôt Aigrette Bavarde en essayant de le repousser. Il est venu pour nous.

— Oui, les enfants, fit le grand Père Noël en écartant tout le monde pour aller répandre les paquets-cadeaux autour du sapin. Oui, on est bien là pour vous. Mais aussi pour les autres, hein!

Il éclata d'un rire que ses deux aides imitèrent, tout en laissant eux aussi tomber leurs paquets sur le plancher. Des rires communicatifs que les convives reprirent en chœur. Aussitôt, n'y tenant plus, les gamins se ruèrent sur les cadeaux enfin arrivés et se mirent à les ouvrir. Riant toujours, le Père Noël avait sorti un Pollaroïd de la poche de son manteau et le flash incorporé de l'appareil commença à mitrailler la scène. Encore une idée de Mack, se dit Jil Becker. Dans la fièvre de l'événement, elle avait oublié de se servir du sien. Heureusement de son côté, l'immense Dick avait eu plus d'à-propos. Déjà, son caméscope était en batterie et filmait la scène. De partout montaient des exclamations enjouées et les enfants poussaient des hurlements de Sioux. Mais soudain, alors que le flash du Canon fulgurait pour la énième fois, les rires des enfants s'arrêtèrent subitement. Jil tourna la tête, vit leurs regards incrédules, avisa le contenu des deux premiers paquets éventrés et quelque chose se noua en elle.

Des paquets pleins de vieux chiffons!

A cet instant, Dick le colosse cessa de filmer et sa large face burinée se plissa d'incompréhension.

— Qu'est-ce que..., dit-il en faisant un pas en avant.

Son mouvement coïncida exactement avec ceux des deux aides du Père Noël. Deux mouvements si rapides que personne ne comprit vraiment comment ses « choses » noires et luisantes étaient soudain apparues dans leurs mains. Personne à part l'immense Dick, qui grogna :

— Qu'est-ce que c'est que ce bordel!

Simultanément, Jil, qui venait enfin d'identifier les « choses », crut qu'il s'agissait de jouets. Le cauchemar du magasin se prolongeait. De minuscules pistolets-mitrailleurs équipés de silencieux se tendaient vers eux. Elle se dit que ce n'était pas de très bon goût et que...

— Non!

Le hurlement de l'immense Dick fit sursauter les enfants et Jil le vit lâcher le caméscope pour se ruer en avant. Ses énormes mains allaient saisir le col de fourrure blanche de l'aide le plus proche, quand la première rafale fit entendre son sinistre staccato ouaté. Glacée d'horreur, Jil vit son beau-père sursauter sous le chapelet mortel, s'accrocher au manteau rouge comme pour l'arracher, puis un flot carmin jaillit de sa bouche ouverte sur son dernier cri.

La suite se passa très vite. Cela prit l'allure d'un cauchemar hideux, fait de violence presque silencieuse, de sang et de corps criblés. Un cauchemar qui cessa d'un coup, quand Jil ressentit le choc dans sa poitrine et qu'un voile noir s'abattit devant son regard.

Un beau regard gris d'Irlande...

CHAPITRE IV

— Vite, bordel !

Malgré la superdose qu'il avait reniflée juste avant l'action, Bug Tisch se sentait mal à l'aise. Quelque chose en lui hurlait à la manière d'une sirène d'alarme. Ce n'était pas la véritable boucherie étalée à ses pieds qui le gênait, mais une espèce de sombre pressentiment. Un blocage instinctif qu'il n'aurait su expliquer et qui l'inquiétait. Pourtant, il le sentait dans toutes les fibres de son corps, ce carnage venait de lui rendre sa véritable dimension. En un instant, il était redevenu le *killer* implacable qu'il était huit mois plus tôt.

Crazy-Bug.

Celui qui foutait la trouille... même à ses commanditaires.

— Vite ! gronda-t-il encore. C'est fini. Foutons le camp.

Mais un de ses deux aides s'était accroupi près de la grande femme brune, essayant de lui arracher une grosse bague pleine de pierres. Pendant ce temps, l'autre flingueur soulageait les deux hommes de leurs portefeuilles. Pataugeant dans le sang, écrasant du verre brisé et les paquets cadeaux factices sous ses bottes, Tisch plongea sur eux pour les tirer en arrière.

— Faut se barrer, bande de cons !

Dans la foulée, il expédia une gifle magistrale à celui qui voulait la bague. Emporté par ses réflexes, l'intéressé voulut se rebiffer, mais sa fausse moustache blanche se retrouva à deux centimètres du canon de l'énorme 357 Magnum de Tisch. Dans le regard du Portoricain, il vit que son existence ne tenait qu'à un fil et se souvenant d'avoir entièrement vidé le chargeur de son Ingram M.10, il préféra laisser tomber. Il connaissait *Crazy-Bug* de réputation. Personne n'avait jamais réussi à le tuer. Il y avait pourtant eu des amateurs. Et puis, il avait besoin du Portoricain. Avec le fric qu'il allait leur donner, son frangin et lui pourraient se payer des dizaines de piquouzes. Eux, ils marchaient de préférence à l'héro. Le truc des vrais hommes. La défonce absolue. La coke, c'était juste pour tenir entre deux *shoots*.

— O.K., soupira-t-il. C'est comme tu veux.

Tisch dut encore arracher l'autre aux poches des victimes, avant de les pousser tous les deux vers la sortie.

— Magnez-vous le cul! gronda-t-il. On n'a pas fini.

Ouvrant la porte à la volée, il allait propulser ses complices dehors, quand la surprise faillit lui faire perdre ses moyens.

La fille!

La gonzesse de l'intérieur était là! A l'extérieur! Celle qu'ils venaient de buter avec les autres! En tenue de motard, un doigt sur la sonnette, levant sur eux de grands yeux sombres encore agrandis par la surprise.

Le temps d'un éclair, le *killer* se crut le jouet d'une hallucination. Ce n'était pas possible. Cette nana, il venait de la voir, de la flinguer et elle était là. Dans une combinaison de cuir noir et... Soudain galvanisé, *Crazy-Bug* poussa les deux autres devant lui. Mais au moment où il allait les suivre pour traverser la pelouse du cottage, la nouvelle venue, qui avait instinctivement jeté un regard à l'intérieur de la maison, ouvrit la bouche pour crier. Tisch se dit qu'il avait oublié d'éteindre la lumière et qu'il n'était qu'un imbécile. Dans la demi-seconde suivante, son bras armé s'était détendu, frappant la fille d'un formidable coup de crosse en pleine tempe. Il aurait dû la flinguer, bien sûr, mais même dans le monde complètement fou de Tisch on ne pouvait pas tuer deux fois la même nana. Ça n'avait pas de sens!

— Vite ! lança-t-il encore.

Il buta contre une moto plantée sur sa béquille, la renversa, se fit mal à la jambe et jura :

— Bordel de merde !

Il commençait à paniquer. Du coin de l'œil, il avait vu la vieille Oldsmobile garée dans la rue rallumer ses codes et venir à leur rencontre. Tous trois s'engouffrèrent dans le véhicule qui démarra sur les chapeaux de roues.

— Tu connais la suite du programme, lâcha Tisch à l'adresse du chauffeur.

— *Yeah*, renvoya l'autre, un petit râblé à moustaches qui écrasa aussitôt l'accélérateur.

Juste à cet instant une voiture débouchait d'une transversale. Une voiture au toit surmonté de feux clignotants : les flics !

— *Shit* ! siffla Tisch entre ses dents.

Mais il était trop tard. Comme la foudre, ils arrivaient sur la bagnole de patrouille.

— Attention ! cria Bug Tisch.

Son cri se perdit dans le hurlement des pneus. Puis il y eut un choc sur la gauche, l'Oldsmobile tangua, parut vouloir foncer vers un autre cottage, rétablit sa trajectoire. Halluciné, Tisch vit la voiture de police collée à eux, comme attirée par leur propre véhicule. Il comprit que les pare-chocs étaient demeurés accrochés et il hurla à l'adresse du chauffeur :

— Fonce, bordel ! Fonce !

— Qu'est-ce que tu crois que je fais ! hurla l'intéressé, affolé.

— Fonce, je te dis !

Dans le même temps son propre Ingram s'était matérialisé dans ses mains. De nouveau chargé à bloc. 30 cartouches de 9mm prêtes à semer la mort. D'instinct, le tueur avait fait sauter la sécurité et tiré le bouton d'armement. Dès lors, tout se passa très vite. Il vit le flic du siège passager de la voiture brandir une arme et son doigt enfonça la détente de l'Ingram. Cela déclencha une sorte d'orage bref et sec, et la face du flic se transforma instantanément en bouillie sanglante, tandis que son buste paraissait rejeté en arrière par une force gigantesque.

— Putain de putain ! jura le chauffeur accroché à son volant. On n'y arrivera pas !

— Fonce ! hurla Tisch de plus belle.

Dans la foulée, il avait envoyé une autre rafale dans la bagnole de patrouille, faisant sauter la casquette du chauffeur et pulvérisant le pare-brise déjà ensanglanté. A cet instant, un des pare-chocs céda et l'Oldsmobile partit en crabe comme un boulet de canon, dérapant sur la chaussée, où elle percuta le côté gauche d'une camionnette arrivant en sens inverse. Cette fois, le choc fut beaucoup plus brutal. Tout l'avant de l'Oldsmobile enfoncé, moteur fumant. Le front du chauffeur avait heurté l'angle de l'habitacle avec tant de violence qu'on avait nettement perçu le craquement de sa boîte crânienne. Du sang avait giclé partout. Tué sur le coup, le mafieux fixait le vide d'un regard idiot. Paniqués, les deux autres flingueurs brandissaient leurs mini-P.M., cherchant désespérément à s'éjecter de la voiture. Mais leur portière était bloquée par la camionnette. Tisch avait compris. Son Ingram sous le manteau rouge et la main fermée sur la crosse du 357 enfoui dans la grande poche du vêtement, il s'était précipité dehors par l'autre côté. Déjà, un mini embouteillage s'était formé tout autour d'eux. Fou de rage, le tueur claudiqua vers la camionnette, arracha littéralement le conducteur de son siège pour le précipiter au sol d'un coup de crosse.

— Vite ! cria-t-il aux deux autres. Rappliquez !

Les intéressés avaient enfin réalisé la situation et ils bondirent dans la camionnette sans demander leur reste. Déjà, des cris s'élevaient un peu partout et un concert d'avertisseurs ajoutait au désordre général. Heureusement, il s'agissait d'une voie peu passante de la limite Est d'Orange et, le soir de Noël, les gens restaient chez eux. D'ailleurs, avec leurs déguisements rouge et blanc, les tueurs transformaient la scène en quelque chose de surréaliste qui retenait les spectateurs d'y croire. Une aubaine qui ne s'éterniserait pas. D'autres flics allaient débarquer. Tisch était déjà au volant de la camionnette, quand il se sentit agrippé par le bas du pantalon. Le conducteur de la fourgonnette qui se réveillait.

— Salauds ! se mit-il à crier. Laissez ma camionnette !

— Minable ! gronda le Portoricain.

Il avait abaissé le canon du 357 et l'autre n'eut pas le temps d'avoir peur. Il y eut une terrible détonation, et le front du chauffeur disparut à moitié, littéralement explosé sur tout le côté gauche. Il était déjà mort quand Tisch démarra et qu'une roue de la fourgonnette lui passa sur le corps.

— Où on va ? s'inquiéta un des aides de Tisch quand ils furent enfin sortis de la circulation.

— Je vous l'ai dit, connard, grinça le Portoricain. Faut faire disparaître tout le matériel. Flingues et fringues.

— Je sais. Mais pourquoi on peut pas faire ça chacun de son côté. Séparés, on serait moins repérables.

— Si tu veux le reste de ton fric, ferme ta gueule, renvoya durement Tisch. En attendant, ôtez-moi ces conneries de déguisements, ordonna-t-il en se contortionnant pour en faire autant.

Conscient de l'importance de chaque chose, il exécutait les instructions à la lettre. Enfin, presque. Il avait quand même pris un minimum de précautions. On n'était jamais assez prudent.

— *Shit* ! soliloquait un des aides dans son dos. On a failli se faire baiser !

— La ferme ! grinça Tisch. Garde tes nerfs au frais.

Ils étaient maintenant sortis d'Orange et la fourgonnette redescendait par Irvine Bvd, en direction de la base des *Marine Corps* d'El Toro. Mais compte tenu des derniers événements, ils allaient de nouveau devoir changer de véhicule. Il l'expliqua aux deux autres et tous les trois se mirent à scruter la circulation autour d'eux.

— Celle-là, lança soudain Tisch en désignant une Alfa 6 qui venait de quitter la piste d'une station Texaco.

Une Alfa grise à quatre portes, avec une femme au volant. Seule. D'une manœuvre habile, le tueur avait légèrement déporté la camionnette sur la droite, et son pare-chocs ne fit que griffer l'aile avant-gauche de l'Alfa. Il eut droit à un coup d'avertisseur rageur, mit son clignotant, et les deux véhicules stoppèrent sur le bas-côté.

— Bougez pas, intima Tisch à ses équipiers.

Il sauta à terre, claudiqua vers l'Alfa pour se pencher à la portière, où le visage d'une jeune blonde s'encadrait.

— Vous ne pouvez pas faire attention? lança la fille d'un ton irrité.

— Désolé, *miss*, renvoya Tisch avec un franc sourire.

— Je me fiche que vous...

La jeune femme n'eut pas le temps d'en dire plus. Rapide comme l'attaque d'un serpent, la crosse du Python était venue percuter sa tempe à la volée. La jeune femme poussa un gémissement, aussitôt emporté par le grondement de la circulation. D'un mouvement sec, Tisch la repoussa, grimpa au volant, faisant signe aux autres de le rejoindre.

— Putain, fit l'un d'eux en découvrant les cuisses découvertes de la fille. On se la fait?

— Ta gueule, connard! C'est vraiment pas le moment! gronda Tisch.

L'Alfa s'était glissée dans le flot mécanique et le tueur resta sagement dans la file de droite, jusqu'à l'embranchement de Canyon Avenue. Intérieurement, il enrageait. Tout allait de travers et c'était vrai qu'ils avaient failli se faire avoir. Ce contrat était pourri, il l'avait senti dès le début. Mais comment refuser une telle offre. Effacer une ardoise comme la sienne relevait du miracle. Sans compter les cent mille dollars. Dans sa situation, il n'avait pas le choix. N'empêche que les emmerdes s'amoncelaient. A cet instant, Bug Tisch aurait eu besoin d'un bon rail pour se remonter. La coke, il n'y avait que ça. Il hésita, eut finalement l'esprit détourné par son autre équipier.

— C'est encore loin? questionna celui-ci.

— On arrive.

Au-delà de la frange lumineuse des réverbères

d'Irvine Bvd, on apercevait la luminescence des projecteurs de la base militaire. Avec, loin sur sa gauche, les panaches de fumée des incinérateurs de Silverado. D'énormes silos-usines où toutes les ordures du secteur étaient transformées en énergie.

— On aurait pu jeter ces trucs dans n'importe quelle décharge, insista celui qui avait déjà abordé le sujet.

— Fais pas chier, renvoya Tisch.

Il n'avait pas envie de discuter. Il avait seulement hâte de sniffer sa dose, de finir tout ça et de toucher le reste de son fric. Dix minutes plus tard, il arrêtait enfin l'Alfa dans une immense cour où défilaient des camions-bennes. Laissant la colonne de gros-culs sur sa gauche, il contourna un long bâtiment gris, stoppa devant un baraquement préfabriqué équipé d'un guichet et d'une barrière amovible. Un gros type au faciès de singe se pencha dans le cadre de la vitre :

— Qu'est-ce que vous voulez?

Pas aimable. Tisch le fixa de ses yeux noirs sans expression.

— Je dois voir Stan.

— Stan, c'est moi. Qu'est-ce que tu veux? répéta le gros, de moins en moins aimable.

— C'est pour la livraison de Noël.

L'autre hésita, finit par se décider à relever la barrière.

— Tu roules jusqu'au bout, renseigna-t-il en décrochant un téléphone. Là, tu refiles tes colis à un certain Gene. Je le préviens. Il sait ce qu'il doit faire.

L'Alfa s'ébranla de nouveau, roula sur une centaine de mètres, cahotant entre deux montagnes d'ordures fumantes. Au bout de l'allée, une autre colline de déchets attendait. L'endroit était sombre, désert et sinistre. Et ça puait horriblement. Un gros rat traversa le pinceau des phares, quand l'Alfa alla s'arrêter au pied de la dernière colline artificielle. Pas la moindre trace du nommé Gene. Méfiant, Tisch avait la main droite sur la crosse du 357 et l'Ingram était à portée.

— Qu'est-ce qu'on fait? questionnèrent en chœur ses deux commis.

— On la ferme et on attend.

Ils n'attendirent pas longtemps. Une benne apparut bientôt, roulant en marche arrière et stoppant juste derrière eux. Une silhouette maigre en combinaison de travail sauta au sol, s'approcha de l'Alfa et une face de petite frappe s'inscrivit dans l'ouverture de la glace.

— Gene? questionna Tisch.

Il avait le doigt sur la détente du Python. Un rictus torve distendit les lèvres trop minces du type qui répliqua :

— *Yeah*! Aboule les colis, j'ai des projets de réveillon.

Il avait un ton vulgaire et son haleine sentait encore plus mauvais que l'air ambiant. Tisch grimaça, ouvrit sa portière en ordonnant aux deux autres :

— Sortez la gonzesse.

Inconsciente, cette dernière gisait sur le siège, la jupe toujours relevée. Un énorme hématome violacé déformait tout le côté gauche de son visage et un peu de sang rougissait ses mèches blondes.

— Eh, fit Gene, indécis. C'était pas prévu, ça.

Ça, c'était la fille. Tisch gronda :

— Impondérable! Ça fait jamais qu'un colis de plus. Me gonfle pas.

Gene n'insista pas et un des aides demanda :

— Qu'est-ce qu'on en fait?

— Vous la foutez dans la benne.

— Hein?

— Qu'est-ce que vous avez? gronda Tisch, en les fixant de ses yeux glacés. Affolez-vous, si vous voulez être à l'heure pour la messe de minuit!

Il avait des envies de massacre. Vraiment trop besoin de sa dose. Matés, les deux autres empoignèrent la jeune femme et sans demander leur reste, allèrent la faire basculer dans la benne. Au moment où le corps basculait au fond de la « cuillère » d'acier pleine d'ordures, il leur sembla qu'un gémissement s'en était échappé.

— Ça y est?

Le petit flingueur n'avait pas entendu Tisch arriver

derrière lui. Il tourna la tête, vit le Portoricain se frotter le nez en reniflant, remarqua l'éclat nouveau de son regard. Le salaud venait de se faire une ligne. Histoire de l'amadouer, il amorça un semblant de sourire pour demander, servile :

— T'en aurais pas une pour moi, Bug?

Puis son sourire se transforma en un rictus incrédule.

— Eh! s'exclama-t-il. Qu'est-ce que...

Le reste de sa question fut emporté par l'explosion du Python. Il sentit comme un énorme ouragan dévaster l'intérieur de son crâne, puis il ne sentit plus rien. Dans le dixième de seconde suivant, le gros canon bronzé opéra un mouvement latéral de quelques degrés et la tête du deuxième flingueur se disloqua sous l'infernale poussée de la 357. Enfin, toujours aussi tranquille, Tisch abaissa le canon du Colt et, posément, il envoya une troisième balle à l'intérieur de la benne, dans la tête de la jeune femme.

Mieux valait bétonner derrière soi.

— Putain! souffla Gene qui arrivait, t'es un sentimental, toi!

Il ne semblait guère ému par la triple exécution, mais plutôt par le surcroît de travail.

— Faut me refiler les fringues, ajouta la gouape. Et les calibres aussi. C'est les instructions.

Tisch acquiesça. Il le savait. Peu désireux de se salir, il laissa Gene se coltiner les corps des deux flingueurs. Regagnant l'Alfa, il y prit les déguisements, puis les trois Ingram et revint à la benne pour les lui remettre, ainsi que le 357. Maintenant que la poudre lâchait ses effets, il se sentait mieux.

— O.K., fit Gene en envoyant le tout rejoindre les cadavres. Faut que j'aille foutre tout ça au four. Salut.

Le camion-benne disparut en rugissant entre les collines d'immondices, mais au lieu de remonter dans l'Alfa, Bug Tisch se contenta de regarder sa montre.

Il était 22 h 20. Malgré les ratés du programme, il avait dix minutes d'avance sur le planning.

Dix minutes qu'il aurait bien occupées à tirer la fumée

d'une Marlboro, mais au lieu de cela, récupérant le Beretta 93R qui n'avait pas quitté la poche cousue spécialement à l'intérieur de son blouson, il en vérifia le chargement, fit monter une 9mm chemisée dans le canon. En cas de nécessité, il n'aurait plus qu'à débloquer la sécurité et à presser la détente. A mi-course pour le semi-automatique, à fond pour le tir en rafales de trois coups. Une vraie petite merveille qui lui avait coûté très cher.

Mais la vie n'avait pas de prix.

Maintenant, il ne restait plus qu'à attendre. En réglant quelques ultimes détails.

— Je vais jusqu'où, patron?

La Mercedes cahotait dans les trous du terrain vague, dérapant parfois sur quelques plaques d'ordures. Elle n'était plus qu'à une cinquantaine de mètres des énormes tas d'ordures et on apercevait une lumière diffuse au détour de l'espèce de « canyon » qui les séparait. Assis à l'arrière et parfaitement détendu, le golden boy désigna la lueur en ordonnant :

— Avancez, Peter. Jusqu'au fond.

La semaine précédente, juste avant de fixer le rendez-vous, ils étaient déjà venus reconnaître les lieux et *Mister X* s'était fait une idée des réactions possibles de Bug Tisch. Il le savait méfiant et terriblement dangereux, mais cela ne l'inquiétait pas. Après tout, il n'était venu que pour récupérer les photos et verser l'argent.

— Ça ira, ici?

Peter avait stoppé la Mercedes à moins de dix mètres de la voiture aux phares allumés. Des phares dirigés sur eux, ce qui interdisait d'en voir l'intérieur. Au passage, le blond identifia une Alfa.

— Parfait, Peter. Allumez votre plafonnier et attendez-moi.

Le plafonnier, c'était pour montrer ses bonnes intentions. Il débloqua le verrouillage des portières, mit pied à terre, sentit aussitôt monter l'odeur pestilentielle à ses narines. Réprimant une grimace et fronçant les sourcils dans la lumière des phares de l'Alfa, il appela :

— Bug?

Pour seule réponse, il ne perçut que le grondement lointain de la ville. Il eut une mimique irritée, porta la pochette de son complet anthracite devant son nez, appela encore :

— Bug? Ce que vous faites est stupide! Où êtes-vous?

Toujours pas de réponse. Il y avait comme de la brume qui montait des tas d'ordures et cela s'imprégnait dans les vêtements. Le blond se dit que, finalement, il avait sans doute eu tort de choisir cet endroit.

— Bug! lança-t-il en haussant le ton. Je ne suis pas venu ici pour jouer à cache-cache. Je sais que vous êtes là! J'ai votre argent, mais j'ai besoin des photos!

Il fit quelques pas en direction de l'Alfa, brandissant ostensiblement l'enveloppe en kraft qu'il avait sortie de sa poche.

— Bug!

Alors qu'il faisait encore un pas, il y eut un bruit léger tout près de lui. Un petit bruit métallique qui le fit presque sursauter. Soudain figé, il tourna la tête et se trouva tout bête.

Une boîte de conserve.

Une simple grosse boîte de petits pois, rouillée, souillée... supendue au bout d'une ficelle et qui se balançait mollement, juste devant son nez.

— Le fric.

La voix était brève. Un rien menaçante. Incrédule, *Mister X* leva les yeux, ne vit rien d'autre qu'une ficelle crasseuse qui se perdait au sommet du tas d'immondices.

— Le fric, répéta la voix, soudain impatiente. Je veux d'abord le fric. Foutez l'enveloppe dans la boîte. Les photos, c'est pour après.

Soulagé, *Mister X* retint un sourire, fit mine d'hésiter, puis, haussant les épaules, il finit par accepter.

— O.K., lança-t-il. Mais nous sommes corrects, tâchez de l'être en retour.

— Le fric !
— D'accord, acquiesça le jeune homme. D'accord !
Le plus délicatement possible, il s'employa à glisser l'enveloppe dans la boîte, se salissant tout de même un peu les doigts au passage. Grimaçant de nouveau, il leva les yeux, lança :
— Voilà. C'est fait.
Aussitôt, la ficelle remonta la boîte qui disparut au sommet de la falaise d'ordures. Un moment passa, avant que le golden boy ne finisse par s'impatienter :
— Alors ! Et les photos ?
La boîte réapparut dans la lumière des phares, mais au lieu de descendre au bout de sa ficelle, elle tournoya dans la brume nauséabonde, avant de rouler aux pieds de *Mister X*. Celui-ci fit un écart, étouffa un juron, se résigna à la ramasser pour s'emparer enfin de son contenu. La même enveloppe kraft. Mais, dedans, il y avait bien les photos pollaroïd exigées. Des photos hideuses. Insoutenables. Malgré lui, *Mister X* eut un début de nausée.
Pour faire ça, il fallait être dingue. Vraiment fou à lier. A moins d' être un monstre. Et c'était justement pour ça qu'on avait choisi Bug Tisch, *Crazy-Bug*.

Crazy-Bug avait palpé le fric avec délectation. Au point qu'il ne sentait même plus les remugles de chiottes qui imprégnaient ses fringues. Il avait gagné. Les *amici* avaient raqué. Cette fois, l'ardoise était vraiment effacée. Autrement, ils lui auraient balancé du plomb dans les tripes en guise de règlement. Il aurait suffi pour ça qu'une ou deux bagnoles pleines de *soldati* l'attendent à sa sortie de chez ses « cibles ». Bien sûr, il en aurait flingué quelques-uns, mais ils auraient fini par le transformer en passoire. Aussi sûr que la vie était belle. Surtout avec tant de pognon.
Mais il ne fallait pas s'énerver.
Prudent, toujours allongé sur son tas d'ordures, il regarda disparaître la Mercedes au bout des terrains

vagues, puis, contenant son impatience grandissante, il se força à une nouvelle attente de vingt minutes, avant de se rassurer tout à fait. Pas de lézard à l'horizon. Mais comme Bug Tisch n'était pas né d'hier et qu'il était vraiment très méfiant de nature, il se dit qu'une autre bagnole pouvait aussi bien attendre l'Alfa à la sortie du complexe et le rafaler en beauté. Alors, décidant d'abandonner la voiture sur place, il fourra le fric dans son blouson et, le 93R à la main, il se laissa doucement glisser du côté opposé à l'Alfa. Dans la zone la plus sombre du secteur. Là, débouchant dans un autre « canyon » entre deux montagnes d'ordures, il demeura un instant aux aguets, puis, complètement rassuré, il se mit en marche.

Jusqu'à ce qu'il entende le bruit. Comme un grondement mécanique venu de partout à la fois. D'abord, il crut à l'arrivée d'une nouvelle benne, et son index qui s'était crispé sur la détente du Beretta se détendit. Juste une seconde. Car au même moment, alors que le grondement enflait de toutes parts, son regard soudain halluciné vit les falaises d'ordures qui l'entouraient s'illuminer de l'intérieur.

S'illuminer... et s'ouvrir!

Il vit les caisses écrasées, les cartons gluants et les amas de détritus s'écarter, il vit les yeux ronds et lumineux jaillir dans la brume pestilentielle, comprit que c'étaient des phares et d'un coup, les mufles monstrueux des camions crevèrent les derniers remparts d'immondices, fonçant sur lui en rugissant de tous leurs chevaux emballés. Le cœur dans la gorge et un hurlement au bord des lèvres, il leva le Beretta dans un geste réflexe. Mais, au même instant, les premières rafales jaillies des monstres mécaniques se mirent à crépiter. Puis il y eut ce premier choc dans la chair de *Crazy-Bug* et en enfonçant la détente du 93R jusqu'au bout, il se dit qu'il avait raison depuis le début. *Ils* lui avaient tendu un piège.

Un très beau piège.

CHAPITRE V

Faible et couvert par le chuintement de la pluie qui tombait sans discontinuer, le chant monocorde et lancinant semblait flotter au milieu des écharpes de brume. Un chant qui racontait le temps où tout était écrit, le bien comme le mal et où tout venait aux hommes par la volonté des dieux. Ces dieux qui grondent aux gouffres sans fonds noyés de nuées lourdes et qui pleurent parfois en chaudes cataractes sur la *selva* fumante. C'était un chant vibrant et beau comme le glissement continu du vent dans l'enchevêtrement de la forêt, et la voix, usée, cassée, vieillie, ajoutait sa fragilité comme une note de cristal, à la force de la mélodie.

C'était un chant d'amour, d'honneur, de vie et de mort.

Mais Mack Bolan n'entendait ni n'écoutait. Il vivait dans l'absence. Il avait perdu la vue, l'ouie, le goût, la parole, l'odorat. Aveugle, sourd et muet, il n'était plus qu'une chair hurlante où le sens du toucher se résumait à celui de la douleur. Une souffrance diffuse mais insupportable. La sensation d'être écorché vif. Confronté aux supplices conjugués du froid, du chaud, de la morsure de l'air et de la brûlure de l'eau, il ne sentait rien. Seulement ce volcan de lave folle et qui le dévastait. Et il aimait cela, comme on se prend à aimer la mort, quand elle devient délivrance.

Mack Bolan avait mal et c'était bien ainsi.

Mais le chant continuait. Dans une langue sans doute morte depuis la nuit des temps. Mack Bolan dans sa chair savait l'histoire de ce chant. Il *était* ce chant. De son regard mort qui fixait l'espace, les nuages et la brume montant de la *selva*, il captait des images évanescentes, des songes mouvants où les êtres n'étaient plus que des âmes et où les sons coloraient l'univers. Mack Bolan n'était plus, Mack Bolan était mort.

Cela durait depuis des siècles et cela n'aurait pas de fin.

Et puis cela changea. Ce fut juste un souffle. Une haleine venue du ciel ou du néant, du vent ou de l'eau. C'était indéfinissable et pourtant...

— A toi aussi ils ont tout pris, disait la voix qui ne chantait plus.

Jil morte. Jil et... et les enfants. Crucifiés, massacrés.

— Ils ont volé le sacré, dit encore la voix qui ne chantait plus. Ils ont injustement porté le fer, le feu et le sang.

Il y eut un silence seulement troublé par le frémissement de la pluie, avant que la voix usée n'ajoute tout bas :

— Tout cela, je le sais.

Mack Bolan fut surpris d'entendre cette voix brisée, fragile comme l'eau ruisselant sur les fougères. Une voix qu'il avait connue jadis, mais dont il ne savait plus très bien à qui elle avait appartenu. Mais cela n'avait pas d'importance puisque tout était mort...

Alors, comme une évidence, l'esprit de Mack Bolan s'éveilla. Ce fut comme une renaissance. Douloureuse à hurler. Il se remit à entendre le son multiple de la pluie, enregistra les fragrances lourdes de la *selva*, capta le goût de l'air mouillé et sa vue redonna forme à ce qui avait disparu. Seules, les couleurs ne revinrent pas. Il ne voyait que du gris. Un gris qui n'existait pas.

Le gris d'Irlande, le gris des yeux de Jil.

Avec les couleurs, le sens de la Lumière avait à jamais disparu. Peut-être ces choses-là étaient-elles parties rejoindre Jil et les enfants. Peut-être que la Vie était finalement de l'autre côté et que le guerrier solitaire était lui-même resté dans cette mort qu'il avait tellement appelée de ses vœux.

— Je savais que tu viendrais.

Toujours la même voix. Usée. Davantage faite pour chanter le cantique oublié que pour prononcer les mots de tous les jours. Alors, Bolan accomplit l'ultime démarche de cette renaissance tant abhorrée, il tourna la tête.

Il était devant lui, le vieil Indien[1], Muisak l'Ancien, le Sage, le Jivaro sans âge. Muisak et son cortège de passé et d'avenir. Muisak était là. Il avait entendu son appel et il était venu. Plus vieux encore de quelques vies ou de quelques morts, avec ces yeux qui regardaient l'Eternité.

— Tu savais que je viendrais, s'entendit dire Bolan. Tu savais?

Le vieil Indien hocha lentement sa tête aux longs cheveux couleur de nuage, répéta comme pour lui-même :

— Je savais.

Ils ne se quittaient plus du regard et ce que Bolan voyait maintenant, au fond des prunelles délavées, rendait peu à peu le volcan de sa chair moins suppliciant. Ils demeurèrent ainsi longtemps, assis sur la roche mouillée de la montagne, trempés de la chair et des os, gardant entre eux comme un présent ce silence qui contenait tout. Puis quelque part aux confins de la *selva* un grondement d'orage roula en ricochant, et le silence fut rompu.

— Tu es là depuis si longtemps. Si longtemps!

1. *Enfer à Tingo Maria*, L'Exécuteur N° 98.

— Longtemps? questionna Bolan.

— Longtemps, répéta à son tour le vieil homme. Depuis si longtemps que j'ai eu le temps de venir te rejoindre.

— Et... tu savais que je viendrais.

Ce n'était même pas une question. Pourtant, le vieux Jivaro acquiesça :

— Je savais cela et tout le reste. Comme mes ancêtres ont su en leur temps les secrets des messages emportés par les Esprits et les vents. J'ai su la mort autour de toi, j'ai su la blessure sans fond de ton âme, j'ai su alors que tu viendrais jusqu'ici. J'ai su tout cela, car l'esprit et l'âme sont universels. Ils sont *Le Message Essentiel.*

Le vieil Indien se tut, comme essoufflé. Son regard ne quittait toujours pas celui de Bolan et un nouveau silence s'établit entre eux. Très long. Au point que Bolan se dit qu'il était sûrement en train de retourner dans ces limbes qui ressemblaient si fort au néant. Il se demandait comment il était arrivé jusqu'ici et ce qu'il était venu y chercher.

Comme si l'Ancêtre avait lu en lui, il questionna :

— Pourquoi es-tu venu, guerrier?

Le regard vide et la voix sans relief, Mack Bolan répondit :

— Je ne sais pas.

Il y eut un autre roulement de tonnerre aux confins de la jungle puis, tandis que son écho achevait de mourir, le Jivaro déclara doucement :

— C'est faux, guerrier. Tu le sais.

Pour la première fois depuis sa sortie du néant, Mack Bolan esquissa une réaction de surprise. Juste un haussement de sourcils. Un signe de vie. Son regard plongea plus encore dans les profondeurs de celui de Muisak et, soudain, son esprit chaviré sut que l'Ancêtre avait raison. Il était venu pour quelque chose et il le savait.

Alors, il se mit à parler.

Il raconta Jil, les « petits emmerdeurs », les Galapagos, Cheng. Il parla du regard d'espérance aperçu par instants trop fragiles dans les prunelles de l'enfant muet, il dit le bonheur, il conta le vent, la mer et les rires cascadant sur les vagues... il parla de la vie, de l'amour.

Puis il peignit le rouge de l'horreur, cria le monologue de l'absence et du vide, narra sa faiblesse comme une honte et acheva sur un dernier aveu :

— J'ai peur.

Quand enfin les rages liquides se furent étanchées, quand l'air soudain lavé se mit à ressembler au premier matin du monde et que les sons se firent légers pour monter de la forêt ressuscitée, la voix de l'Ancêtre s'éleva de nouveau.

— La peur n'est rien, guerrier, si tu sais la chevaucher et la dompter. Et tu le sais.

Et Bolan comprit. Il sut ce qu'il était venu chercher auprès du vieil Indien : il était le justicier, qui portait le fer, le feu et la mort.

Il était venu rechercher Jil, il était venu reprendre l'Esprit de Revanche. Et il venait de le trouver. Alors, il se tut de nouveau et le vieil homme en fit autant. Et ils restèrent ainsi longtemps. Si longtemps que le vent, la pluie et l'orage revinrent; et le soleil à son tour. Plusieurs fois. Et puis vers le soir, tandis que les feux d'un couchant rouge et gris incendiaient le tapis moutonnant de la *selva*, une voix vieille et cassée s'éleva doucement, roulant en calmes vagues sur l'immensité du ciel en un chant presque inaudible.

Un chant qui, à jamais, resterait gravé dans l'âme de Mack Bolan et qui, pour lui et pour l'éternité, serait un chant de mort.

CHAPITRE VI

— Messieurs, je déclare la séance ouverte.

Bien qu'affaibli par la fatigue de sa dernière crise, Don Solo Scarlene avait conservé une voix aux intonations théâtrales. Un ton que renforçait encore l'aspect artificiel de la scène. Ce soir, « SS » s'était senti trop éprouvé pour siéger à la grande table recouverte du drap noir. A demi assis contre les oreillers brodés de gris de l'immense lit à baldaquin aux tentures de velours noir, flanqué de son fils Vito-Donato assis sur une chaise, et laissant courir sur les six autres membres de la *Commissione* du sommet son regard de braise, il ressemblait exactement à ce qu'il souhaitait : à un vieil autocrate.

Près de lui, raide sur sa chaise à haut dossier d'ébène, le jeune Vito en prince héritier offrait toujours le même visage lisse et le même regard noir et glacé. Face à eux, formant un demi-cercle, Gene Lavaro, Armando Secca et les autres demeuraient immobiles sur leurs chaises. Dans la lumière jaune et frémissante des dizaines de cierges fichés sur des candélabres d'église, leurs faces figées ressemblaient à des masques. Seules parfois, dans les regards durs et fixes, passaient des lueurs diverses et Don Scarlene s'en amusait. Au mot près, il aurait pu dire ce que pensait chacun à cet instant. Il y était question de sa mort, de sa succession et... d'impatience. Mais bien que ce soit inéluctable, Don Scarlene n'avait pas envie de mourir. Pas tout de suite. Pas avant d'avoir mis au point le dernier spectacle de sa vie : la mise en scène de sa propre mort.

Et de sa succession.

Car il le savait, dès qu'il serait parti, la meute se déchaînerait. Non seulement, bien sûr, contre Rosaria, mais également contre Vito-Donato. Or, davantage par vanité que par affection, « SS » avait décidé que son fils lui succéderait. Aussi fou que cela puisse paraître à tous ceux qui l'entouraient. Pour cela, comme au temps des dynasties régnantes, il suffisait de nommer un régent. Et de le coincer. Par exemple, par le biais d'un testament. Il connaissait chacun des membres de la *Commissione* dans ses jardins les plus secrets et il savait comment les manipuler.

Le fric.

Or, le fric, le gros pactole, c'était lui qui l'avait. Des montagnes de pognon, patiemment amoncelées au cours de tout un règne. Des comptes bancaires partout. En Suisse, au Liechtenstein, aux Bahamas, au Panama, ainsi que des milliers d'actions. Dans toutes les grosses multinationales, y compris au Japon, à Formose et à Hong-Kong. Des millions et des millions de dollars. Actionnaire de nombreux *holdings*, la famille Scarlene était maintenant à la tête de sommes colossales, dont le *capo di tutti capi della Commissione* aurait pu dire le chiffre, presque au *cent* près. Avec ses armées de comptables, de conseillers fiscaux et d'avocats internationaux, il était devenu intouchable et sans ce cancer imbécile qui le tuait inexorablement, il aurait pu encore gonfler cette fortune insolente. Mais Vito-Donato s'en chargerait. Déjà, Don Solo lui avait presque tout appris, et pour la suite, ses experts en tout genre feraient le nécessaire. Y compris ceux chargés de sa sécurité. Personne n'avait jamais envie de tuer la poule aux œufs d'or.

— Gene, lança soudain « SS » en plongeant son regard d'encre dans celui de Lavaro, combien tu me donnes ?

L'aîné des *capi* du Sommet haussa un sourcil incrédule.

— Comment?

Un rictus de hyène distendit les lèvres trop minces et trop pâles de Don Scarlene.

— Je parle de temps, Gene, précisa-t-il de sa voix essoufflée. De celui qui me reste à vivre.

Figés, les cinq autres membres de la *Commissione* attendaient, se demandant où « SS » voulait en venir. Mais Gene Lavaro savait. Dans ce duel d'influence qui les animait depuis toujours, Solo Scarlene avait un avantage sur lui. Son colossal cynisme. Et ce soir encore, il allait le provoquer. Par seul goût du jeu. Esquissant à son tour un rictus faussement attristé, il se tendit en avant, fit mine d'observer longuement la face creusée du Don puis, reprenant sa position antérieure, il lâcha tranquillement :

— Je ne suis pas expert, mais... disons : une petite semaine...

Don Solo Scarlene laissa échapper un rire grinçant en se laissant aller en arrière. Un rire auquel les petits yeux noirs ne participaient pas. Puis, saisissant le bras de son fils de ses doigts noueux, il siffla entre ses dents :

— Tu as entendu, Vito? Tu as entendu?

— *Si*, Don Solo, répondit l'adolescent, sans la moindre trace d'émotion. *Si*, j'ai entendu.

Pour la forme, Don Scarlene rit encore un peu, avant d'asséner, une lueur de défi dans les yeux :

— Tu te trompes, Gene. Tu te trompes lourdement. Je ne suis pas si près de mourir. J'ai beaucoup de choses à faire avant.

Il laissa planer un silence, reprit son souffle et ajouta :

— Notamment, t'enterrer.

Tout le monde rit à cette bonne plaisanterie. Tout le monde, sauf le jeune Vito-Donato. Non pas qu'il fût choqué, mais simplement parce qu'on perdait du temps. Maintenant qu'il assistait aux réunions de la *Commissione*, il n'avait plus envie de plaisanter. Jamais. Alors, parce qu'il en avait vraiment marre, il se pencha à l'oreille de son père pour souffler :

— Vous vous fatiguez trop, Don Solo.

Le *capo di tutti capi* hocha la tête, ravala son sourire et d'un ton soudain autoritaire, il fit remarquer :

— J'ai dit que la séance était ouverte.

Il regarda son fils, demanda :

— Quel est l'ordre du jour, Vito?

Il le savait parfaitement, mais il tenait ainsi à bien montrer aux autres combien l'adolescent faisait maintenant partie intégrante de l'Honorable Assemblée. L'adolescent ouvrit le bloc posé sur ses genoux et d'une voix qui ne tremblait pas, il énuméra :

— Outre les affaires courantes, et outre le contrôle de la campagne électorale qui se prépare, la séance portera sur deux points. Les comptes du mois et l'opération « Noël Rouge ». A l'assemblée de fixer l'ordre chronologique des deux dossiers.

— Bien, Vito. Très bien.

Don Solo semblait content de son fils. L'autorité qui émanait déjà de lui laissait augurer de la suite du règne des Scarlene. De son côté, Gene Lavaro bouillait de rage. Fallait-il qu'ils soient tous devenus fous pour autoriser ce morveux à siéger.

D'un regard éloquent, Armando Secca lui fit comprendre de ne rien manifester. Dans peu de temps, quand le père et la pute auraient disparu, le gosse pouvait avoir un accident. En attendant, il y avait plus sérieux à s'occuper. D'autant que d'un coup d'œil circulaire, Lavaro avait pu noter les mines coincées des quatre autres. Le moment venu, ceux-là ne seraient pas difficiles à convaincre. Ange et Basilio Pinero suivraient sans réfléchir, Armando Guzzo et Fabricio Acate seraient trop contents. De tout temps, leurs familles respectives avaient toujours été méprisées par les Scarlene. Ils débattirent pourtant des affaires courantes pendant une petite demi-heure, de la campagne électorale et de son « encadrement » par l'Organisation puis, prenant la parole, Don Solo demanda :

— Il est temps, messieurs, de passer aux affaires sérieuses. Il reste à voir les comptes et à discuter de l'opération « Noël Rouge ». Lequel des deux dossiers souhaitez-vous traiter en premier?

Les six autres membres se consultèrent brièvement, optèrent pour les comptes du mois. Chaque registre des « affaires transparentes » avait fait l'objet d'un examen général préalable et un vote de l'approbation des comptes suffit à clore le sujet.

— Deuxième dossier, lança alors « SS » avec impatience. L'opération « Noël Rouge ».

Un silence épais suivit cette annonce et pour la première fois de la soirée, les visages se tendirent. Dans cette lumière fumeuse de crypte, on aurait dit la réunion d'une secte religieuse. Puis le regard noir de Don Solo se posa sur la face de patriarche de Gene Lavaro et il invita, solennel :

— Je te laisse la parole, Don Gene.

« SS » utilisait avec art ses dons théâtraux et le « cas » du grand fumier requérait un intérêt particulier. Chacun des sept membres savait d'ores et déjà avec précision ce qui s'était passé à Los Angeles. Il convenait à présent d'assurer le suivi de l'affaire. Un suivi dont Gene Lavaro avait logiquement hérité, puisqu'il s'était lui-même occupé du montage de l'opération sur place. Logique. Son ami Rudi Fovone, gros bonnet installé à L.A. depuis vingt ans, constituait un relais très efficace. Et insoupçonnable. Ils s'étaient connus autrefois par maîtresse commune interposée et au lieu de se venger, Lavaro avait préféré laisser son rival émigrer aux States avec la fille et passer un *deal* avec lui. Depuis, tout le monde y avait trouvé son compte et personne n'avait jamais pu établir leurs liens. Les contacts entre eux étaient toujours directs et secrets et Fovone ne répercutait les ordres siciliens que par l'intermédiaire de types aussi « clean » que lui. Des intermédiaires dont Lavaro ne connaissait même pas les noms. Le cloisonnement idéal.

— J'ai reçu les photos, déclara l'aîné de la *Commissione* en ouvrant la grande enveloppe posée sur ses genoux depuis son arrivée.

Chacun à son tour consulta le jeu de photos pollaroïd.

On y voyait des corps ensanglantés, des débris de toutes sortes, des paquets-cadeaux éventrés et un sapin de Noël renversé. Scènes hideuses qui laissèrent pourtant tous les hommes présents parfaitement froids.

— Je veux voir, revendiqua le jeune Vito quand son père voulut rendre les photos à Lavaro.

Un rictus de fierté passa sur les lèvres décolorées de Don Solo et il tendit les clichés à son fils. Ce dernier les observa en bloc, revint sur l'examen de quelques détails, finit par les rendre en questionnant d'une voix qui ne frémissait même pas :

— Pour les enfants, c'était indispensable ?

— *Si*, répondit seulement son père.

L'incident fut clos et tandis que l'Héritier reprenait son attitude glacée, Gene Lavaro remit les photos dans l'enveloppe en commentant :

— La première partie de l'opération s'étant déroulée selon le plan, j'ai pu ordonner de passer à la phase suivante.

— Tu n'es pas difficile, grinça Don Scarlene.

— Comment ?

Lavaro l'observait, méfiant.

— Si tu trouves que la première partie de l'opération s'est déroulée selon le plan, fit valoir le *capo di tutti capi*, c'est que tu n'es pas difficile.

— Ecoute, Don Solo, renvoya Lavaro d'un ton qui se voulait conciliant. C'est vrai que ce Tisch, notre contrat, a eu un bol insensé. Pour échapper à un piège comme celui-là, il faut être protégé par la Vierge. Mais les flingueurs de l'équipe sont formels, Tisch a écopé. Plusieurs balles. Bien sûr, il a réussi à filer. Mais si ça se trouve, il est canné quelque part dans un coin et personne n'en sait rien encore.

— Tu regardes trop la télé, Gene, fit Don Solo avec commisération.

— Bon, d'accord ! J'extrapole. Mais mort ou vif, on le retrouvera, Tisch. S'il vit encore, ce n'est plus pour longtemps. Et de toute façon, il ne savait rien.

— Un tueur en sait toujours trop, Gene. Et un tueur

qui se fait prendre n'a qu'une seule monnaie d'échange à offrir aux flics. La balance.

Un sourire crispé se plaqua sur la bouche de l'aîné de la *Commissione* qui renvoya :

— Tu as raison, mais encore faut-il qu'il ait quelque chose à balancer! Bug Tisch ne savait rien de cette affaire. Strictement rien. Ce sont les équipes de Fovone... je veux dire, les équipes du boss local contacté par Fovone qui ont tout organisé. Les planques, les écoutes, etc. Tisch n'avait jamais vu son recruteur auparavant et il n'est arrivé sur le coup que pour le flingage. Un contrat du type « Oswald-Kennedy ». Bétonné de tous les côtés. Alors, même si on le pique, il ne pourra rien vendre aux flics.

Le rictus de hyène réapparut sur la face creusée de « SS ».

— Allons, Gene! Ne te fais pas plus bête que tu ne l'es. Avant ce coup, Bug Tisch avait déjà pas mal bossé pour l'Organisation. Il bavardera de toute façon. Et ce qu'il dira portera de toute manière préjudice aux *amici*. Forcément. Tu connais les flics. Avec un rien au départ, ils arrivent presque toujours à décrocher une timbale.

Se tournant vers son fils, il prévint sans transition :

— Je te l'ai souvent dit, Vito. Ne sous-estime jamais la police. C'est un principe qui permet d'éviter les erreurs. Notamment celle de se prendre pour plus malin qu'on est.

— *Si*, Don Solo, répondit l'adolescent. Je m'en souviendrai.

Disant cela, il avait posé son regard froid sur la face congestionnée de rage contenue de Lavaro. A cet instant, ce dernier se fit secrètement un serment. Après la mort de Solo, il se chargerait personnellement de ce petit con.

— Qu'as-tu prévu pour le suivi de cette affaire? questionna « SS » en s'adressant de nouveau à l'aîné de la *Commissione*.

Ravalant sa haine, Lavaro renseigna :

— Toutes les familles US ont été alertées. Des

dizaines de *soldati* sont déjà lancés sur ses traces. Il n'a aucune chance de s'en sortir.

— Je l'espère, souffla Don Solo en se redressant contre ses oreillers. Je l'espère pour tout le monde. Ensuite ?

— Pour la suite, reprit Lavaro avec son sourire retrouvé, je ne suis guère inquiet. Grâce à nos contacts sud-américains, nous avons pu retrouver la trace de Bolan.

A l'énoncé de ce nom, il sembla que l'air s'épaississait dans la grande pièce tendue de noir. Il y eut un silence assez long, rompu seulement par une brève toux de Don Solo dont la voix essoufflée s'éleva enfin pour demander :

— Qu'est-ce que ça veut dire, la trace de Bolan ?

— Ça veut dire qu'on l'a aperçu.

— Aperçu, hein ! renvoya ironiquement le *capo*.

Sourire modeste de Gene Lavaro.

— Tu sais ce que c'est, Don Solo. Chez nous, il y a les épées... et les autres. Quand je dis qu'on l'a aperçu, j'emploie les mots adéquats. Ce sont des indics appartenant aux *narcos* péruviens qui l'ont aperçu au petit aéroport de Tingo Maria.

Don Solo tiqua :

— Et les *narcos* n'en ont pas fait de la chair à saucisse, du fumier ?

Moue désolée de Lavaro.

— Ils ne l'ont pas repéré à son arrivée, mais à son départ. Juste au moment de l'embarquement. Le temps qu'ils préviennent leurs boss, le zinc était quasiment posé à Jorge Chavez Airport[1]. Là, les contacts locaux des *narcos* ont bien essayé de faire intervenir en urgence une équipe de *pistoleros*, mais le grand fumier s'était déjà évanoui dans la nature.

Don Solo fronça les sourcils.

— Et après ?

1. Aéroport International de Lima.

Lavaro haussa les épaules.

— Après, plus de nouvelles.

— Ça ne lui ressemble pas, au fumier.

— Je sais. Mais si j'en juge par les témoignages recueillis a posteriori autour de Tingo Maria, il n'était pas retourné là-bas pour un blitz.

Nouveau froncement de sourcils du super-*capo*.

— Pour quoi faire, alors?

Moue sarcastique de Lavaro.

— Pèlerinage.

— Hein?

— Selon le téléphone arabe local, il serait retourné là-bas pour y retrouver un vieux dingue de Jivaro. Un chef de tribu, à ce qu'on dit. On dit aussi qu'il aurait passé des jours à l'attendre au sommet d'une montagne située en pleine jungle, et qu'ils seraient ensuite restés ensemble plusieurs autres jours. Tu connais les indios! Ils racontent une histoire qui ressemble déjà à une légende. D'ici à ce que Bolan entre dans leur panthéon...

Don Solo soupira.

— Tu n'as rien d'autre à raconter que ce genre d'inepties, Gene?

Arrêté dans son élan, l'aîné de la *Commissione* soupira à son tour.

— Désolé, Don Solo. Je répète ce qu'on m'a rapporté.

— Bon. On ne va pas passer l'année là-dessus, trancha le malade en étouffant une quinte de toux. J'aimerais entendre ton analyse de l'affaire et tes projets quant à la suite à lui donner.

— Pour l'analyse, c'est simple, fit Lavaro d'un air d'évidence. A mon avis, le but recherché est atteint ou est en passe de l'être. L'opération « Noël Rouge » a marqué le point qu'elle visait : le rendre dingue. Le déstabiliser suffisamment pour qu'il déjente. Quand les rapports de nos indics locaux nous ont appris son voyage en « famille » aux Galapagos, j'ai compris qu'on tenait quelque chose d'important.

Il pointa un doigt vers Don Scarlene pour préciser :

— Et tu y as cru aussi, puisqu'on a monté « Noël Rouge ».

— Alors, tu crois que ces exécutions lui ont déglingué la cervelle, hein?

— Sûr, fit Lavaro en hochant sa belle tête blanche. Ce séjour de dingue au Pérou le prouve, non?

— Et si j'en crois ton analyse, c'est sur ce traumatisme que tu comptes pour lui faire commettre l'erreur fatale.

— Oui.

C'était net.

— Ecoute, Don Solo, reprit Lavaro d'un ton persuasif, nous en avons déjà beaucoup parlé. Je te l'ai dit, à partir de maintenant, toutes les familles US sont mobilisées pour coincer Tisch. Je dis bien, *toutes* les familles et du haut de l'échelle jusqu'aux barreaux les plus bas. C'est le moment de passer à la deuxième phase du plan. De lancer dans le circuit cette offre de récompense... ces cent mille dollars dont on a déjà discuté au début du projet, pour que des milliers de mecs se mettent à rêver de se le payer, l'Exécuteur. Je suis sûr que « Noël Rouge » lui a tapé très fort sur le perco et qu'il ne va pas tarder à faire une connerie, le grand fumier. Qu'il va se découvrir, qu'il va vouloir flinguer tout ce qui touche de près ou de loin à l'Organisation. Dès lors, il suffit d'appâter suffisamment et tous les pousse-gâchette des Etats-Unis vont se mettre à lui courir au cul.

Don Solo lui lança un regard lourd.

— Tu en es toujours aussi sûr, hein?

— *Si*. Je mise tout ce que j'ai là-dessus.

Don Solo Scarlene se sentit ébranlé. Depuis le début, il trouvait ce plan complètement stupide. Lui n'aurait pas misé une lire sur ce pari et s'il avait laissé faire, c'était dans l'espoir d'affaiblir tous les autres membres de la *Commissione*. Mais à voir leurs mines, Lavaro ne semblait plus le seul à y croire. Le *capo di tutti capi* se sentit soudain fatigué. Cette séance était trop longue et il n'avait pas encore abordé l'unique sujet qui occupait désormais son esprit.

Ses noces avec Rosaria.

Pour bien indiquer qu'il pouvait toujours user de son droit de veto, il fit mine de réfléchir quelques instants, toussa longuement, puis, calmé et des larmes dans les yeux, il souffla :

— D'accord, Don Gene. D'accord. Après tout, tu as sans doute raison. Nous allons voter.

Posant tour à tour son regard magnétique sur les cinq autres membres du Sommet, il lança selon son habitude :

— Messieurs, votons.

Comme il s'y était attendu, le vote fut favorable à la poursuite du plan par six voix sur six et il apporta la sienne en guise de clôture de séance. Puis tirant sur un cordon situé à la tête de son lit, il fit apparaître une vieille femme vêtue de noir et ratatinée comme une pomme cuite, poussant un chariot chargé de bouteilles et de verres. Puis la vieille disparue et les gosiers désaltérés, Don Solo Scarlene se redressa contre ses oreillers.

— Messieurs, lança-t-il d'une voix soudainement raffermie, je vais maintenant vous demander votre contribution.

Le silence revint et tous les regards s'accrochèrent à sa face creusée où les yeux noirs brillaient d'un éclat particulier.

— Je vais vous demander de m'aider à organiser mes noces.

Il s'était plus ou moins attendu à des réactions étonnées, voire gênées. Au lieu de cela, il fut surpris de ne trouver devant lui qu'un auditoire soudain exagérément attentif et souriant. Dès lors, sa méfiance augmenta. Ces enfoirés se foutaient visiblement de lui et n'attendaient qu'une chose, qu'il crève. Ils s'occuperaient de Rosaria après. Comme ils essaieraient sans doute d'évincer Vito d'une manière ou d'une autre. De Rosaria, il n'avait strictement rien à fiche. Elle n'était qu'une pute, et dans l'état de délabrement physique où il se trouvait, la seule raison qu'il avait de l'épouser se résumait à une profession de foi : emmerder tous ses proches et surtout un certain Fouad.

Fouad Bin Rahab.

Un Abudabien confit de pétrodollars qui voulait aussi Rosaria, mais qui, pendant la guerre du Golfe, avait refusé un deal avec Scarlene. Un petit marché juteux visant à contourner l'embargo sur l'Irak en matière de pièces détachées d'armement et de denrées alimentaires. Résultat, le marché avait été traité par les Jordaniens et Don Scarlene s'était vu infliger un manque à gagner de quelques millions de dollars. Depuis, il s'était fait un serment. Rosaria, Fouad ne l'aurait jamais.

D'autant qu'à sa mort, il le savait, ses amis de la *Commissione* lui régleraient son compte, à la belle pute.

— Vous êtes d'accord, n'est-ce pas? demanda-t-il, faussement inquiet. Je peux compter sur votre aide?

Toutes les têtes acquiescèrent et Armando Secca fut même assez convaincant dans ses protestations d'indéfectible amitié.

— Tout ce que tu voudras, Don Solo. Tu le sais.

Don Scarlene lui renvoya son sourire puis, se laissant de nouveau aller contre ses oreillers brodés et sa coupe de Moët en main, il déclara dans un soupir savamment contenu :

— Les noces qui me lieront pour l'éternité à la plus belle femme jamais vue sur notre sol sacré seront grandioses! Dans un décor digne de notre patrie! Car vous l'avez vu, mes amis! Vous l'avez vu, ce décor fabuleux! Et vous le savez déjà, ce seront des noces dont la Sicile se souviendra encore dans cent ans, affirma-t-il avec emphase.

Puis tandis que son regard se perdait rêveusement dans les plis noirs du baldaquin, il répéta :

— Ce sera grandiose!

Il avait le droit de rêver. On lui promettait la mort de l'Exécuteur, il allait épouser une superbe pute et ses funérailles seraient inoubliables... Quant à sa succession, ce serait le plus beau merdier de l'histoire de la Mafia!

CHAPITRE VII

— Me gonfle pas, Dick ! T'auras plus rien.

— Merde, Roll, t'es pas humain ! Tu sais que j'ai des emmerdes. Tu sais que je suis au fond ! Fais-moi crédit !

— Va te faire foutre, minable. Je sais pas comment tu as eu ce numéro, mais dès demain, je demanderai son changement. Je veux plus t'entendre.

— Roll ! fit la voix au bout du fil. Tu peux pas me lâcher ! Tu peux pas oublier que dans le temps c'est moi qui t'ai aidé et que...

— J'oublie pas, ricana Roll d'une voix rugueuse. Quand t'auras du blé, je t'en vendrai. Tu vois, je suis sympa.

— Mais Roll... pour avoir du blé, tu sais ce qu'il faut que je fasse ! Je veux plus me faire mettre !

— C'est ton problème, Dick.

Parfaitement calme, Roll reposa le combiné portable sur sa base, brancha le répondeur, éteignit sa lampe de chevet, se rallongea sur le tatami japonais qui lui servait de lit, alluma un autre joint et remit les écouteurs de son walkman sur ses oreilles en soupirant. Ce con lui avait cassé le plaisir de son premier joint de la soirée. Heureusement, la nuit ne faisait que commencer et il ferma les yeux.

Roll était un monstre.

Un véritable monstre de muscles. Pas des bourrelets hypertrophiés par le culturisme, mais de vrais muscles fabriqués sur le tas. Cent kilos. A la fois énormes, noueux et secs, durs comme du bois. D'ailleurs, tout dans l'immense carcasse de presque deux mètres de Roll semblait taillé dans le chêne.

Sauf ses bijoux.

Des bagues à tous les doigts, une énorme chaîne à pendentif autour du cou et deux anneaux d'oreilles qui auraient pu servir de bracelets à une fillette. Avec son crâne rasé, son teint brique d'Irlandais, ses petits yeux bleus glacés et son éternel rictus d'allumé, Roll ressemblait exactement à ce qu'il était : un animal dangereux. Toute la pègre de L.A. le connaissait et il connaissait tout le monde. Du plus petit voyou de Santa Fe Springs aux plus gros bonnets de Glendale ou de Santa Monica. Comme le public qui l'avait aussi bien connu autrefois. Pour la bonne raison qu'avant de tomber pour trafic de stupéfiants, il avait été une sorte d'idole. Le joueur vedette de l'équipe des *Panthers*, une équipe de football locale, très célèbre à l'époque. Roll était alors une star. Malgré sa violence, dans le jeu et dans la vie. Déjà, au faîte de sa gloire, il avait été arrêté plusieurs fois pour coups et blessures. Sur des journalistes, des flics... et même une fiancée de passage. Parce qu'elle lui avait refusé un accouplement « contre nature ». Résultat, des condamnations plus ou moins sévères, qui avaient défrayé la chronique et l'avaient rendu encore plus célèbre. En ce temps-là, il s'appelait encore Gaby Rolley. « Big Roll ». Puis il y avait eu cette histoire de came. Trafic de coke. Et après trois ans de tôle, les organisateurs sportifs l'avaient oublié.

Pas la pègre.

Mais comme son QI ne dépassait pas la ceinture, il était resté un minable *dealer*. Seul avantage sur ses concurrents, ses restes de popularité lui permettaient quelques autres trafics et jobs tout aussi minables, tels qu'entremetteur pour les combats de boxe et de full-contact clandestins, ou encore les montages de « contrats » de seconde zone.

Pour le moment, allongé sur son tatami, ce délicieux

spécimen d'humanité cherchait vainement le sommeil en tirant sur son joint. Plongé dans la pénombre, complètement nu, une bouteille de Johnnie Walker vide à ses pieds, les écouteurs de son walkman dans les oreilles et le pétard aux lèvres, il laissait son regard errer sur les squelettes plus sombres des poutrelles d'acier de sa « chambre ». Une simple mezzanine surplombant l'immense loft qui, autrefois, avait été un atelier de confection. A travers les vapeurs du hasch et la tempête de décibels qui éclatait sous son crâne, Roll laissait ses pensées dériver. Perdu dans ses pensées, il ne vit pas tout de suite la petite lumière rouge qui s'était allumée sur la base du téléphone portable. Une lumière qui n'avait rien à voir avec un appel quelconque, mais qui, dans la spécialité de Roll, avait une importance capitale.

L'alarme.

Une alarme périphérique qui équipait toutes les ouvertures du loft, et qui restait branchée en permanence. Otant derechef les écouteurs de ses oreilles, le colosse put alors entendre le « bip » sonore qui accompagnait le clignotement du témoin. Il plissa le front, attrapant instinctivement la crosse de l'automatique Smith & Wesson modèle 459 qui ne le quittait jamais. Une arme sûre et à court recul, dont les quatorze munitions imbriquées de 9mm Parabellum contenues dans le chargeur pouvaient faire de gros dégâts. Mais dans l'immédiat, Roll n'était pas vraiment inquiet. Pas la première fois que cette putain d'alarme débloquait. Il retint son souffle, prêta l'oreille, n'entendit rien, puis, toujours nu et son énorme sexe battant sous lui, il alla se pencher sur la rambarde de la mezzanine. En bas, une lampe était restée allumée et il ne vit rien d'anormal. Pourtant, la lumière rouge continuait de clignoter sur la base du téléphone. Preuve que le circuit avait été interrompu quelque part. Prenant garde de ne pas faire craquer les marches de l'escalier en colimaçon, il descendit au niveau inférieur, éteignit la lampe. Il ne restait plus dans le loft qu'une vague lueur ambiante provenant des baies aux rideaux ouverts. Il passa les fermetures des baies en revue, puis, ne trouvant là non plus rien d'anormal, il jeta un coup d'œil dans la kitchenette. Toujours rien.

Mais alors qu'il allait ouvrir le coffret de la centrale d'alarme situé dans le module d'entrée, son œil remarqua *le* détail. Juste un filet plus clair dans la pénombre. Comme si...

La porte était entrouverte. De deux centimètres à peine, mais cela suffisait pour que l'éclairage de la cour entrant par les verrières de l'escalier de l'immeuble dessine ce liséré plus clair. Incrédule, l'immense Roll fronça ses sourcils roux. Avait-il mal claqué cette foutue porte en rentrant ? Pas son genre. Prudent, il approcha du battant sur la pointe des pieds et, le doigt sur la détente du 459, il risqua un œil à hauteur du judas optique. Grâce à la lueur dispensée par les verrières, il distingua nettement le palier, l'arrondi de la cage et l'angle mort situé à gauche de sa porte. Personne. D'ailleurs, il ne voyait pas qui aurait eu l'imprudence de venir lui chercher des crosses ici. Ses relations avec la pègre étaient cool et les bandes de minables cambrioleurs qui œuvraient dans le secteur savaient à qui ils avaient affaire. Alors, décidé d'en finir et de retourner à son pétard, il tira soudain le battant à lui.

Et la foudre lui arriva en pleine face.

Un coup si violent que son front parut s'enfoncer jusqu'à sa nuque et que sa cervelle sembla se liquéfier. Le temps d'un dixième de seconde, l'esprit de Roll sombra dans une masse cotonneuse, mais sa formidable constitution avait encaissé et réagi. Déjà, ses réflexes avaient joué et son index avait enfoncé la détente du S&W. Dans les profondeurs de son cerveau brumeux, il fut surpris de n'entendre aucune détonation, puis, encaissant un nouveau coup de bélier en plein front, il se sentit plonger dans un gigantesque trou noir.

Aussitôt, la haute silhouette sombre qui venait de jaillir empocha l'arme, avant de faire basculer le corps dans l'entrée. Puis, repoussant doucement la porte sans la refermer, elle attrapa la masse de muscles inerte, la bascula sur son épaule et, sans allumer la lumière, elle monta sur la mezzanine pour la laisser retomber sur le tatami. Complètement dans les vapes, le colosse ne réagit pas. Seul, un étrange soupir s'échappa de sa poitrine bardée de pectoraux, comme s'il était soulagé de dormir enfin. Déjà, évoluant dans la pénombre comme s'il était chez lui, son agresseur l'avait retourné sur le ventre, avait sorti quelque chose de sa poche et l'aiguille d'une seringue brilla fugitivement. Cinq secondes plus tard, la seringue disparaissait. Il y eut ensuite le claquement d'une gifle, puis un deuxième, avant que la silhouette ne se penche de nouveau sur Roll. L'instant suivant, un léger cliquetis métallique se faisait entendre et, dans la faible lueur rouge de l'alarme, le corps nu du colosse réapparut.

Sans sa batterie de bijoux.

Chaîne, pendentif, bagues et anneaux d'oreilles avaient disparu. S'emparant alors du téléphone portable, l'inconnu composa un numéro, entendit une courte sonnerie sur la ligne, puis on décrocha et une voix brève lâcha :

— J'écoute.

— O.K., fit seulement l'inconnu avant de raccrocher.

Puis, immobile, il se mit à attendre.

Exactement cinquante secondes. En bas, il y eut un léger grincement, puis un sifflement discret. Aussitôt, l'ombre de l'inconnu descendit l'escalier, disparut à l'étage inférieur. Dans le silence du loft, il y eut un cliquetis presque inaudible, de faibles craquements, puis le bruit d'une porte qui se refermait doucement. La silhouette de l'inconnu réapparut, vint encore se pencher sur Roll, lui administra deux autres claques sans plus de résultat et se coula dans l'ombre pour attendre encore.

Quarante minutes.

A l'issue de ce délai, un grattement résonna en bas, l'agresseur de Roll redescendit, on entendit la porte s'ouvrir, puis se refermer, avant que la silhouette ne se rematérialise sur la mezzanine. Comme précédemment, elle alla se pencher sur Roll, il y eut un nouveau tintinnabulement ténu et quand la silhouette sombre bougea, le corps nu du colosse réapparut dans la lueur clignotante de l'alarme.

Il avait retrouvé tous ses bijoux.

CHAPITRE VIII

Roll avait envie de vomir. Dans la tempête qui l'emportait comme un fétu de paille, il se dit qu'il allait souiller le tatami qu'il avait installé sur le pont du navire et que le téléphone posé tout près allait sûrement morfler aussi.

Le téléphone!

Subitement, Roll oublia le bateau sur lequel il croyait se trouver. Encore incertaine, la mémoire lui revenait peu à peu et il commença à se demander ce qui était arrivé. Par bribes, et tandis que sa nausée augmentait, il essayait de repasser le film de ses souvenirs à l'envers. Il n'y était pas encore tout à fait parvenu quand la nausée lui tordit brutalement l'estomac. Il vomit sur le tatami, éclaboussa un peu le téléphone, ouvrit enfin ses yeux pleins de larmes et, hoquetant sous les spasmes, voulut se redresser. Aussitôt, sa tête se mit à tourner et il vomit encore. Incapable de se lever, il grogna quelque chose d'indistinct, roula sur le côté, parvint à se mettre à genoux. A cet instant, son instinct « sentit » une présence et, d'un geste mou, il voulut envoyer à l'aveuglette une main derrière le tatami à la recherche du S&W 459.

— Inutile, fit une voix dans son dos.

L'immense Roll sursauta, pivota sur les genoux, voulut encore se relever, vacilla comme un homme ivre, faillit s'étaler dans ses vomissures.

— Tu devrais rester tranquille, conseilla la voix.

Cette fois, Roll était face à l'inconnu. Sa voix grave, dangereusement calme, lui glaçait le sang. Encore sous le coup de sa perte de conscience, le colosse n'arrivait pas à tout coordonner. Il n'y comprenait rien. Il se souvenait de l'alarme clignotante sur le téléphone, de sa descente à l'étage inférieur, de la porte entrouverte et... et puis plus rien. Si... le S&W n'avait pas fonctionné. Il se souvenait d'avoir enfoncé la détente, et puis, ç'avait été le deuxième choc. Le trou noir. Maintenant, c'était une sorte de cauchemar. Lui qui n'avait jamais plié devant aucun adversaire ne comprenait pas pourquoi il était si mou. Si malade.

— Ça ira mieux dans un moment, dit encore la voix sinistre. Si tu te tiens tranquille.

A cet instant, sans doute parce que les larmes avaient disparu de ses yeux, Roll réalisa une chose incroyable. L'inconnu à la voix sépulcrale l'avait arrêté au moment où il avait instinctivement cherché à prendre son arme et il semblait suivre chacun de ses gestes. Or, la lueur rouge de l'alarme était maintenant éteinte et en son absence, le loft était plongé dans le noir. Une obscurité presque totale. *On* avait tiré les rideaux. Plus aucun éclairage n'entrait par les fenêtres.

— Comme ça, fit encore la voix, c'est parfait.

— Que... qui tu es, toi? D'où tu sors?

Ça y était enfin. Roll avait réussi à raccrocher les wagons. Sa nausée persistait, mais ses pensées se stabilisaient. Néanmoins, il faisait toujours aussi noir et l'inconnu semblait pourtant suivre tous ses mouvements. C'était absurde. Pour s'en convaincre, le dealer fit mine de glisser sur le côté. Aussitôt, le timbre lugubre résonna dans la nuit :

— Tu bouges, tu meurs.

Roll n'avait pas souvent eu peur dans sa putain de vie. Mais là, dans cette nuit où il semblait seul à être aveugle, avec cette odeur de vomi, des vertiges persistants et cette mollesse généralisée qui transformait chaque mouvement en un véritable exploit, il sentait son assurance se faire la malle à la vitesse grand V. Il fallait conjurer le sort. Très vite.

— Qui tu es, enfant de pute ? cria-t-il en forçant le ton mauvais de sa voix retrouvée. Qu'est-ce que tu veux ?

— Ne m'appelle plus enfant de pute, répondit l'autre voix. Encore une fois et je te tue.

— Merde ! Qui tu es !

Dans sa rage mêlée de crainte, le colosse avait amorcé le mouvement de se lever.

— Pas bouger, Roll. Pas bouger.

Ponctuant l'avertissement, un bruit métallique avait claqué. Pas très loin, juste devant Roll. Le bruit d'un flingue qu'on arme. Complètement dépassé, l'ancien footballeur retomba à genoux.

— C'est bien, dit la voix sinistre. Comment tu te sens, Roll ?

— Hein ? Je...

— Parfait. On va pouvoir bavarder.

— Ecoute, hoqueta le géant. Ecoute, mec. Je sais pas qui tu es, alors, comme je te connais pas, forcément, je t'ai jamais fait d'arnaque, pas vrai ?

— Exact, Roll. Tu ne m'as jamais arnaqué.

— Bon, hésita le dealer. Alors...

— Tiens, coupa la voix. Attrape ça.

Il y eut un bruit sec, quelque chose roula sur le parquet, tout près de Roll. Quelque chose de métallique.

— Prends, invita la voix. C'est près de ton genou gauche.

Ce mec était un sorcier. Ou un hibou. Voir dans la nuit à ce point... ça y était. La chose était dans la main de Roll. Prudents, ses doigts cherchaient à deviner ce que c'était. Un truc apparemment rond. Comme une pièce de monnaie. Avec des reliefs qui rappelaient...

— Tu ne devines pas, Roll ?

Le colosse avait la bouche amère et pleine de bile. Il cracha sur le parquet, grogna :

— Non. Je comprends rien à tes conneries.

— C'est une médaille, Roll. Seulement une médaille. Son nom, *Marksman*.

— Marksman ?

— *Marksman*, répéta la voix sépulcrale. La médaille des tireurs d'élite.

— Je... et après ? Qu'est-ce que tu veux que...

Les derniers mots s'étaient coincés dans la gorge du dealer. Ce mot de *Marksman* venait de le frapper en plein plexus. Si fort qu'il tangua comme sous la poussée d'un véritable coup de poing. *Marksman* ! La médaille des tireurs d'élite ! Non ! Tout ça n'était qu'une connerie de *joke*. Ou un cauchemar. Il était encore dans les vapes et il allait se réveiller. Il allait...

— Je vois à ta tête que tu commences à comprendre, Roll. C'est bien.

Luttant contre une nouvelle nausée, le géant haletait légèrement. Une sueur visqueuse s'était mise à dégouliner sur sa face et, maintenant, il avait presque froid. Il hésita :

— Tu... tu veux dire que...

— Bolan, coupa la voix d'outre-tombe. Mon nom est Mack Bolan.

A cette seconde, le colosse eut l'impression que l'immeuble lui tombait sur la tête. Bolan ! Le grand fumier ! Comme tous les *amici*, comme tous les minables pègreleux aussi, il avait entendu ce nom de Bolan. Un nom attaché à une légende, dont le dealer avait fini par s'imaginer que tout n'était que bluff. Et voilà que le grand fumier...

— *Shit* ! souffla-t-il du bout des lèvres. Tu me charries, mec.

— Si ça t'arrange, après tout. N'empêche que tu es dans la fosse à purin, Roll. Une méga fosse. Pour t'en tirer, un seul moyen.

— Hé ! se rebella le géant. Qu'est-ce que tu racontes ! T'as admis toi-même que je t'avais rien fait et que...

— C'est vrai. A moi, tu n'as jamais rien fait. Mais tu fais partie de la famille. La coke et le crack que tu vends tuent les mômes de cette ville aussi sûrement qu'un coup de flingue. Ça dure seulement plus longtemps.

— Arrête ! J'y suis pour rien, moi ! On n'arrête pas de chialer sur ces pauvres gosses que la drogue tue, mais on oublie de dire que c'est eux les demandeurs, mec! On oublie de dire que s'ils en sont là, c'est d'abord à cause de leur connerie! Moi, j'ai jamais forcé personne à l'acheter, la dope. Personne!

Mack Bolan avait déjà entendu ce discours. Le leitmotiv de ceux qui rejettent toujours la responsabilité sur les autres. C'était vrai, une certaine jeunesse était assez molle de la jugeotte pour s'imaginer qu'on pouvait toucher à la drogue comme ça, juste pour voir, pour se sentir mieux dans sa peau le temps d'un spleen passager. Certains étaient effectivement assez faibles pour croire qu'on arrêtait la dope comme on éteint la télé. Mais était-ce une raison pour les enfoncer encore? Pour les tuer à petit feu, tout en les transformant en délinquants? Fallait-il tuer tous ceux que la vie effraie ou malmène? Mack Bolan était d'un autre avis. Sa philosophie, à lui, était de supprimer le mal à la source. De fermer le robinet. Même si c'était provisoire. Au moins, lui, il réagissait. Il faisait quelque chose.

Mais en l'occurrence, ce soir, sa démarche était un peu différente. Exceptionnellement, il n'était pas venu pour tuer. Sauf s'il y était contraint. Dans l'optique verdâtre du « casque » à intensificateur de lumière qu'il avait rapporté de son blitz au Pérou, il voyait parfaitement la face tordue par la crainte du colosse. L'autre ne devait pas comprendre par quel miracle il le voyait et cette impression d'être subitement devenu aveugle le déstabilisait complètement. Dans toute guerre, l'arme psychologique est aussi redoutable que les autres. Au temps où, au Vietnam, on l'appelait Sergent Miséricorde, l'Exécuteur avait pu s'en apercevoir. Les *Gooks*[1] avaient su l'utiliser comme personne. Voyant que le dealer s'agitait de nouveau, il précisa de sa voix d'outre-tombe :

— Te fatigue pas, Roll. Tes arguments, je les connais. Si je suis là, c'est pour te soumettre mon *deal*.

1. Nom vulgaire donné aux Vietcongs par les soldats US.

— Hein ?

— Tu as bien entendu. Je vais passer un marché avec toi. Un marché que tu n'auras pas les moyens de refuser.

— Quel genre de *deal* ? questionna le colosse, méfiant.

— Sois tranquille, le rassura Bolan, un arrangement tout à fait dans tes cordes.

— C'est-à-dire ?

Dans sa lunette-casque I.L, l'Exécuteur avait aperçu le changement d'expression de l'ex-footballeur. Il esquissa un sourire dans l'ombre, enchaîna :

— Je cherche un mec.

— Ah ?

— Un tueur.

— Hé ! s'indigna le minable, j'ai jamais flingué...

— J'ai dit un tueur, coupa sèchement Bolan. Pas un demi-sel comme toi. Je cherche un vrai tueur.

— *Yeah* ! grinça le colosse qui reprenait de l'assurance. Tu vas être gâté, la ville en est remplie.

— J'en cherche un en particulier. Il serait black. Enfin, sombre de peau. Peut-être mexicain, ou portoricain, à moins qu'il ne vienne de Cuba.

— T'es pas très fixé.

Roll avait compris que le grand fumier n'était pas venu le flinguer. Du moins, pas tout de suite. Son moral remontait. L'Exécuteur le doucha :

— Si tu m'aides à le coincer, tu sauves le sac à merde qui te sert de peau, sinon, tu es mort.

Un long silence ponctua l'avertissement. Dans la lunette I.L, Bolan pouvait suivre le dilemme intérieur de Roll. D'une part, le dealer avait la trouille, d'autre part, son esprit tordu carburait pour essayer de retourner la situation à son avantage. Evidemment, cette obscurité n'était pas faite pour l'aider.

— Alors ? le pressa Bolan.

Roll s'agita. Il avait mal aux genoux.

— Je peux poser une question ?

— Essaye toujours.

— Pourquoi moi ? Je veux dire qu'il y a des milliers de

mecs à L.A. qui touchent comme moi à la drogue. Alors, pourquoi moi?

— T'occupe pas de ça pour l'instant. Tu marches, ou tu refuses?

Et comme la réponse n'arrivait pas assez vite, il pressa de nouveau :

— Alors?

— Alors, renvoya Roll avec défi, si tu me disais son nom, à ton nègre...

— Je ne le connais pas.

Roll soupira en grinçant :

— Tu me rassures. J'avais peur que ce soit trop facile.

Sur ce point, il avait raison et Bolan le savait. Mais selon Hal Brognola et après les recoupements d'enquêtes, il ne restait guère d'éléments sur lesquels les témoins du drame de Noël soient d'accord. Parmi ceux-ci, on pouvait retenir qu'un des « Pères Noël » en question était grand, qu'il claudiquait au moment de sa fuite et qu'il était probablement de race noire. Deux personnes au moins l'avaient prétendu. Jessica, la sœur de Jil Becker qui avait surpris les tueurs à leur sortie du bungalow, et le chauffeur de la voiture de police accrochée dans leur fuite. Bien que grièvement blessé par balles, le flic s'était montré formel en corroborant les affirmations de Jessica Becker. Le Black boitait.

— Ne pavoise pas, gronda l'Exécuteur. Ta vie ne tient qu'à un fil.

— Fais pas chier! grinça le dealer. Si je canne, tu seras obligé de vendre ta soupe à un autre.

Il n'avait pas tort.

— Peut-être, admit Bolan, mais toi, tu seras mort. Et ça te fera une sacrée différence!

— Ouais, soupira Roll. Comment je fais pour le dégoter, ton *killer*?

Bolan lui confirma ses maigres informations, avant de raconter le massacre. En détail. Quand il eut terminé, Roll souffla d'un ton mal assuré.

— Les... les mômes aussi?

— Les gosses aussi.

— *Shit*! C'est géant, comme vacherie!

C'était assez bien résumer ce que pensait Bolan. Massacrer deux enfants et de manière aussi dégueulasse, c'était une super-vacherie.

— Ça va pas être facile, fit valoir le dealer d'une voix blanche.

— Exact, admit Bolan. Mais tu n'as pas le choix. Avec les relations que tu as dans la pègre de cette ville, tu es l'homme de la situation. Tu n'as qu'à leur promettre du fric. Dix mille dollars par bon tuyau. Ça devrait déclencher des vocations.

— Hé! Je suis pas Rockefeller!

— Le pognon, tu l'auras, fit l'Exécuteur. En temps voulu.

Il observa un court silence, ajouta :

— A partir de ce soir, tu as exactement une semaine. Une semaine pour trouver les ordures qui ont fait ça.

— Ouais, grogna Roll. Passé ce délai, si j'ai rien, tu me butes, hein!

Au ton employé, on devinait qu'il n'y croyait plus à cent pour cent. Dans sa grosse tête de cogneur, il devait se dire que le temps altérerait la détermination du Grand Fumier. Un raisonnement qui s'appuyait sur une solide connaissance de la race humaine. Il était temps de remettre les pendules à l'heure.

— Je n'ai pas dit ça, opposa Bolan.

— Hein?

— Tu as bien entendu, Roll. Je n'ai pas dit que je te buterais.

— Mais...

— J'ai dit qu'en cas de refus ou d'échec de ta part, tu mourrais.

— Ben... c'est bien ce que j'ai entendu et...

— Je n'ai pas dit que ce serait moi qui le ferais.

Dans la lunette I.L, l'Exécuteur vit une expression incrédule se peindre sur la face de brute.

— Ben... qui, alors?

L'Exécuteur esquissa une ombre de sourire.

— Ça, avoua-t-il d'une voix calme, je l'ignore. Sans doute le premier qui te tombera dessus.

Les yeux de Roll se dilatèrent dans le noir.

— Le premier de quoi?

— Le premier de tes copains les mafieux.

Cette fois, le colosse ne songeait même plus à la douleur de ses genoux sur le plancher. Le regard abruti, il cherchait le sens caché des paroles du Grand Fumier. En vain.

— Je... merde! Je comprends rien à tes conneries, Bolan! Qui voudrais-tu qui me flingue si c'est à toi que je fais faux bond?

— Tous tes copains, Roll. Tous ces bons copains à toi qui apprendraient d'un coup tout ce que tu es.

Bouche ouverte, le dealer fixait l'obscurité en haletant légèrement. Malgré lui, la peur revenait au galop. Une peur glacée, déclenchée par ce message encore incompréhensible que la voix sinistre était en train de lui envoyer. Un *vrai* message de mort. Cette fois, il le sentait jusque dans sa chair. Pourtant, il protesta encore :

— Merde, Bolan! J'y comprends rien! Pourquoi ils voudraient me flinguer, mes potes!

— Parce qu'ils sauraient, Roll, dit doucement l'Exécuteur. Parce que je m'arrangerais pour qu'ils le sachent tous.

Maintenant, Gaby Rolley haletait. Tout en lui n'était plus qu'un bloc de choses glacées. Il avait peur. Très peur. Et quand il cria de nouveau, sa voix tremblait :

— Qu'ils sachent quoi!

— Que tu es une balance, Roll.

Eh oui! Roll était un indic. Traité par Hal Brognola quand il était encore sur le terrain, repris ensuite par un fédéral basé à L.A.. Une « donneuse » très précieuse pour le FBI, et que Brognola sacrifiait au nom de son amitié pour Bolan.

Cette fois, le silence qui s'établit dura longtemps. Seulement troublé par les halètements de taureau blessé du colosse. Enfin, après un temps qui lui sembla avoir duré une éternité, il y eut des froissements dans le noir, suivis d'un bruit de pas qui s'éloignaient. Puis, alors qu'il ne l'attendait plus, la voix sépulcrale s'éleva de nouveau, lointaine :

— N'oublie pas, Roll. Une semaine.

Puis une porte grinça doucement et se ferma sans bruit.

CHAPITRE IX

— « N'oublie pas, Roll. Une semaine ».

Sortant des enceintes audio du module opérationnel, la voix de l'Exécuteur était encore plus sinistre. Rosario Blancanales stoppa le défilement de la bande magnétique, hocha la tête.

— Ça baigne, dit-il en guise d'appréciation.

Deux fois déjà qu'ils écoutaient l'enregistrement. Au même instant, le panneau latéral de la cabine s'ouvrit et Mack Bolan fit son apparition. Désignant les pupitres de son regard glacé, il questionna :

— Alors ?

— C'est O.K., répondit Blancanales. On vient juste de réécouter. Si tu veux...

Bolan secoua la tête.

— Pas la peine. On a mieux à faire. A mon avis, ça ne va pas traîner.

Pour le moment, garé tout près du loft de Roll, le van constituait une base d'écoute mobile idéale. A condition que les petits gadgets d'Herman Schwarz fonctionnent comme prévu. A l'entrée de Bolan, Herman avait battu des paupières en signe de triomphe modeste. L'Exécuteur lui adressa un sourire, désigna deux autres magnétos qui tournaient toujours.

— Téléphone aussi ? demanda-t-il.

— Affirmatif, fit Blancanales. A partir de maintenant, on ne se quitte plus.

De fait, on entendait à présent des sons divers. Craquements de parquets, bruits de pas, reniflements et quelques injures aussi, prononcés à voix basse. La voix de Gaby Rolley. Bolan chipa une cigarette dans le paquet de Blancanales, l'alluma distraitement. Dans la lueur de la flamme du briquet, ses traits se dessinèrent avec netteté. Plus durs, plus creux aussi depuis quelque temps. Herman Schwarz qui l'observait lui trouva l'expression à la fois sauvage et terriblement calme des grands soldats avant l'assaut. Avec, en plus, une flamme glacée dans le regard bleu acier, qui ressemblait à un éclair d'orage perpétuel. Avec ses cheveux taillés court, son front haut et large, son nez rectiligne, sa bouche nettement dessinée, son menton énergique et son cou puissant aux muscles saillants, on aurait dit un profil de médaille. Depuis le drame et son retour du Pérou, l'Exécuteur semblait avoir maigri. En réalité, n'ayant pas de graisse à perdre, c'étaient ses muscles qui s'étaient durcis. Pendant deux semaines, tout en attendant les résultats des investigations de Brognola, il avait passé son temps dans les montagnes San Gabriel et dans San Bernardino National Forest. Pour courir, escalader, sauter, nager, tirer et exécuter sans relâche tous les katas supérieurs des trois principales techniques fondamentales du karaté. Frappant le bois des troncs, la pierre des rochers. De six heures du matin jusqu'à la nuit. Depuis, les *kentos*[1] déjà endurcis de ses poings s'étaient couverts d'une épaisse couche de cal, transformés en d'impressionnantes armes. Des instruments de combat, capables de briser net un panneau de chêne de plusieurs centimètres d'épaisseur. Un peu plus tôt, Roll le dealer en avait fait l'amère expérience. Heureusement pour lui, l'Exécuteur n'avait percuté son front que du talon de la paume. Juste une claque. Suffisamment ferme pour ébranler son cerveau et provoquer un K.O. sans bavure.

1. Partie saillante des articulations du « coup de poing ».

Pour la perte de conscience nécessaire aux manipulations du colosse, l'Exécuteur avait eu recours à une simple injection d'anesthésique. D'où l'épisode de la seringue et le réveil nauséeux du dealer. Maintenant, il ne restait plus qu'à suivre la piste. En espérant qu'elle mènerait quelque part.

— Tous les émetteurs fonctionnent en même temps? demanda Bolan à Schwarz.

— Non, expliqua ce dernier en désignant un clavier d'ordinateur sur la console technique. Je peux sélectionner chacun d'eux à volonté. A et B pour les boucles d'oreilles, C pour le pectoral et de D à K pour chacune des bagues qu'il portait. Bien sûr, reconnut-il avec une moue, s'il les enlève tous, plus d'écoute.

— Génial, apprécia Bolan. Comment tu t'y es pris?

— Facile. Les anneaux d'oreilles et le pectoral étaient creux. Il m'a suffi de les scier, d'y introduire les micro-émetteurs miniaturisés et de ressouder le tout à l'or. Pour les baguouzes, entre celles qui comportent des pierres et les autres, j'ai dû bricoler un minimum.

— Ça ne risque pas de se voir?

— Négatif. Il faudrait scier ou fondre l'or.

— C'est bizarre, fit observer Bolan en se souvenant des derniers mots de l'enregistrement. On devrait entendre pas mal de bruits parasites. Surtout avec le pendentif et les bagues.

Un sourire encore plus « modeste » apparut sur le visage de « Gadgets » qui désigna le clavier d'ordinateur.

— Grâce au computer, j'ai pu dresser quelques filtres entre la source et l'arrivée. Ce qu'on entend n'est donc plus exactement ce que perçoivent les micros, mais une synthèse rectifiée de cette perception. Une sorte de copie instantanée après nettoyage électronique.

L'Exécuteur afficha une moue admirative.

— O.K., dit-il. Autonomie des émetteurs?

— C'est là le problème, soupira Herman Schwarz. A moins de piles atomiques miniatures, le miracle est impossible. Pour une semaine d'utilisation, il faudra changer les batteries au moins deux fois.

— Hein ?

— Désolé, Mack, renvoya « Gadgets » d'un air impuissant.

— Mais tu avais dit qu'à la NASA...

— Je sais. Le copain qui devait me prêter des bidules à rechargement-laser expérimentaux a été envoyé en Europe pour remplacer un collègue accidenté. Ne rentrera que dans une dizaine.

— Dommage, fit songeusement l'Exécuteur.

Il pensait aux deux ou trois K.O. que Roll devrait de nouveau encaisser. Il allait finir par se lasser.

— Mais pour le téléphone de ton client, renseigna Schwarz, tout baigne. La « bretelle » de sa ligne est directement reliée au central du van.

— O.K., remercia Bolan.

Puis se penchant sur la console technique, il enfonça une touche sur le clavier d'un émetteur radio pour lancer dans le micro :

— Base appelle Condor. Base appelle Condor.

— Condor reçoit Base cinq sur cinq, répondit aussitôt une voix déformée.

Celle de Jack Grimaldi. Pour la circonstance, le pilote avait troqué ses hélicos pour une très banale Chevrolet. Garée non loin de là, elle devait servir de relais pour les filatures, en alternance avec une Ford attribuée à Blancanales. Une Ford également équipée d'une radio, et dont le moteur avait été gonflé pour la circonstance, tout comme celui de la Chevrolet. Deux voitures et un van, ça devrait suffire pour ne pas quitter le dealer d'une semelle.

— Tout est O.K., informa l'Exécuteur. Opération « Cible » lancée.

— Bien reçu, renvoya le pilote. *Over*.

Au même moment, le circuit audio du module fit entendre divers bruits, puis un déclic, suivi de divers autres. D'un geste, Blancanales attira l'attention.

— Téléphone, renseigna-t-il.

Un instant plus tard, une sonnerie retentit dans la sono, avant qu'un autre déclic ne résonne et qu'une voix ne s'élève :

— Ouais !
— Bern ?
— Qui parle ?
— C'est moi, connard. Roll.
— Roll ? Tu sais l'heure qu'il est, espèce d'enfoiré ?
Hésitation entrecoupée de légers parasites, puis de nouveau le timbre vulgaire du dealer :
— *Shit* ! C'est pas vrai !
Il avait été assommé aux environs de vingt-trois heures et il était plus d'une heure du matin. Le colosse devait se poser des questions sur la durée anormale de son K.O. supposé. Il enchaîna aussitôt :
— Je m'étais endormi. Pas vu l'heure passer.
— Ouais ! Qu'est-ce que tu veux ?
— Te voir.
Un rire sec lui répondit :
— Vu la salope qui partage mon plumard en ce moment, mec, je te conseille de voir ma secrétaire.
Les intonations d'un Black. Dès le premier échange, Herman Schwarz s'était penché sur le computeur couplé au standard téléphonique du module.
— Déconne pas, merde ! Il faut que je te voie. Une affaire. Faut qu'on cause.
— Bon... demain soir. Minuit, au *Mangoo*.
Roll n'eut pas le temps de répondre. Son copain Bern avait déjà raccroché. Dubitatif, Bolan questionna « Gadgets » du regard. Celui-ci, écouteurs aux oreilles, n'avait cessé de pianoter sur le clavier de son ordinateur. Relevant la tête, il sourit :
— Bingo.
Puis consultant l'écran de son computer, il récita :
— 322-4690. Bernie Miles.
Aussitôt, l'Exécuteur alla pianoter sur un autre clavier, faisant apparaître un imposant listing sur un second écran. Modeste partie des fameux listings-computers sans cesse remis à jour, grâce notamment aux renseignements fournis par Brognola. Des lignes défilèrent, puis Bolan posa le doigt sur une touche, isolant un texte dans une fenêtre de sélection, avant de réciter lui-même :

— Bernie Miles, ancien braqueur reconverti dans le proxénétisme, soupçonné de traite des Blanches, condamné deux fois pour vol à main armée, relaxé pour bonne conduite après sa dernière détention de trois ans.

Suivait une liste de domiciles successifs dont aucun ne correspondait à celui du téléphone énoncé par « Gadgets ». Bolan se redressa, écrasa la cigarette sur laquelle il n'avait même pas tiré et laissa tomber :

— C'est parti.

Restait à savoir jusqu'où Roll irait. Retrouver un tueur... éventuellement black... dans une mégapole qui devait compter plusieurs millions de Noirs.

La fameuse aiguille dans la meule de foin.

CHAPITRE X

Crazy-Bug était enragé. Littéralement fou de rage, depuis plus de trois semaines. Exactement depuis l'enfer qui s'était déclenché dans la décharge d'El Toro. Car sans cet instinct, ce pressentiment qui lui avait fait revêtir ce gilet pare-balles en kevlar avant l'action, il aurait été haché sur place. Par miracle, il n'avait été touché que par une seule balle. Dans sa jambe folle. Une blessure en séton, dont il avait largement eu le temps de guérir depuis. Résultat, il boitait un peu plus et maintenant, il ne vivait plus que pour une seule chose.

Se venger.

Trois semaines qu'il attendait ça. Terré dans ce squatt black puant de Riverside. Un entrepôt dégueulasse où s'entassait toute la lie du secteur. Sans eau, sans électricité, avec des rats qui cavalaient partout et le sida élevé au rang d'institution. Chaque matin, on relevait un ou deux morts. Aussitôt remplacés par les nouveaux arrivants qui attendaient leur tour. Le tout sur fond de musique reggae et dans une pestilence perpétuelle. Ici, les latrines, c'était le squatt lui-même. Mais depuis trois semaines, *Crazy-Bug* avait le nez bouché. Etouffé par sa rage, il ne sentait plus rien. Sale, le visage dévoré par une barbe hirsute, les cheveux longs coiffés afro, ne mangeant presque pas, ne dormant que deux à trois heures par nuit et ne parlant à personne, il n'était animé que par la soif de vengeance.

Cet empaffé de blondinet paierait.

Bug y mettrait le temps qu'il faudrait, il se ferait peut-être descendre en même temps, mais il péterait la gueule de cet enfoiré de fils de pute. Car il le retrouverait. Grâce au ticket. Ce minable ticket de pressing qu'il avait dégoté dans une de ses poches, durant leur conversation dans la Mercedes. Encore un réflexe d'auto-défense. A ce moment, les mains de Bug s'étaient souvenues du bon vieux temps. Elles n'avaient trouvé sur le blond aucun papier d'identité, aucun autre indice que ce ticket froissé de pressing. Au fond de la poche pectorale extérieure de la veste du blond. Quand on avait été pickpocket, pickpocket on restait. Et ce ticket, il était là. Dans la poche de *Crazy-Bug*. Un ticket numéroté. Avec ça, il allait retrouver la piste de ce salaud et il lui ferait la peau. Ensuite, il se planquerait de nouveau. Le temps que les choses se tassent. Puis il recontacterait Gina. Discrètement. Pour qu'elle l'emmène voir le chirurgien plastique qui lui avait refait le nez deux ans plus tôt et avec lequel cette salope continuait de coucher. Il lui faudrait aussi du fric et des faux papiers. Pour partir au Brésil. Pour le fric, il était paré. Ses économies. Planquées dans une cachette et qui lui avaient permis de se constituer un nouveau petit arsenal. Pour les papiers, il connaissait un type. Mais tout ça, il s'en occuperait au dernier moment. Quand le blond aurait payé. Ce qui n'allait maintenant plus tarder. Cette nuit, *Crazy-Bug* était à pied d'œuvre devant le pressing.

Une belle vitrine toute neuve de Wagner Street, en plein Culver City. Une vitrine éteinte, où des guirlandes de Noël étaient restées accrochées.

Sur la gauche, il y avait un passage. Un boyau sombre et étroit, où se situait la porte de service de la boutique. Bug Tisch était déjà venu. Simples reconnaissances. Des planques durant lesquelles il avait nourri le secret espoir de voir débarquer le blond. Mais ces coïncidences n'arrivaient qu'au ciné. Lui, il allait devoir aller jusqu'au bout. Pénétrer dans cette saloperie de pressing par effraction et consulter les registres. En espérant y trouver le renseignement qu'il cherchait. Faute de quoi, il serait bon pour les vraies planques. Celles qui peuvent durer des semaines, voire des mois et qui, le plus souvent, ne donnent aucun résultat.

Bug Tisch consulta la montre du tableau de bord de la Dodge Aries qu'il venait « d'emprunter » du côté de Riverside. Presque une heure du matin. Il n'allait pas passer la nuit là. Quittant la Dodge, il traversa Wagner Street, pénétra dans le passage, se glissa dans l'ombre jusqu'à la porte de service, laissa passer une vingtaine de secondes et, rassuré par le silence à peine troublé par le ronronnement assourdi de la ville, il sortit le pied de biche jusqu'alors dissimulé dans son pantalon, en introduisit l'extrémité dans la feuillure de la porte métallique et, retenant son souffle, il donna un puissant coup de poignet.

Cela fit un craquement, suivi d'un bruit de gong. La sueur au front et le cœur battant la chamade, Tisch se statufia contre le mur de briques. Il y resta un moment, serrant sous son blouson la crosse de l'automatique Smith & Wesson 9mm Parabellum, Modèle 39. Une arme fiable, dotée d'un chargeur de huit coups et équipée pour la circonstance d'un réducteur de son. Mais rien ne se produisit et, deux secondes plus tard, le tueur était dans la place. L'arme au poing, porte refermée derrière lui et la mini Mag-Lite allumée dans son autre main, il découvrit une sorte de réserve pleine de fringues, vit une autre porte équipée d'un groom à compression. Il s'en approcha, y colla son oreille et, n'entendant rien, il en tourna la poignée. Cette fois, le battant n'émit qu'un très léger grincement et *Crazy-Bug* l'ouvrit sans hésiter. Il l'avait constaté au cours de ses planques, le proprio n'habitait pas là.

Ça éviterait un cadavre.

Mais il ne fallait pas tenter le diable. La boutique ouvrant directement sur la rue et la vitrine étant éteinte, il valait mieux rester discret. Se baissant sous le comptoir et dédaignant le tiroir-caisse qui ne pouvait qu'être vide,

Tisch donna un bref coup de lampe, inventoria le casier situé juste en-dessous, trouva ce qu'il cherchait. Deux gros carnets à souches qu'il emporta aussitôt dans la réserve. Là, à l'abri des regards indiscrets, il compulsa les documents en partant de la date la plus ancienne.

Trois minutes plus tard, il avait trouvé.

Une souche portait le numéro 21343. C'était celui du ticket piqué dans la poche du blond. Avec, en regard du numéro et sous la date, le nom du dépositaire.

Monterro.

Galvanisé par sa découverte, Bug Tisch referma le carnet, étouffant le petit rire qui roulait dans sa gorge. Il se redressait pour aller remettre les documents à leur place, quand il perçut le déclic. Un tout petit déclic qui le figea et qui fut aussitôt suivi par toute une série d'autres sons identiques. Des cliquetis ténus, qui ressemblaient à ceux d'un...

Déjà, le S&W était revenu dans son poing et le rayon de la Mag-Lite fouillait le mur au-dessus de lui. Le boîtier de la ligne téléphonique était bien là. Avec son petit bruit caractéristique.

Il y avait quelqu'un dans la boutique ! Quelqu'un qui s'était planqué à son arrivée et qui téléphonait !

Un éclair passa dans les yeux de Tisch et, silencieux comme un fauve, il se glissa vers la porte de communication, pour y plaquer de nouveau l'oreille. D'abord, il n'entendit rien puis, soudain, un chuchotement s'éleva de l'autre côté :

– Allô... la police ?

Alors, ouvrant la porte à la volée, il jaillit dans le magasin, aperçut l'ombre du type penchée sur le comptoir, lui tomba dessus comme la foudre, lui envoyant un terrible coup de crosse en pleine face. L'autre poussa un gémissement, lâcha le combiné, voulut se défendre, reçut un deuxième coup de crosse en plein sur la bouche. Cela fit un bruit affreux de dents brisées et un autre gémissement s'éleva. Dans la foulée, Tisch avait arraché le fil du téléphone. D'un coup de pied, il coucha le type sous le comptoir, lui en envoya un autre dans la tête, le tira par le col jusque dans la réserve.

— Non, non ! gémit une voix plaintive. Me faites pas de mal !

Le rayon de la Mag-Lite éclaira une face sombre, des yeux blancs de terreur.

Un Black.

Jeune. Pas plus de dix-huit ans. En jean et T-Shirt. La face ensanglantée et la peau du front éclatée, il tendait les mains en avant dans un geste de défense dérisoire.

— Me faites pas de mal.

Les mots sortaient difficilement de la bouche écrasée.

— T'es qui, toi ? questionna Tisch.

— Je... personne. Juste un voisin. Le proprio me paye pour que je garde sa boutique la nuit. Y a souvent des vols, dans le quartier.

Un gardien occasionnel. Le môme était paniqué, il en pleurait presque. Pourtant, le rayon de lampe venait d'éclairer la face de Tisch et il fut soudain rassuré. Un Noir. Ou presque. Entre Blacks, on n'allait quand même pas se...

Le gamin n'eut pas le temps de philosopher plus avant sur la solidarité des races. Il entendit un étrange « flop », ressentit un terrible choc dans la tempe et ce furent ces dernières sensations en ce bas monde.

Tête éclatée, mort sans comprendre.

CHAPITRE XI

— Eh, ça va pas !

Recroquevillée sur le grand lit rond recouvert de fausse panthère, Betty ne pouvait détacher son regard de la plaque de verre que lui tendait Bernie Miles. Avec son jean coupé en mini-short effrangé, son microscopique T-shirt vert pomme et son maquillage trop vif, l'adolescente ressemblait à une copie de femme en miniature. D'un geste autoritaire, le propriétaire occulte du *Mangoo-Bar* lui fourra la courte pipette en plastique dans la main.

— Renifle, espèce de conne ! grinça-t-il, mauvais. Si tu veux bosser avec moi, renifle.

La jeune Betty leva des yeux farouches sur son tourmenteur. Avec son complet clair, sa chemise noire, ses lunettes fumées et sa moustache un peu trop bien taillée, il avait l'air plus mac que nature. Un mac dont Betty avait entendu dire qu'il appréciait particulièrement les vraies blondes, surtout quand elles étaient très jeunes. On lui avait dit aussi qu'avec lui, les filles n'avaient rien à craindre. Il faisait partie de la mafia locale et ses filles étaient hyper-protégées. A condition qu'elles filent droit. Mais de ce côté, Betty n'avait pas le choix. Ayant rompu les ponts deux ans plus tôt avec ses vieux, elle avait quitté son Nebraska natal en se jurant de ne plus jamais y remettre les pieds. Finis les bleds mortels, fini tout ce qu'elle avait dû endurer de sermons et d'ennui au cours de ses douze premières années d'existence. Elle avait voulu vivre sa vie. Et n'avait trouvé qu'une seule solution : la fugue.

Des gamines de son âge, il en disparaissait des milliers par an. On n'en retrouvait pas la moitié. Souvent sous forme de cadavre. Betty savait tout ça, mais elle s'en fichait. Elle, personne ne la tuerait. Elle vivrait, gagnerait du fric et se trouverait un mec sympa qui ressemblerait à Redford jeune ou à Tom Cruise.

Un peu comme Dean. Ce pilote de ligne dont elle avait été la maîtresse pendant presque trois mois. Beau comme un dieu. Et gentil, avec ça. Mais marié. Et vachement trouillard qu'on sache qu'il se faisait une mineure.

Alors, elle s'était lassée d'attendre. Ensuite, rien n'avait été facile et après les minables boulots clandestins et la crainte de se faire arrêter et renvoyer dans ses foyers, après les galères successives, en compagnie de mecs aussi paumés qu'elle, Betty venait de décider de franchir le pas. Elle avait besoin de croûter et à quatorze ans, elle en connaissait autant sur le sexe que n'importe quelle vieille pro. Alors, deux semaines plus tôt, encouragée par une copine qui faisait la pute pour Bernie, elle était finalement entrée au *Mangoo-Bar* et avait demandé à voir le mac.

Apparemment ça n'avait pas été le coup de foudre! A peine s'il l'avait regardée. Il lui avait seulement dit qu'elle était trop jeune pour faire barmaid chez lui et qu'elle ferait bien de retourner chez ses vieux. Betty aurait dû s'étonner, mais sa copine l'avait prévenue. Vachement prudent, le Bernie. Des macs du même tonneau s'étaient déjà fait coincer avec ce truc : des filles manipulées par les flics et qui servaient d'appât. Sans se décourager, Betty était revenue à la charge. Sachant pertinemment que, depuis le premier contact, les mouchards du mac l'avaient gardée dans le collimateur. Cette fois, Bernie avait craqué. Car Betty était vraiment flashante. Blonde-rousse aux yeux verts, avec une constellation de taches de son autour du nez, un corps longiligne, plein de promesses dans le registre des courbes et une gouaille naturelle et attendrissante qui faisait sourire. Un caractère trempé, un physique de Lolita pour pub TV sur la lingerie. Un lot qui allait rapporter gros. Très gros. Car bien entendu, compte tenu de son âge, Bernie l'avait d'emblée destinée à un « marché » un peu spécial. Un truc pour vieux salingues, bourrés aux as et un peu ramollis de partout. La prostitution zoophile. Mais bien sûr, cela impliquait une totale participation de la part des putes, d'où l'usage de la drogue. Pour faire tomber les barrières psychologiques d'une part et pour créer un facteur de dépendance d'autre part. Alors, Bernie allait s'occuper d'elle.

Personnellement.

Il allait la former à la perfection et si Betty rêvait déjà au fric qu'elle allait se faire, c'était sans savoir ce qui l'attendait réellement. Seul problème pour le moment, ce rail que le proxénète essayait de lui faire sniffer. De cela, l'adolescente ne voulait à aucun prix. Dès le début de sa galère, elle avait pu voir les ravages que la drogue occasionnait. Elle avait vu des copains et des copines plonger dans l'enfer du crack. Elle avait assisté à leur agonie et s'était juré de ne jamais toucher à cette merde. Elle avait même dû s'en protéger à coups de poings, car tous les minables dealers qu'elle avait croisés avaient essayé de la convaincre. Mais elle avait tenu bon. En souvenir des copains morts. Avec l'information qui passait maintenant partout, il fallait être débile ou complètement suicidaire pour plonger. Or, Betty n'était ni l'un, ni l'autre. Elle avait seulement besoin de fric. Pour vivre, pas pour crever !

— T'as entendu, Betty ? Je te dis de renifler. Après, je te saute. Si t'es bonne, je te dégote un job en or.

Toujours tassée sur le grand lit, l'adolescente commençait à avoir peur. Mais entre les mèches de ses cheveux cuivrés, l'émeraude de son regard luisait, têtue.

— Vous inquiétez pas, Bernie. Je serai bonne. Pas besoin de cette merde.

La gifle l'atteignit, moitié sur l'oreille, moitié sur la tempe. Catapultée par la force du coup, elle fut éjectée du lit, sentit son cerveau comme liquéfié.

— Monsieur Bernie! cingla le proxo. Je t'ai déjà dit de m'appeler monsieur Bernie.

Sonnée, Betty renifla, tenant sa tête à deux mains.

— Oui... monsieur Bernie.

Ce salaud lui avait fait mal et, maintenant, elle était sourde d'une oreille.

— Bien! fit le mac en venant se pencher sur elle. Bien! Alors, maintenant, snife.

Les yeux pleins de larmes et de rage contenue, l'adolescente se redressa, sifflant entre ses dents :

— Ça va, Bern... je veux dire, monsieur Bernie. Laissez tomber. Je veux plus bosser avec vous.

Elle avait ramassé le sac-besace qui gisait au pied du lit et avait voulu contourner Miles. La deuxième gifle lui arriva dessus comme la foudre. Son crâne cogna contre la cloison, son sac-besace retomba à ses pieds et un bourdonnement lui emplit la tête, tandis que quelque chose de chaud se mettait à couler de son nez. Puis elle ne sentit plus rien.

Evanouie.

De rage, Bernie lui expédia un coup de pied dans le ventre, appela :

— Jag!

Aussitôt, la porte du bureau-baisaudrome s'ouvrit, livrant passage à un Black aussi large que haut, dont la veste menaçait de craquer un peu partout, à la fois sous la poussée des muscles, mais également sous celle du petit arsenal qu'elle tentait vainement de cacher.

— Boss?

— Prépare-moi une piquouze, ordonna le proxo.

Une piquouze, ça voulait dire héroïne. Puisque cette salope refusait les bonnes choses, il allait la gâter. L'héro, c'était le vrai shoot. La *vraie* dépendance aussi. Après une semaine de traitement, cette conne serait prête pour le marché aux bestiaux. Mais alors que le nommé Jag quittait la pièce, le téléphone sonna sur le massif bureau en granit beige. Bernie Miles décrocha, conservant un œil plein de rancune sur le corps inerte de Betty.

— Ouais! aboya-t-il.

Il écouta, hésita, finit par grogner :

— Ouais. Dis-lui de monter, ordonna-t-il avant de raccrocher.

Roll était au bar. Il l'avait complètement oublié, mais finalement, ça ne ferait pas de mal à ce con de voir comment il traitait ceux qui lui mettaient des bâtons dans les roues. Un instant plus tard, la porte s'ouvrait de nouveau et l'immense Roll entra, crâne luisant, pantalon et gilet de cuir fauve, sourire suffisant aux lèvres.

— Tout baigne, Bernie?

Puis Roll aperçut le corps de Betty recroquevillé près du lit et son sourire changea de registre. Egrillard, il gloussa :

— Je vois que t'es en conférence, Bern.

— Occupe-toi de ton cul, lui renvoya le mac. C'est quoi, cette *affaire* dont tu parlais cette nuit?

Il avait volontairement appuyé sur le mot « affaire ». D'un ton dédaigneux. Excellente méthode pour déstabiliser les prétentions des associés éventuels. D'ailleurs, Miles connaissait les combines de Roll. Minables. Et, contrairement à beaucoup, il ne le craignait pas. Sans doute parce que contre un calibre, même une tonne de muscles ne pouvait rien, mais surtout parce qu'il était protégé. Par la famille Fovone. A L.A., personne ne cherchait de crosses aux protégés de Rudi Fovone. Alors, Miles était tranquille. Pragmatique aussi. Quand on lui proposait une affaire, il écoutait toujours. On ne sait jamais. Le ton plus suffisant que jamais, le colosse annonça :

— Cette affaire, c'est un contrat.

Il en fut pour ses frais, car Bernie ne cilla même pas.

— Et alors?

— Un gros contrat, précisa l'ancien footballeur. Avec du fric à la clé.

— Dans ce genre d'histoire, y a toujours du fric à la clé.

Douché, mais pas vaincu, l'immense au crâne rasé argumenta :

— Je parlais de fric pour l'intermédiaire.

Toujours aucune réaction chez le mac.

— Et alors?

— Alors, répliqua Roll en gonflant le torse sous son gilet de cuir fauve, c'est moi qui suis chargé du montage.

— Content pour toi.

Entre le lit et le mur, le corps nu de Betty bougea et un gémissement s'échappa de sa poitrine. Troublé, le colosse fronça les sourcils. Il venait de voir le sang sur le jeune visage.

— Dis! l'apostropha le mac. T'es venu mater, ou quoi?

— Euh... non. Je... comme je te l'ai dit, c'est une affaire de contrat. Et c'est moi qui la traite. Mais pour ça, j'ai besoin de mecs super-pointus.

— Et alors? fit Miles en posant une fesse sur le coin de son bureau pour allumer une cigarette.

— Alors, je me suis dit que tu pourrais sûrement me tuyauter.

— Sur quoi?

Pour se donner une contenance, le monstre de muscles alluma lui aussi une cigarette, lâcha un nuage de fumée avant d'enchaîner :

— Tu te souviens sans doute de cette histoire du massacre du réveillon et de ces trois mecs déguisés en Pères Noël.

Bernie Miles tiqua.

— Et alors?

— Alors, mon client, c'est les Pères Noël en question qu'il veut engager. Il veut des flingueurs capables de n'importe quoi.

Une expression incrédule passa dans les petits yeux

vicieux du proxo. Comme tout le monde, il savait ce qui s'était passé le soir du réveillon, et il avait entendu dire que les victimes auraient appartenu à l'entourage immédiat du Grand Fumier. Mais on disait tant de choses. N'empêche qu'il trouvait la démarche de Roll bien étrange.

— Il est bizarre, ton client, fit-il avec un rien de soupçon dans le ton. Avec des gusses aussi mouillés, il prend des risques.

Le colosse haussa ses épaules monstrueuses.

— Moi, je m'en fous. On me demande de monter un coup, je le fais. Y a cinq mille dollars pour celui qui m'aide à les retrouver, les Pères Noël.

A cet instant, la jeune Betty gémit de nouveau. Puis se dressant péniblement sur un coude, elle fixa les deux hommes d'un regard de noyée. Réaction qui coïncida avec le retour de Jag le cerbère.

— Pose ça là, ordonna Miles d'un ton agacé en désignant la seringue qu'il apportait. Et rendors-moi cette pouffiasse.

Il s'occuperait de la piquouze lui-même, après le départ de Roll. Sans discuter, Jag louvoya jusqu'à la gamine, l'attrapa par sa crinière, lui envoya un gnon sec et précis à la pointe du menton. Roll apprécia en spécialiste. Tout en déplorant qu'on abîme une aussi jolie petite chose.

— Cinq mille, hein, murmura Bernie Miles quand le gorille fut sorti. Juste pour un tuyau.

— C'est ce qu'offre mon client.

Le Grand Fumier avait parlé de dix mille, mais il n'y avait pas de petits bénéfices.

— Payables quand?

— Dès que j'ai vérifié le tuyau.

Miles levait sur le colosse un regard songeur. Finalement, il lâcha :

— Tu connais Bucchanan?

Roll connaissait de nom. Syd Bucchanan était en quelque sorte un concurrent à lui. Affecté à la zone sud. Son secteur : Watts District. Un Black qui faisait du chiffre. Beaucoup plus que lui. Ça l'avait toujours rendu malade. Maussade, il opina et Miles enchaîna :

— Tu vas le voir de ma part, il me doit quelques petits services. Je sais qu'il a des contacts avec des mecs du syndicat portuaire.

Le syndicat avait souvent recours aux hommes de main de l'extérieur. Question de discrétion.

— Il saura t'aiguiller, assura Miles. Mais pour le fric, tu fermes ta gueule. Les cinq formats de Bucchanan, c'est à moi que tu les refileras.

Il observa un temps mort, ajouta, menaçant :

— T'as pas intérêt à m'oublier, hein.

Roll le savait. Il hocha la tête, quitta le bureau sans un regard pour le corps inanimé de la fille. Ce n'étaient pas ses oignons. Après son départ, le proxénète demeura songeur un moment. Cette histoire lui semblait louche. Certes, il savait que Roll servait effectivement parfois d'intermédiaire dans des affaires de contrats, mais celui-là lui semblait bizarre. En matière d'exécutions, envisager un coup avec des torpedos défrayant la chronique était une connerie. Tout le monde savait ça.

Il y avait autre chose.

Il se dit qu'il aurait peut-être intérêt à en toucher deux mots aux hommes de Fovone, mais son intérêt immédiat prit le dessus et il y renonça.

Cinq formats, ça faisait quand même un paquet de fric.

Alors, écrasant sa cigarette, il s'empara de la seringue, alla se pencher sur le corps toujours immobile de l'adolescente. Il observa un instant le visage taché de sang, se dit qu'elle ferait une excellente recrue pour ses bordels zoophiles, lui arracha sa ceinture pour s'en servir comme garrot. Avec une joie sadique, il vit les veines de la saignée du coude gonfler et il allait y enfoncer son aiguille, quand la porte du bureau s'ouvrit sur Jag.

Furieux, Miles se redressa à demi pour l'apostropher :

— Qu'est-ce que tu veux enc...

La fin de sa question lui resta dans la gorge. De la bouche du gorille, quelque chose s'était mis à couler. Quelque chose de sombre. De rouge foncé.

Du sang!

Incrédule, le mac allait achever de se redresser, quand une silhouette apparut dans l'encadrement. Athlétique, noire, rapide et silencieuse comme une ombre. Puis le battant claqua doucement dans le dos de la silhouette noire et Jag s'effondra sur le tapis. D'un coup. Comme un arbre abattu. La tête pleine de pensées folles, Miles se dit qu'il faisait un cauchemar, puis il paniqua, se précipita vers son bureau, plongea la main vers le tiroir où il planquait son petit .38 Bodyguard.

— Pas la peine.

La voix basse et glaciale le cloua sur place. Sa seringue toujours à la main, il semblait hypnotisé, mais sans qu'il s'en rende vraiment compte, son pied droit avait enfoncé la pédale de l'alarme. Pendant ce temps, ses petits yeux luisants ne quittaient pas ceux du grand type habillé de cuir noir. Tétanisé, Miles fouillait sa mémoire défaillante à la recherche de souvenirs impossibles à capter. Il n'y comprenait rien. Le grand type à la gueule de baroudeur sans âme esquissa une ombre de sourire très bref puis répéta de sa voix sépulcrale :

— Pas la peine.

Il marqua une seconde de silence, enchaîna :

— Ils s'appelaient Jil, Aigrette Bavarde et Iguane Solitaire.

— Hein!

Complètement déphasé, Miles en restait la bouche ouverte.

— Et mon nom, à moi, dit encore le type en noir, c'est Bolan. Mack Bolan.

Il y eut un « flop » presque doux, et l'ogive brûlante de 9mm Parabellum pénétra dans la bouche toujours ouverte de Bernie Miles. En ressortant, elle emporta des éclats de vertèbres, de la chair rougie et une mèche de cheveux crépus. Catapulté contre le mur, le mac ouvrait maintenant de grands yeux surpris. Mais il était déjà mort et il n'entendit pas la même voix sinistre lâcher dans un souffle :

— Vous êtes tous responsables.

Au même moment, une cavalcade résonna derrière la porte et le panneau alla percuter le mur en claquant. Le temps d'un éclair, l'Exécuteur aperçut une flopée d'ombres qui déferlaient, et l'enfer se déchaîna.

CHAPITRE XII

Un ouragan de feu et de plomb dévastait tout. Avant de morfler, ce salaud de Miles avait donc bien réussi à rameuter la garde. L'Exécuteur avait plongé, boulant comme un lapin touché à mort. A cette différence qu'il était intact. Il entendit nettement les ogives rageuses ricocher sur le granit du bureau tandis que le vacarme de la fusillade résonnait à ses oreilles. Autour de lui, des choses se brisaient, du verre éclatait et des cris furieux s'élevaient. Déjà, la main libre de Bolan avait saisi la crosse de l'Ingram M.10 caché sous sa combinaison. Dans certains cas, il fallait voir grand. Roulant de nouveau sur lui-même, il leva le canon de l'Ingram et son index enfonça la détente. Juste ce qu'il fallait. Une rafale de quatre coups. Les 9mm Parabellum firent éclater des chemises, des chairs aussi. Le flingueur le plus près en prit une dans l'œil gauche, parut suffoqué, recula de deux pas, s'effondrant dans les bras de ses copains qui arrivaient. Le deuxième avait la moitié de la tête emportée par les trois autres balles. Eclaboussant partout, le pourri fut projeté en arrière, lâchant la micro-Uzi qu'il brandissait devant lui. Pendant ce temps, l'Exécuteur avait doublé le tir. Encore quatre projectiles, qui labourèrent deux poitrails et un cou. Ce dernier parut éclater sous l'impact, libérant une fontaine rouge qui se mit à couler en saccades. Les trois corps s'effondrèrent et les deux premiers restèrent immobiles. Mais comme pris de folie, le troisième n'en finissait pas de gigoter en se vidant. Par son cou éclaté, des jets de sang fusaient toujours, tandis que le type essayait vainement de se mettre à genoux en hurlant. Bolan lui envoya une courte rafale qui le coucha enfin. Cœur transpercé.

D'un nouveau plongeon, l'Exécuteur se retouva entre le grand lit rond et le mur. Arrachant l'adolescente et son sac du sol, il bascula le tout sur son épaule et, Ingram toujours en main et Beretta dans la ceinture, il bondit près de la porte. Juste au moment où une rafale claquait dans le couloir. Du plâtre atterrit sur le cuir noir de sa combinaison et une voix vulgaire cria :

— On va te servir, connard!

La pourriture semblait se multiplier comme par miracle. S'il traînait encore un peu dans le secteur, l'Exécuteur aurait bientôt toutes les fines gâchettes de la pègre sur les reins. Dans ces conditions, plus question de finasser. Plongeant de nouveau sa main libre sous la combinaison, il attrapa une grenade défensive, fit sauter l'anneau de goupille avec les dents, lâcha la cuillère, marqua un court temps d'arrêt et, d'un mouvement souple, il balança la poire mortelle dans le couloir.

Il l'entendit rouler sur le plancher, rebondir, puis un cri jaillit, paniqué :

— Eh! Atten...

La déflagration retentit, secouant l'air confiné, soufflant la poussière alentour.

Déjà, l'Exécuteur avait bondi sur le palier, sauté par-dessus deux corps sanguinolents et couverts de débris. Une odeur de sang et d'explosif mélés flottait dans l'air. Toutes les ampoules avaient explosé et seule, la veilleuse de la sortie de service avait été miraculeusement préservée. Ingram à la main et Betty toujours sur son épaule, Bolan fila au fond du couloir, envoya un coup de pied dans la porte, se jeta instinctivement sur le côté. Bon réflexe. A peine le battant avait-il claqué contre le mur qu'un nouveau déluge de grêlons mortels cisailla l'air. Sur l'épaule de l'Exécuteur, le corps de Betty avait sursauté et une voix grinça :

— Lâchez-moi, merde!

Surpris, Bolan déposa l'adolescente, la plaquant aussitôt à la cloison en prévenant :

— On a un problème.

Serrant son sac contre sa poitrine, elle hocha la tête.

— On dirait, fit-elle seulement.

Au son de sa voix, on devinait qu'elle avait peur, mais faisant bravement face à la situation, elle prévint, acide :

— Faudrait pas trop traîner, Schwarzie.

Bolan était bien d'accord. Passant le court canon de l'Ingram dans l'ouverture de la porte, il arrosa l'escalier d'une courte rafale. Des cris retentirent, aussitôt suivis par un déchaînement de feu. Face à la porte, le mur se creusait de partout. Les pourris étaient nombreux. Heureusement, à défaut d'avoir emporté plusieurs grenades, l'Exécuteur avait empoché deux autres chargeurs pour l'Ingram. Scotchés tête-bêche, selon la tradition, ils constituaient une réserve de munitions non négligeable. Mais les cannibales ne devaient pas manquer de biscuits non plus.

— Ils vont finir par nous flinguer, ces cons! s'exclama Betty dont l'énergie revenait décidément au galop.

Passant le canon du petit P.M dans le cadre de la porte, l'Exécuteur lâcha un demi-chargeur. A la vitesse de 1000 coups/minute, les détonations sèches crépitaient en formant un staccato presque continu. Il y eut encore des cris, moins nombreux. Les rangs adverses s'éclaircissaient, mais ça n'allait sûrement pas durer. Les hommes de Miles avaient probablement déjà alerté la cavalerie et des renforts allaient arriver. Bernie Miles était de la famille Fovone. Le *capo* de L.A. ne pouvait pas laisser ses protégés se faire buter sans réagir. Bolan recula à l'abri, ôta son chargeur vide, emboîta son montage mixte, réarma l'Ingram et, après un bref tir de précaution, s'accroupit en soufflant à l'adresse de Betty :

— Tu bouges pas, gamine. Quand je t'appelle, tu viens.

— O.K., Schwarzie, renvoya l'adolescente d'une voix blanche.

Mais l'Exécuteur n'était déjà plus là. Au ras du sol, il avait jailli sur le palier, balançant une longue rafale destinée à le couvrir. Comme il s'y était attendu, sa sortie fut aussitôt accueillie par un tir de barrage nourri. Heureusement, tous les projectiles avaient été tirés à hauteur d'homme et ils se perdirent dans les murs. De son côté, grâce aux lueurs des départs de coups, le guerrier solitaire avait parfaitement localisé la zone de tirs. Plus exactement deux zones. La première, juste devant lui et plus bas de deux mètres, la deuxième un peu sur sa gauche, provenant du fond du palier. Choisissant d'abord cette dernière, il releva la canon de son arme, lâcha une courte rafale, eut la satisfaction d'entendre un grognement sourd, suivi d'un bruit mat d'objet tombant sur le parquet. Puis il y eut un autre bruit. Celui d'un corps qui s'effondre. Satisfait, l'Exécuteur rabaissa le canon de l'Ingram, envoya un autre tir de repérage, auquel l'autre flingueur eut la maladresse de répondre aussitôt.

La punition survint sans attendre.

Bondissant au bord de l'escalier, l'Exécuteur lui cracha une courte giclée de 9mm. Des ogives qui fusèrent exactement vers les éclairs aperçus une demi-seconde plus tôt. Résultat, un autre grognement, suivi lui aussi par divers sons, y compris celui d'un corps qui s'affale. Sans attendre, Bolan sauta dans la cage d'escalier, lâchant deux autres courtes rafales qui n'eurent pas de réponse.

La voie était libre.

— Hé ! appela-t-il à l'intention de Betty. Tu peux rappliquer.

L'adolescente fut près de lui presque instantanément. S'accrochant à sa manche, elle maugréa :

— On se croirait dans le cul d'un nègre, ici!

Langage imagé. On n'y voyait effectivement pas grand-chose. Toujours accrochée à Bolan et se tordant les pieds sur ses talons trop hauts, Betty suivit son sauveur, ne le lâchant qu'en débouchant à sa suite dans une ruelle étroite à l'asphalte défoncé. Une ruelle puante et interminable, que Bolan connaissait pour être arrivé par là, et où des poubelles renversées vomissaient leurs ordures. Accélérant le pas, l'Exécuteur avait retourné son chargeur mixte dans l'Ingram et surveillait le secteur. Mais tout semblait calme. Sur la droite, il y avait une autre ruelle qui, plus loin, débouchait dans Glasgow Street. Zippant la combinaison noire, l'Exécuteur y glissa l'Ingram, ne conservant que le Beretta en main. C'était quand même plus discret. Derrière lui, des claquements de talons résonnèrent. Betty ne voulait pas le perdre. Essoufflée, elle lança subitement :

— Aigrette Bavarde et Iguane quoi?

Pas vraiment traumatisée, la fugueuse.

— Solitaire, répondit Bolan.

Il n'avait pas ralenti le pas et elle devait presque courir pour suivre sa longue foulée souple. Avec son sac-besace jeté sur l'épaule, son microscopique boléro vert pomme, son jean mini astucieusement rapiécé aux bons endroits et ses cheveux cuivrés ramassés en une grossière queue de cheval aux boucles désordonnées, elle avait l'air d'une chipie de comédie. Mais l'hématome qui gonflait le côté gauche de son visage et son nez tuméfié démentaient l'aspect léger du personnage. Ils venaient de quitter le *Mangoo-Bar* par la sortie des « artistes » et depuis, la tête encore bourdonnante et pleine de questions, l'adolescente s'escrimait à suivre le grand diable vêtu de cuir noir. D'un ton incrédule, elle répéta :

— Iguane Solitaire, hein?

— Affirmatif.

— Et Aigrette Bavarde, hein?

— Affirmatif.

Toujours sur le même pas précipité de ballerine en rupture de ban, Betty leva un regard oblique sur le profil de Bolan pour questionner encore, pleine de doute :

— C'est des chiens à vous?

— Négatif.

— Des chats?

— Négatif.

— Des...

Bolan s'immobilisa d'un coup et Betty buta contre lui en se cognant le nez. Elle poussa un petit cri rauque, renifla, grogna :

— Vous pourriez pas faire attention, merde!

Et comme le grand diable ne disait rien et ne bougeait toujours pas, elle leva de nouveau ses yeux d'émeraude pour jeter, mauvaise :

— Ben quoi! Vous voulez ma photo?

Une lueur vite éteinte passa dans les prunelles de Bolan. Hormis un couple en train de copuler debout dans l'encoignure d'une porte, ils étaient seuls dans la ruelle. Après un dernier contrôle visuel du secteur, l'Exécuteur questionna :

— Tu es à pied?

Elle secoua ses boucles cuivrées, désignant le vague d'un coup de menton.

— Ma Rolls et mon chauffeur doivent traîner dans le coin.

Puis, douchée par l'expression granitique du grand diable en noir, elle grogna à contrecœur :

— Ça va! J'ai ma meule qui m'attend pas loin.

Bolan hocha la tête.

— Alors, annonça-t-il, j'ai une bonne nouvelle pour toi.

Il avait décidément une sacrée belle voix, ce type. Une voix grave. Chaude ou glacée, selon la circonstance. Une voix que Betty avait trouvée magnifique un instant plus tôt. Quand il avait tué ce porc de Bernie.

Un rictus comique étira les lèvres gourmandes de l'adolescente.

— Ça tombe bien, renvoya-t-elle. J'en manque un peu, ces temps-ci. C'est quoi, cette nouvelle?

Bolan engloba le décor d'un geste bref, renseigna :

— C'est ici qu'on se quitte.

— Hein?

Betty le regardait, essayant de percer l'ombre ambiante d'un regard scrutateur.

— Ici?

— Affirmatif.

Un instant, elle parut décontenancée, puis, bravache, comme pour le défier, elle ironisa :

— Vous voulez même pas que je vous raconte les raisons psycho-sociologiques très injustes qui m'ont fait tomber si bas?

— Non.

— Et vous voulez pas non plus me faire de sermon?

— Non.

Elle fit la moue, puis un autre petit sourire fit luire ses dents blanches.

— Alors, dit-elle, vous êtes le type que je cherchais.

Bolan lui jeta un regard de côté.

— Pour?

— Ben... pour l'épouser.

Cette fois, il lui sembla que le grand diable esquissait un sourire. Un sourire très vite éteint. Avec un soupir, il laissa tomber :

— Ils avaient sept ans chacun.

La voix avait changé. Plus grave encore. Plus profonde aussi. Betty fit les yeux ronds.

— Qui ça?

— Aigrette Bavarde et Iguane Solitaire.

— Ah?

— Un garçon et une fille de sept ans. Des jumeaux.

— Ah?

— Et nous sommes allés aux Galapagos.

— Ah bon...

Sans doute l'adolescente s'attendait-elle à plus amples explications mais, au lieu de ça, il dit seulement :

— Salut, petite.

Puis il se fondit dans l'ombre de la ruelle et Betty se trouva subitement toute froide de l'intérieur. Alors, juste pour ne pas rompre encore l'étrange sortilège, elle cria :

— Moi, c'est Betty !

Mais déjà, la grande ombre noire avait été avalée par la nuit.

CHAPITRE XIII

— Combien t'en veux, mec?

Syd Bucchanan attaquait toujours une transaction de la même manière. Toujours la même formule, toujours le même sourire immaculé. Avec son pantalon de cuir noir, sa veste et son chapeau de cuir rouge, sa large face de Black aux gros yeux proéminents et à l'immense bouche lippue, on aurait dit un joueur de banjo de B.D. ou une pub pour le riz oncle Ben's. Mais derrière cette façade de music-hall, la vraie nature de l'homme était beaucoup moins sympathique. Depuis quelque temps, comme ceux de ses « confrères », ses tarifs ne cessaient d'augmenter et quand un client trop accro et trop fauché à la fois le suppliait de faire crédit, les trois gardes du corps qu'il trimballait en permanence dans sa Chevrolet blanche lui tombaient dessus. Résultat, en moins de trois mois, l'asphalte de son secteur ne comptait plus les dents ou les côtes cassées.

— Hé ! s'énerva Syd Bucchanan avec un regard mauvais sous le rebord de son chapeau. T'en veux, oui ou merde !

Par l'étroite ouverture de la glace fumée à peine abaissée de la Chevrolet, les yeux de son client papillotèrent, mal assurés. Bucchanan connaissait le type. Danny quelque chose. Ou Sammy. Complètement stone. Depuis le début de sa descente aux enfers, le mec devait s'être injecté des litres de dope. Au prix de la dose, une véritable fortune. Une manne qui était allée grossir le capital de Bucchanan. Du fric bien pépère, placé dans une banque des Bahamas. La vie était belle. Suffisait de ne pas faire faux bond à la famille, de bien acheter la coke aux grossistes de Fovone et d'exploiter la connerie chronique de mecs comme ce Danny... ou Sammy quelque chose.

Suffisait de savoir nager.

— Oui, répondit enfin le client d'une voix hésitante. C'est sûr, que j'en veux, Syd.

Il avait noté la sortie de voiture des deux jeunes costauds. Deux balèzes qu'il connaissait bien et qui commençaient à le regarder de travers. Le troisième restait le plus souvent au volant. Pour le cas où des flics seraient venus patrouiller dans le coin. Truc qui n'arrivait presque jamais. Certaines mauvaises langues prétendaient que Syd poussait parfois la chansonnette chez les cops. Sûrement des médisances.

— Pour combien?

Depuis longtemps, le dealer avait compris comment traiter. Toujours se mettre à la portée du client. Ne jamais parler quantité, mais fric. D'expérience, il savait que l'accro en manque était prêt à lâcher à son dealer tout le pognon qu'il avait dans la poche. Question de savoir faire et Bucchanan savait. C'était selon cette somme qu'il fixait la quantité. Toujours à l'échelon inférieur. Chez lui, la « tare » ne devait profiter qu'à une seule personne : lui. En cas de contestation, il conseillait simplement au mauvais coucheur d'aller se fournir ailleurs. Ce que l'intéressé ne faisait presque jamais. Il n'y a pas plus fidèle et plus fainéant qu'un drogué.

Planté contre la portière, Danny-Sammy se fouillait sous toutes les coutures. Des billets apparaissaient dans ses mains, il hésitait. Un instant, il fit mine d'en remettre dans sa poche, puis s'avisant de l'impatience grandissante des gorilles, il finit par proposer d'un air soumis :

— Ecoute, Syd. J'ai pas plus. Mais si tu pouvais...

— Fais pas chier! Combien t'as?

D'un air méprisant, Syd Bucchanan fixait les billets

verts glissés entre la glace et le bâti de la portière. Comme si le fric lui avait filé la nausée.

— Ça fait... je crois qu'il y en a cent, Syd.

— T'es un vrai con, Danny, coupa Bucchanan. Un vrai con, de me faire abaisser cette putain de glace et de prendre des risques en pleine rue pour un deal aussi minable. J'ai bien envie de t'envoyer te faire foutre.

— Hé ! geignit l'intéressé. Sois pas vache, Syd ! File-m'en... file-moi ce que tu veux et...

— Tiens, céda subitement le dealer en arrachant les billets et en fourrant un minuscule sachet en papier dans la paume du type. Ça va pour cette fois. Casse-toi.

Tandis qu'il remontait sa glace et que les deux gorilles réintégraient la Chevrolet, le client avait soupesé le sachet d'une main rendue experte par l'habitude.

— Eh, lança-t-il à la voiture qui s'éloignait. Eh, Syd ! T'es vache ! C'est pas assez !

Mais la Chevrolet avait déjà tourné à l'angle de Holmes Avenue et ses feux s'étaient perdus dans la circulation.

— Tu crois qu'il va venir ?

Rosario Blancanales avait dû baisser le son de la sono de bord, tant les bruits amplifiés par les micros-émetteurs de « Gadgets » étaient puissants. Pourtant, on ne pouvait pas dire que la ruelle dans laquelle l'immense Roll s'était engouffré un moment plus tôt était très fréquentée. Juste un minable boyau puant. Mais l'indic semblait savoir où il allait et il n'était pas question de bouger pour le moment. Dans le module opérationnel du char de guerre où les cadrans des magnétos distillaient une lueur orangée, les regards d'Herman Schwarz et de Blancanales fixaient le profil de Bolan. Un profil qui se desséchait au fil des jours. Avec, sous la ligne nette des sourcils, une espèce de lumière bleue. Immobile et polaire, comme le feu d'un volcan couvant sous la glace. Une lumière bleue fixée sur l'écran du moniteur TV de surveillance périphérique du char de guerre, où l'entrée de la ruelle se dessinait en plus sombre.

— Il viendra.
Appuyant sur une touche de la radio de bord, l'Exécuteur enchaîna :
— Quoi de neuf, Condor?
Des parasites se firent entendre dans le circuit, puis la voix de Grimaldi :
— Tout est O.K., Cobra. Rien à signaler de mon côté.
Roll était toujours dans la ruelle. Il fallait attendre et...
— Eh, Mack!
Herman Schwarz désignait l'écran de contrôle. Une conduite intérieure blanche était en train de manœuvrer pour y pénétrer. Une Chevrolet. Sur un signe de l'Exécuteur, Blancanales avait remonté la sono et le module opérationnel s'emplit à nouveau des bruits ambiants de la ville. Avec en plus, comme une accélération du souffle amplifié d'une respiration. Celle de Roll. Lui aussi avait dû voir la voiture et son pouls s'accélérait. S'adressant toujours à Blancanales, Bolan demanda :
— On ne garde que les micros des anneaux. Coupe tout le reste.
Puis dans le circuit radio, il lança :
— Attention, Condor. Chèvre en vue. On reste en contact.
— Bien reçu, Cobra, répliqua le pilote d'hélicos. Je suis O.K.
Au même instant, la sono enregistra le ronronnement d'un moteur, puis un premier échange :
— Salut, Syd. C'est sympa d'être venu.
Détournant son regard de l'écran TV, Gadgets questionna :
— Tu préfères vraiment pas faire sauter ces fumiers?
Il songeait à la formidable puissance de feu du char de guerre. Un seul tir du lance-missiles de la tourelle de toit ou une simple décharge des 20 000 volts du canon thermique auraient instantanément transformé la Chevrolet en chaleur et en lumière. L'Exécuteur secoua la tête :

— Si j'affole la galerie trop tôt, les ordures pourraient disparaître.

— O.K., fit Herman Schwarz en retournant à son écran.

Les « ordures » en question étaient évidemment les trois Pères Noël du massacre. Cette guerre tout en demi-teintes n'avait rien à voir avec un blitz habituel. Les « ordures » étaient la priorité des priorités. L'Exécuteur les voulait et il mettrait tout dans la balance pour les coincer. Quitte à y laisser la peau. Blancanales, Gadgets et Grimaldi le savaient et aucun d'eux n'avait émis la moindre réserve sur cette façon de voir. Brognola le fédéral avait même été plus loin en grillant son indic. Lui aussi l'avait su dès le début, plus que jamais au cours de ce blitz, l'Exécuteur serait d'abord le Guerrier Solitaire. Implacable, intraitable, sourd à tout ce qui ne serait pas dans la ligne qu'il avait adoptée. Depuis son retour du Pérou, depuis cet étrange pèlerinage, plus personne n'avait osé lui parler de Jil. Elle était son secret. La prison de son âme.

— Qu'est-ce qu'on fait? questionna Blancanales.

— On attend, répondit Bolan.

Syd Bucchanan en avait assez pour ce soir. Mais il lui restait quelques dizaines de sachets de poudre à fourguer et il savait qu'il les vendrait ici. Comme chaque fois. La ruelle était son dernier point de vente du circuit et c'était aussi l'endroit où ses rabatteurs amenaient les nouveaux candidats au rêve artificiel. Un premier contact qui décidait en général de toute la « carrière » d'un consommateur. Il fallait à la fois établir des liens de confiance et de fermeté. Bien montrer que, contrairement aux lois du commerce traditionnel, dans celui de la dope le patron n'était pas le client. Le vrai boss, c'était le dealer. Celui qui a le pouvoir de fermer le robinet. De provoquer ce terrible effet de manque qui paniquait tous les accros. Mais dans ce genre d'approche, certaines précautions s'imposaient. Aussi, dès l'entrée de la ruelle, le premier garde du corps de Bucchanan quittait-il la Chevrolet. Sa mission : veiller au grain du côté entrée. Puis la voiture allait s'arrêter au milieu de la ruelle et le deuxième gorille filait monter la garde du côté de la sortie. Pendant ce temps, son mini-P.M. Beretta 951/A sur les genoux, Ronnie, le chauffeur, assurait la protection de Syd. Malgré son chargeur de quinze cartouches de 9mm, son sélecteur de tir par rafales et sa poignée avant, le 951/A ne valait certes pas le fameux modèle 93R du même fabricant. Moins de munitions et relative imprécision de tir. Mais le flingueur n'avait encore jamais eu à s'en servir autrement qu'à l'entraînement. Inutile donc d'investir davantage.

A peine la Chevrolet immobilisée à mi-chemin du boyau et son deuxième flingueur en position, Syd Bucchanan abaissa légèrement sa glace, entrouvrit sa portière pour jeter un regard vers le caniveau et esquissa un rictus satisfait. Ronnie n'avait pas son pareil en matière de précision dans la conduite. Comme lors de chacun de leurs arrêts, une bouche d'égoût était exactement à la verticale de la portière. Des arrêts soigneusement établis d'avance. Ainsi, en cas de pépin policier, Syd pouvait discrètement se débarrasser de la came et les flics n'avaient plus qu'à se brosser. Pas de flag, pas de problème.

Une astuce imparable.

Et encore une fois, ce soir-là, Syd Bucchanan put se livrer à son commerce sans le moindre ennui. Son dernier client expédié, il allait reclaquer sa portière et ordonner à Ronnie de démarrer, quand la gigantesque silhouette s'incrivit dans la lumière des codes de la Chevrolet. Bucchanan fronça les sourcils, puis, reconnaissant Roll, il grogna à l'intention du chauffeur :

— Qu'est-ce qu'il vient foutre là, ce con?

La convivialité la plus franche unissait tous les dealers.

Quand Roll toqua à sa vitre à l'aide de ses bagues, il l'abaissa pour grincer :

— Tiens, Roll! Qu'est-ce qui t'amène dans mon secteur, mec?

Autant rappeler qui possédait quoi.

— Salut, Syd, grogna le géant au crâne rasé.

Puis après un regard autour de lui, l'indic souffla :

— Un truc à te demander.

Dans l'ombre de l'habitacle, le Black fronça les sourcils sous le bord de son chapeau. Roll était un fondu. Une cacahuète en guise de cervelle, mais les poings et le flingue faciles. Pas du tout le genre de partenaire que Bucchanan appréciait en affaires. Il demanda :

— Genre ?

— Un truc sérieux. Avec du fric à la clé. D'ailleurs, c'est Bernie qui m'a conseillé de te voir.

Nouveau froncement de sourcils du Noir.

— Bernie qui ?

— Arrête, merde, soupira le géant. On connaît qu'un seul Bernie.

— Ouais, ergota Bucchanan, c'est quoi, ton deal ?

L'ancien footballeur désigna l'intérieur de la berline du regard.

— On pourrait pas causer tranquille ?

Syd Bucchanan grimaça. Il avait envie d'aller finir sa soirée dans une boîte et de se saouler la gueule en compagnie de deux belles salopes blanches. Mais l'ancien footballeur était dangereux. Autant ne pas le vexer. Néanmoins, pas question de le laisser écraser les coussins de la Chevrolet. Il fallait l'évincer en douceur.

— Annonce la couleur, soupira-t-il en se contentant d'abaisser sa vitre un peu plus.

Refoulant son envie d'écraser la gueule du Black, Roll résuma la situation et acheva son exposé en faisant valoir :

— Cinq mille pour un simple tuyau, c'est pas mal, hein ?

Bucchanan fit celui qui réfléchissait. Puis prenant un air faussement modeste, il admit :

— Ça se pourrait que je l'aie, ton tuyau, Roll. Ça se pourrait.

— C'est vrai ?

Une étincelle avait fusé dans les yeux du géant et le Noir sourit.

— J'ai dit que ça se pourrait. J'ai des tas de contacts, tu sais. Alors, ça se pourrait que l'un d'eux m'ait lâché un ou deux trucs.

— Merde, gronda le colosse. Fais pas chier. Annonce.

— Hé ! T'emballe pas, mec. Des contacts comme ça, c'est pas gratuit. Alors, moi, je suis pas gratuit non plus.

Roll touchait peut-être au but. Il sentait qu'il pouvait pousser le bouchon dans cette direction. Songeant déjà qu'il allait se débarrasser du Grand Fumier plus tôt que prévu, il fit pourtant mine d'hésiter :

— T'es gourmand, Syd.

Bucchanan laissa fuser un ricanement. Il sentait le grand con ferré. Il n'y avait plus qu'à laisser venir. S'adressant au chauffeur qui attendait les ordres, il lança :

— Ronnie, rappelle les gars.

L'interpellé envoya un coup d'avertisseur, et tandis que les deux flingueurs quittaient chacun son extrémité de ruelle pour rallier la Chevrolet, Roll insista :

— O.K., Syd. O.K. Dix mille.

Roll avait compris que l'autre s'amusait. Brusquement, alors qu'une idée venait de lui traverser l'esprit, il décida de rigoler aussi. Deux rangées de dents blanches apparurent dans la pénombre de l'habitacle.

— Tu te fous de moi, mec, ricana le Black. Je fais pas l'aumône.

Le géant eut un geste de dépit.

— Mon client n'ira pas au-dessus de dix mille.

— Alors, tu dis à ton client d'aller se faire mettre. Vingt mille, ou rien.

Puis au chauffeur, il lança :

— Vas-y, Ronnie. Mets en route.

— Hé ! l'arrêta le géant en s'accrochant à la portière. Attends, merde !

Malgré l'idée qui l'avait effleuré, Roll se disait qu'il valait mieux ménager la chèvre et le chou. Et il calculait vite. Vingt mille, ça voulait dire quarante mille, s'il voulait prendre son bénéfice au passage. Il se dit que ce serait dur à arracher au Grand Fumier, mais que ça valait quand même le coup d'essayer. A condition de travailler sur du solide. De toute façon, Bolan ne pourrait pas savoir qu'il s'était fait refaire. Alors...

— D'accord, Syd, céda-t-il enfin. D'accord pour vingt formats. Balance l'info. Ton fric, tu l'auras demain soir.

Il s'avançait un peu, mais mieux valait se débarrasser du boulet Mack Bolan le plus vite possible.

— Me prends pas pour un négro taré, *white man*, ricana le dealer. Aboule les vingt formats et je te dis à qui t'adresser.

L'immense Roll crut qu'il n'allait pas pouvoir se retenir. Mais les deux autres connards avaient rejoint la bagnole et ils le regardaient d'un drôle d'air. Bien sûr, il aurait pu se les goinfrer tous les deux à mains nues, mais contre les calibres qui gonflaient leurs vestes et le mini-P.M. du chauffeur, son S&W 459 ne ferait pas le poids. D'ailleurs, dans sa tête, sa petite idée se confirmait doucement. L'identité du « contact » évoqué commençait à se dessiner en lui. Il avait été idiot de ne pas y penser plus tôt. Il n'y avait qu'un type dans leurs relations communes qui puisse les renseigner.

Val Barney.

Val Barney, le big-fourgue. Le grossiste chez qui tous les distributeurs de L.A. se fournissaient et qui eux-mêmes revendaient la came aux dealers comme Bucchanan ou Roll. Bien sûr, l'ancien footballeur n'avait jamais eu de contact direct avec Barney, mais il savait comment le joindre. Chez lui. A la *Carabian Pacific*. Une boîte d'import-export dont les entrepôts se trouvaient à Fullerton, non loin de Municipal Airport.

Val Barney, l'ancien soldat de Bob Scilla, l'ex-*caporegime* de Rudi Fovone, le big-boss de Los Angeles.

Décidément, Roll était idiot. S'il y avait un seul type à interroger à L.A. sur cette affaire de Pères Noël, c'était évidemment Scilla. En tant qu'ancien *caporegime* du big-boss, les flingueurs, il les connaissait tous. Forcément. Et pour se rencarder auprès de lui sans risques, il n'y avait qu'un seul type. Val Barney, son ancien soldat.

Roll rageait intérieurement. Il aurait dû se souvenir de tout ça avant de venir voir ce connard de Bucchanan. Parce que Barney, il pouvait le joindre lui-même. Ce qu'il allait faire séance tenante. S'il avait deviné juste, il baisait ce con de Black; s'il se trompait, il pourrait toujours revenir ici avec le fric.

Faisant mine d'insister pour la forme, il soupira :

— Ecoute, Syd, tu me connais. Si je te dis que tu les auras demain, tu les...

— Suffit d'un pépin et j'aurai juste mes couilles pour me consoler, mec, coupa le Noir. C'est vrai que je te connais, mais un accident est si vite arrivé...

Le salaud en profitait. Sans ses flingueurs, il n'aurait jamais osé parler comme ça. Pour se retirer dans l'honneur, il fallait faire quelque chose. L'air mauvais, Roll grinça :

— O.K., *black man*. Rencart ici, demain, à la même heure. J'aurai le fric et t'as intérêt à ce que ton tuyau ne soit pas crevé.

Tournant vite les talons pour conserver l'avantage de sa sortie, le colosse disparut au bout de la ruelle.

Direction Fullerton. Et au galop.

Tandis que ses gardes du corps s'installaient, un à l'avant, l'autre près de lui, inconscient de ce que Roll allait faire et sûr d'avoir d'ores et déjà gagné vingt mille dollars, Bucchanan ravala son sourire.

— En route, lança-t-il au chauffeur qui attendait les ordres.

Il avait hâte de se faire une ou deux petites salopes. Peut-être trois. Avec les nouveaux poopers que Barney venait de lui fourguer, il pouvait se faire un nombre dingue de nanas à la file. Ça emballait juste un peu le palpitant, mais Bucchanan avait le cœur solide. Très solide. Il n'était pas près de claquer.

— Qu'est-ce qu'il fout, ce con!

L'exclamation de Ronnie fit relever les yeux au dealer. A travers le pare-brise, il vit le véhicule. Grimpé sur le trottoir, bouchant complètement la ruelle. Une espèce de camion. Ou de van. Un truc peinturluré genre hippie, avec de gros pneus et une protubérance sur le toit.

— *Shit!* éructa Bucchanan. Il est bigleux, le mec, ou quoi ? C'est interdit de stationner là !

Grincheux, Ronnie abaissa complètement sa glace de portière pour lancer à la cantonade :

— Eh ! Casse-toi de là, connard !

Au même instant, il y eut comme un glissement près de la Chevrolet et une ombre surgie de la nuit se matérialisa dans l'ouverture de la glace, tandis qu'une voix sinistre grondait :

— Tu n'es pas très poli, Ronnie.

Puis ce fut le cauchemar.

CHAPITRE XIV

Un cauchemar bizarre auquel Syd Bucchanan ne comprit strictement rien.

Du moins, dans les premières secondes.

Il y eut une succession de « flops » assourdis, des éclairs jaunâtres très brefs, suivis de mouvements divers et de grognements. Le dealer vit tour à tour Ronnie et son voisin sursauter, puis, tandis qu'ils s'affaissaient sur leurs sièges et que des choses molles et tièdes éclaboussaient sa large face, le flingueur assis près de lui sursauta à son tour en poussant un étrange cri étranglé qui lui fit froid dans le dos. Simultanément, sa portière s'ouvrit à la volée et il comprit que quelque chose de grave était arrivé. Quelque chose d'incontrôlable qui lui paralysait l'esprit et qui lui faisait peur. Il se sentit repoussé contre son flingueur et celui-ci s'écroula contre la portière opposée, un genou sur le plancher de la voiture, le front contre la vitre.

Une vitre éclaboussée de taches sombres.

— Pas bouger, pas crier, fit la voix sinistre.

Puis quelque chose de dur et de glacé lui vrilla la tempe et la peur de Bucchanan se transforma en panique.

Ronnie et les deux autres étaient...

— Que... qu'est-ce que vous voulez? parvint-il à coasser en se tordant en vain sur la banquette pour tenter d'échapper à la morsure brutale de la chose sur sa tempe.

— Baisse la tête, pourri, ordonna la voix désincarnée.

Bucchanan était paralysé. Incapable du moindre geste, il ne songeait même pas à essayer d'attraper le petit Colt Agent de calibre 38 réfugié sous sa veste. Littéralement sonné, il entendit la voix répéter :

— Baisse la tête.

Il voulut obéir, en fut incapable, et, toujours comme dans un cauchemar, il réalisa qu'on le débarrassait de son chapeau. Puis une main lourde comme la mort agrippa ses mèches décrêpées pour l'obliger à se courber. Quand son front entra en contact avec ses genoux, il se rendit compte que la chose dure et glacée avait quitté sa tempe pour sa nuque.

— Qu'est-ce que vous voulez ? gémit-il en larmoyant.

— Causer.

Syd Bucchanan essaya de tourner la tête, en fut empêché par la chose enfoncée dans sa nuque. Lamentable, il bêla :

— Que... causer de quoi ?

— Causer affaires.

Le temps d'un éclair, le dealer se dit qu'il ne pouvait s'agir que de concurrents qui essayaient de lui piquer son secteur et un peu de sang-froid lui revint. D'un air qui se voulait subitement plus assuré, il osa un ton plus haut :

— Je parle pas affaire avec un inconnu.

Il y eut un silence, avant que la voix d'outre-tombe ne laisse tomber :

— Mon nom est Bolan. Mack Bolan.

D'abord, l'information eut du mal à pénétrer le cerveau du Black. Puis d'un coup, il y eut comme un éclair dans sa mémoire et il ressentit un formidable choc à l'épigastre. Tout se brouilla de nouveau dans sa tête et il crut être devenu fou. Dans son ventre, ses boyaux recommencèrent à gronder et il sentit une nausée lui tordre l'estomac. Sonné, le cœur au bord des lèvres et tout le corps glacé, il répéta d'un ton absent :

— Mack... Bolan.

Ce n'était même pas une question. Son instinct avait déjà senti que ce n'était pas du bluff.

— Ton tuyau, fit la voix d'outre-tombe. C'est quoi?
— Hein?
— Le tuyau que tu voulais vendre à Roll pour vingt mille dollars. C'est quoi?
Bucchanan avait de plus en plus envie de vomir. Sa bouche était pleine de fiel et il avait l'impression affolante de vider ses intestins sous lui. Ne parvenant toujours pas à juguler sa panique, il tenta :
— Je... je comprends pas.
— Tu as trois secondes pour comprendre. Le tuyau sur les trois Pères Noël, c'est pour moi. Gratuit, et tout de suite.
— Ecoute, hoqueta Bucchanan en retenant un spasme. Je... je comprends rien à tout ça, mais... mais pour le tuyau... je voulais juste parler à Roll de...
— De?
— De... de Val Barney et...
— Et?
— Et... et Scilla. Roberto Scilla.
— Scilla? Tu veux dire le boss des jeux clandestins? L'ancien *caporegime* de Fovone?
— Oui, souffla le Black.
L'Exécuteur commençait à se sentir en terrain connu. Roberto Scilla figurait effectivement sur les listings-computers du char de guerre. Depuis longtemps. En revanche, Val Barney n'y avait jamais été inscrit. L'Exécuteur insista :
— Et Barney?
— C'est... c'est mon grossiste, avoua Bucchanan. Le nouveau big-fourgue. C'est grâce à Scilla qu'il en est arrivé là. Dans le temps, il était un de ses portes-flingues.
Bolan voyait de mieux en mieux.
— O.K., fit la voix d'outre-tombe. Quel rapport entre Barney, Scilla et les Pères Noël?
Il connaissait évidemment déjà la réponse, mais il souhaitait se l'entendre confirmer.
— Ben... je crois qu'en tant qu'ancien *caporegime*, Scilla pourrait savoir des trucs sur ces Pères Noël.
C'était aussi l'avis de l'Exécuteur.

L'odeur combinée du sang et de la cordite retournait l'estomac du dealer et il vomit. La chose dure s'enfonça davantage dans sa nuque et la voix insista, implacable :

— Qu'est-ce que tu peux encore me dire?

Bucchanan hoqueta :

— Je... c'est tout. Je...

Le réducteur de son força sur sa nuque et il poussa un glapissement aigu, avant d'ajouter précipitamment :

— Il y a Rudi. Je veux dire Rudi Fovone. Lui aussi, il a plein de flingueurs à sa botte. D'après ce que je sais, tous les gros contrats du secteur passent par lui.

— Tu ne m'apprends rien, minable.

Le big-boss de Los Angeles figurait en grosses lettres dans les listings-computers du char de guerre. Si le massacre du réveillon de Noël avait été commandité du sommet de la pyramide mafieuse, il était sûrement le maillon local le plus impliqué. Mais si le drame était le fait de la vengeance isolée d'un quelconque *amico*, le moindre coup de pied dans la fourmilière risquait de faire disparaître à jamais les tueurs. Or, c'était par eux que l'Exécuteur voulait remonter la piste en premier. Précisément pour explorer en priorité la voie la plus fragile. S'il s'était trompé, il serait toujours temps de faire donner la grosse artillerie. En attendant, il allait poursuivre sa méthode. La pêche au menu fretin.

En commençant par Val Barney.

Donnant un petit coup de poignet au Beretta pour le faire vibrer dans la nuque du dealer, il questionna d'un ton désincarné :

— Toujours pas mieux à me proposer, Syd?

Tétanisé, le Black laissa fuser un souffle bref de sa gorge nouée pour tenter :

— Ecoute, Bolan. Je... moi, je t'ai jamais rien fait, pas vrai? J'ai entendu dire que... que tu fais grâce à certains, quand ils se montrent coopératifs. Je t'ai donné deux noms. J'ai été correct, non?

— Non.

— Hein?

— Non, répéta la voix d'outre-tombe. Tu n'as pas été

correct. Tu es juste une balance de plus dans ce monde pourri qui est le tien, Syd. Juste une balance qui a essayé de sauver sa sale peau de dealer.

L'Exécuteur avait parlé d'un ton absent qui faisait peur. Et Syd Bucchanan avait très peur. Sous lui, ses sphincters s'étaient soudain relâchés et outre celles du sang et de la cordite, une odeur nauséabonde commençait à emplir l'habitacle. Une pestilence que ni l'un ni l'autre ne sentait. Bucchanan avait trop peur pour ça, Bolan vivait ailleurs. Dans un univers où plus grand-chose ne l'atteindrait jamais.

— Ecoute ! coassa Bucchanan en essayant de s'accrocher au bras armé. Ecoute, Bolan... j'ai jamais tué de gosses, moi !

— Si.

Cette fois la voix de l'Exécuteur avait résonné plus fort dans l'habitacle.

— Si, reprit-il. Si, pourri. Des gosses, tu en as tué. Tu en as massacré des flopées.

— Non ! Je te jure !

— Si.

Bolan observa un court silence puis, plein de dégoût :

— Par cette merde que tu leur vends, pourri. Par ce poison qu'ils se filent dans les veines, tu n'arrêtes pas d'en bousiller, des gosses. Et en plus, ça te remplit les poches.

— Ecoute...

— Non.

L'index de l'Exécuteur avait enfoncé la détente du 92F. Il y eut un « flop » sourd et la tête de Bucchanan parut s'enfoncer entre ses genoux. Alors seulement, le réducteur de son du Beretta quitta la nuque éclatée du dealer et l'Exécuteur disparut dans la nuit.

— Qu'est-ce que tu lui veux, au boss ?

Les deux colosses qui défendaient l'accès de la dernière cour du dépôt principal de la *Carabian Pacific* étaient presque aussi grands que Roll. Des spécialistes des Arts martiaux qui ne craignaient guère l'ex-footballeur et qui, en plus, possédaient un arsenal beaucoup plus conséquent que lui.

Deux mini-Uzi, plus des calibres sous les vestes.

Chargés de filtrer les clients du fourgue, ils connaissaient toute la petite pègre des dealers et autres minables et refoulaient sans explications ceux que Val Barney ne voulait pas voir. Val Barney ne traitait pas avec les petits dealers. Jugés financièrement peu sûrs et trop marqués par les flics, il leur préférait les gros intermédiaires. L'avant-dernier maillon de la chaîne avant le consommateur. Ils connaissaient donc parfaitement Roll, savaient à quel intermédiaire il achetait sa came et le méprisaient carrément.

— Il faut que je le voie, renvoya Roll.

Par l'ouverture de la glace de portière de sa Toyota, il dardait sur les deux cerbères un regard mauvais. Peu impressionnés, ces derniers jouaient négligeamment avec leurs mini-Uzi. Des armes qu'ils ne cherchaient même pas à cacher. Ici ne venaient que les initiés. Quant aux flics, ils prévenaient toujours des visites de routine qu'ils opéraient.

— Pourquoi tu veux le voir?

— Affaires, laissa tomber Roll avec morgue.

— Tu devrais savoir que les types comme toi n'achètent qu'aux intermédiaires, fit valoir un des deux cerbères.

Il y avait suffisamment de mépris dans le ton pour exciter n'importe qui. Mais Roll était venu pour vendre une salade bien trop belle pour se fâcher. Dans un soupir, il insista :

— Vous devriez lui dire que je suis là, les mecs.

Roll semblait sûr de lui. Celui qui n'avait pas encore parlé hocha la tête.

— Attends ici.

Puis il disparut dans la cabane qui flanquait la grille de la cour et, à travers la vitre, Roll le vit passer un coup de fil. Quand il revint, ce fut pour ouvrir le portail en grognant à l'adresse de son acolyte :

— Ça va. Le boss est d'accord.

La Toyota passa la grille, cahota sur l'asphalte défoncé, s'immobilisa au pied d'un quai de chargement qui longeait un bâtiment aux larges ouvertures à rideaux de fer baissés. Sauf un, qui ne l'était qu'aux trois quarts. Devant ce dernier, deux autres portes-flingues. Moins balèzes que les premiers, mais tout aussi enfouraillés.

— Amène-toi, ordonna l'un d'eux.

Roll obtempéra, sauta sur le quai, se laissa fouiller et délester de son S&W, avant de se glisser sous le rideau de fer, pour se retrouver devant un véritable mur de caisses empilées, dont beaucoup étaient vides. A peine éclairée par une lampe pendue au toit de fibrociment, l'entrée de l'entrepôt semblait bouchée. Soudain jaillis de l'ombre, deux autres flingueurs surgirent.

— Par ici, fit l'un d'eux.

Tandis qu'il passait devant Roll pour le guider dans un véritable dédale de caisses et de containers, l'autre emboîtait le pas de Roll, le doigt sur la détente de son calibre. De tous côtés, des « couloirs » s'ouvraient dans la muraille de caisses, formant un labyrinthe inextricable. Compte tenu de la surface du bâtiment, on aurait pu y errer des heures. Si les flics voulaient faire une descente ici, ils seraient mieux inspirés de passer par le toit.

— Salut, Roll.

Le colosse fut presque surpris. Il venait de déboucher dans une sorte de « clairière » au milieu de laquelle une table était dressée. Un vieux meuble de bureau en tubes d'acier, avec téléphone et lampe, flanqué de deux caisses. Dans celle de droite, les petits cartons qui avaient contenu la dope de la soirée, dans l'autre, du fric. Tout un tas de billets verts en vrac. Vision surréaliste dans ce décor d'entrepôt. Autour de la caisse de fric, un petit gros et un jeune gars aux airs précieux. Occupés à confectionner des liasses, ils avaient à peine levé les yeux à l'arrivée de Roll. En revanche, l'espèce de poussah au crâne blême et luisant et au faciès de sparring-partner assis derrière la table le dévisageait avec intérêt. Des petits yeux aux arcades amochées, un nez écrasé et un menton en galoche bleu de barbe complétaient le tableau. Entre ses grosses lèvres au sourire de chacal, une rangée de dents jaunes et pointues luisait dans la lumière de la lampe de bureau.

Val Barney, le big-fourgue de L.A.

— Ça va comme tu veux, Roll?

La voix était râpeuse, le ton pas vraiment aimable.

— Ça va, m'sieur Barney, renvoya l'ex-footballeur.

Le fourgue avait beau n'avoir été qu'un minable porte-flingues, on ne lui parlait pas comme à n'importe qui. Ici, c'était lui qui faisait la pluie et le beau temps sur le marché. Roll ne le montrait pas, mais il était impressionné : par le cérémonial d'accès au dépôt-vente, par le décor de cinéma noir et surtout par le fric contenu dans la caisse. Le produit d'une seule soirée du fourgue. A vue de nez, des dizaines de milliers de dollars. Il fallait que Barney soit bigrement sûr de lui pour traiter ainsi, presque à découvert, dans ses propres entrepôts. Et pendant ce temps, imperturbables, les deux « comptables » continuaient à fabriquer leurs liasses. A croire que tous les flics de L.A. étaient achetés pour fermer les yeux. Du grand art.

— J'espère que ton *affaire* vaut le coup, Roll, fit encore Barney.

Dans ses petits yeux sombres, il y avait comme un avertissement. On ne contactait pas directement Val Barney sans une bonne raison. Ayant parfaitement reçu le message, Roll s'arracha ce qui voulait être un sourire pour demander en désignant les autres d'un regard éloquent :

— On pourrait pas causer entre nous, m'sieur Barney?

Le fourgue hésita, finit par arracher son imposante carcasse pleine de graisse de sa chaise.

— Arrive un peu par là, ordonna-t-il en indiquant un recoin dans le mur de caisses.

Puis posant son énorme fessier sur l'un d'elles et allumant un moignon de cigare puant, il pressa :

— Accouche. J'ai pas toute la nuit.

Alors, Roll se lança. Il parla de son mystérieux client, des Pères Noël tueurs, de la prime offerte à ceux qui permettraient de leur mettre la main dessus. Durant son exposé, la grosse face du fourgue demeura parfaitement neutre. Il avait l'air de penser à autre chose et de se foutre de ce qu'on lui racontait. Quand Roll eut terminé, il sembla réfléchir un moment, puis, écrasant son mégot de cigare d'un coup de semelle, il apostropha un des « comptables ».

— Appelle-moi Bob Scilla, toi.

A cet instant, Gaby Rolley ressentit un frémissement d'excitation au niveau de la colonne vertébrale. Il avait vu juste. L'ancien *caporegime* de Rudi Fovone était bien l'homme à contacter.

Roll allait coiffer Bucchanan au poteau.

CHAPITRE XV

— Bob ?

Il y eut un « blanc » dans la sono du module opérationnel. Penchés sur le pupitre dans la lueur orangée des cadrans, Gadgets et l'Exécuteur demeuraient silencieux. Malgré les premiers signes de faiblesse des micros-émetteurs trimballés par Gaby Rolley, ils avaient pu suivre la totalité de son entretien avec Barney. Ils avaient même nettement perçu les manipulations du téléphone de ce dernier. Enfonçant une touche de la radio de bord, l'Exécuteur lança dans le circuit :

— Cobra à Condor, vous recevez ?

— Affirmatif, Cobra, répondit aussitôt la voix de Blancanales.

Rosario avait rejoint Grimaldi à bord de la Chevrolet et ils se partageaient le travail de surveillance. Après le contact Roll-Bucchanan et pendant que l'Exécuteur s'occupait du sort de celui-ci, Condor avait pris la Toyota de l'embijouté en filature. Il avait ensuite suffi au char de guerre de rallier le secteur. Maintenant, la Chevrolet du pilote était garée devant les entrepôts de la *Carabian Pacific*, tandis que le van planquait sur un chantier de démolition de Chapman Avenue. A une heure du matin, ils ne risquaient guère d'être dérangés.

— O.K., fit l'Exécuteur. On reste en contact.

Puis il se tut. La voix râpeuse de Barney s'élevait de nouveau :

— D'accord, Bob. Je te l'envoie.

Bien sûr, les micros de Roll n'avaient pu capter les propos de Roberto Scilla, mais il était clair que ce dernier acceptait de voir l'ancien footballeur. Il y eut un déclic, puis de nouveau la voix du fourgue :

— Ça va, Roll. Tu as rencart à deux heures pile.

— Vous voulez dire... ce soir? Enfin, tout à l'heure?

— Qu'est-ce que tu crois? Bien sûr, tout à l'heure. Et t'as pas intérêt à être à la bourre. Sa Daimler sera garée devant l'*Ange Bleu*. Tu connais?

— Oui. Oui, je connais.

Au ton, le dealer semblait satisfait. Bolan l'était également. Et lui aussi connaissait l'*Ange Bleu*. Selon les listings-computeurs du mobil-home, le cabaret était une des nombreuses boîtes et bars qui appartenaient à Scilla. A Venice. Un truc chic pour grosses légumes en mal de putes de luxe. Deux cents dollars la bouteille de Johnnie Walker Red Label. Alors, si vous vouliez arroser vos amours au champagne, il ne fallait pas espérer vous en sortir pour moins de mille dollars pour un magnum de Dom Pérignon. Le type d'endroit apparemment clean où, bien entendu, les flics locaux ne mettaient jamais les pieds. Sauf certains cadres. Histoire de s'encanailler.

— A part ça, reprit la voix de Barney dans la sono du bord, comment vont les affaires, Roll?

— Faut pas se plaindre, m'sieur Barney, répondit le dealer. Mais, justement, je voulais profiter de l'occasion pour vous demander...

— Quoi? fit Barney. Qu'est-ce que tu veux me demander?

Il y eut un autre silence, peuplé de parasites et de légers « manques » dans le son. Bolan jeta un regard interrogateur à Gadgets qui le rassura :

— T'inquiète. Les piles baissent, mais on a encore un peu de réserve.

N'empêche qu'il allait falloir prévoir le remplacement des mini-batteries. Avec tout ce que cela impliquait. Roll en serait quitte pour un nouveau K.O. L'Exécuteur feindrait de s'énerver devant le manque de résultats.

— Qu'est-ce que tu veux demander, Roll?

Barney n'avait pas l'air de vouloir prolonger l'entretien. Le dealer dut le comprendre car ce fut d'un ton mal assuré qu'il exposa :

— Je voulais vous dire que, justement, pour les affaires, si vous aviez besoin d'un nouveau distributeur, je...

L'éclat de rire que poussa le fourgue lui coupa la parole.

— Ecoute, Roll, conseilla Barney d'un ton trop ostensiblement patient, je te trouve sympa, mais t'es vraiment con.

— Hein!

Bolan voyait d'ici la tête du colosse. Peu de monde devait lui parler sur ce ton. Mais déjà, le fourgue reprenait :

— Parce qu'il faut être con pour demander un truc pareil quand on est un mec aussi connu que toi, Roll. Il faut être sacrément con. C'est moi qui te le dis. Tu te ferais serrer par les flics dès ta première affaire, mon pauvre vieux.

— Mais, m'sieur Barney...

— Arrête de déconner, Roll. Si tu veux vraiment entrer dans mon écurie, faudra passer chez le chirurgien d'abord. Pour te refaire entièrement. Je veux pas de vedettes chez moi. Je veux des gars discrets. Des passe-murailles, des hommes invisibles. C'est le secret de la réussite.

— O.K., m'sieur Barney. Si vous voulez, je...

— Casse-toi, coupa le fourgue. On reparlera de ça plus tard. Quand tu ressembleras à un mec de la City et que t'auras été à l'école.

C'était une fin de non-recevoir. Dans la sono du bord, il n'y eut plus que des bruits de pas, des sons divers, de plus en plus entrecoupés de parasites.

— O.K., lâcha l'Exécuteur en se redressant. En route.

Appuyant sur la touche radio qui le reliait à la Chevrolet de Grimaldi, il lança :

— Cobra à Condor.

— Condor écoute, répondit Blancanales.

— Cap sur l'objectif. J'y serai dans cinq minutes.

— Bien reçu, Cobra. On reste dans le secteur?

— Négatif. Gardez Balise dans le collimateur.

« Balise » était le nom de code donné à Roll.

Pendant qu'Herman Schwarz Gadgets passait dans le poste de pilotage, l'Exécuteur quitta le module opérationnel pour gagner sa cabine de repos. Ignorant la couchette spartiate à la couverture militaire parfaitement bordée au carré, il bascula tout un panneau d'acier de la cloison, révélant une grande alvéole rectangulaire où, parfaitement huilé et sanglé dans un ordre impeccable, tout son arsenal antipersonnel apparut. Il y avait là de quoi faire le bonheur des plus exigeants : les automatiques Beretta 92F et 93R, le dévastateur AutoMag 44, les deux mini et micro-Uzi, les deux Ingram M.10 et M.11, le M.16 additionné de son lance-grenades de 40mm, la fameuse Marlin 444 de ses débuts, ou encore sa nouvelle dotation, ce terrifiant FM AM-180 au « camembert » de cent cartouches de 22 Magnum et à la visée laser déjà utilisée lors de ses derniers blitz. Depuis, Gadgets et lui avaient équipé l'arme d'un système de chargeurs couplés, voire triplés. Ce que Charles Goff Jr, le président de la firme A.R.D. d'où sortait cette merveille, n'avait peut-être pas osé faire lui-même. C'était un peu encombrant, mais ainsi, la puissance de feu passait de cent à trois cents coups. Une rafale ininterrompue de quinze secondes seulement. Il suffisait d'armer et d'enfoncer la détente pour commencer à semer la mort. Au rythme infernal de 1200 coups/minute.

Déjà vêtu de sa combinaison noire, Bolan accrocha le holster de l'AutoMag à son épaule, celui du Beretta 92F au long réducteur de son à sa ceinture et se passa la bretelle du petit Ingram M.10 autour du cou. Ne connaissant pas les effectifs de Barney sur place, il accrocha quatre grenades US à fragmentation aux mousquetons de sa taille et, parce qu'il fallait tout prévoir, il glissa l'étui de son poignard Survival dans la tige de sa Nike montante. Puis, logeant les chargeurs supplémentaires dans les passants pectoraux de la combinaison et un mini-transceiver dans une de ses poches, il quitta la cabine de repos.

— On arrive, lançait justement Herman Schwarz par le circuit radio intérieur.

Bolan le rejoignit dans la cabine de pilotage. Privée d'éclairage public, la rue était noire comme un four. Mais à la lumière des phares, il put se rendre compte que le van longeait effectivement le mur d'enceinte sud des entrepôts. Celui qui, sur le plan hâtivement tracé par Blancanales à son arrivée sur place, bordait les hangars du matériel de roulage. Il était aussi le plus éloigné des bureaux et des bâtiments destinés au fret. Un mur haut de trois mètres environ et surmonté de potences métalliques supportant des écheveaux de barbelés. Val Barney était un pourri prudent.

— Stop, fit l'Exécuteur.

Le char de guerre était arrivé devant l'espèce de renfoncement noté par Blancanales. Une ancienne porte murée de briques, dont le cadre en pierres se situait au fond d'une grande niche. La rue était étroite, bordée de murs des deux côtés, dont une bonne partie se lézardait allègrement. Tout le bloc serait bientôt démoli. Los Angeles avait toujours davantage besoin d'immeubles de bureaux.

— Tu préfères toujours le boulot en finesse? questionna Gadgets.

— Affirmatif, répondit sobrement Bolan.

Profitant du peu de circulation, il aurait effectivement pu défoncer le galandage de briques condamnant l'ancienne porte et déclencher un blitz en règle dans les entrepôts. Méthode qui aurait eu l'avantage d'éliminer un maximum de vermine en un minimum de temps et d'énergie. Mais dans ces conditions, les mafieux du secteur auraient aussitôt compris que l'Exécuteur était en ville et ils auraient su pourquoi. Le massacre du réveillon n'était pas passé inaperçu et tous les *amici* un tant soit peu informés savaient déjà qui était effectivement visé dans ce drame.

Dès lors, les cancrelats seraient rentrés dans leurs trous et l'affaire n'aurait pas donné plus de résultat qu'un blitz classique. Or, cette fois, l'Exécuteur n'avait pas décroché son arsenal pour mener une simple guerre. Il était à L.A. pour faire un travail précis. Il avait un compte personnel à régler et le prix serait très élevé.

— O.K., soupira Herman Schwarz. Qu'est-ce que je fais, en attendant?

L'Exécuteur indiqua son mini-transceiver, renseigna :

— Tu tournes dans le secteur. Je t'appellerai pour ma reprise en charge.

Autant ne pas trop attirer l'attention.

— O.K., répéta Gadgets. C'est quand tu veux.

Au même instant, la radio de bord crachota, puis la voix de Blancanales appela :

— Condor à Cobra, Condor à Cobra.

— Cobra écoute, renvoya aussitôt Bolan.

— Balise vient de quitter objectif, Cobra.

— Bien reçu, Condor.

— J'ai pu lancer une reconnaissance, plus avant dans la zone sensible, Cobra. J'ai vu deux guignols qui gardent la grille fermant ton futur secteur d'intervention.

— Bien reçu, Condor. Merci. A vous de jouer. Terminé.

L'Exécuteur reposa le micro, puis d'un regard à l'extérieur, il vérifia que le secteur était calme. Sur un signe de tête, il lança à l'adresse de Gadgets :

— Go.

Herman Schwarz manœuvra le van, lui fit grimper le trottoir défoncé, le plaça contre le mur et, ouvrant le panneau de la mini-console technique annexe logée sous le tableau de bord, il pianota quelques curseurs, allumant plusieurs lueurs orangées sur le cadran. Un zonzonnement discret naquit du côté du module opérationnel, suivi de quelques déclics huilés. Un bouton rouge se mit à clignoter sur le cadran technique, accompagné d'un léger « bip » sonore.

— Tourelle opérationnelle, annonça Gadgets.

— A plus tard, dit sobrement Bolan en quittant la cabine de pilotage.

Dans la coursive, il ouvrit un panneau, découvrant un casier contenant divers matériels, dont une corde nylon à grappin articulé, une solide pince coupante en acier spécial et le « casque » de vision nocturne. Ajustant la sangle frontale de ce dernier sur son crâne, passant le rouleau de corde à son épaule et attachant la pince à son poignet, il referma le casier, fit glisser la porte latérale du van et se retrouva dehors. A part une moto qui passait justement en pétaradant, la circulation était nulle. Il repoussa le battant, puis d'une puissante détente et à l'aide du système de pattes métalliques escamotables qui permettaient les visites techniques de la tourelle lance-missiles, il se retrouva bientôt à califourchon sur le bulbe d'acier de cette dernière. D'une claque sur la carrosserie, il fit savoir à Schwarz qu'il était prêt et le zonzonnement entendu plus tôt reprit.

Cinq secondes plus tard, le pas de tir lance-missiles du char de guerre était déployé et l'Exécuteur pouvait ainsi directement passer du van au sommet du mur. En quelques gestes précis, il sectionna les barbelés latéraux, faisant tomber les pelotes meurtrières qu'ils retenaient, de l'autre côté du mur.

L'obscurité était quasi totale.

L'Exécuteur abaissa le système I.L. devant ses yeux et se pencha dans le vide. L'appareil lui révéla aussitôt l'immense zone des dépôts dans ses détails les plus précis. Il pouvait même distinguer les inscriptions sur les emballages vides débordant de deux poubelles alignées sur le quai du dernier entrepôt sur sa droite. Cela donnait une image scintillante, légèrement verdâtre, conférant au décor une ambiance glauque d'aquarium. On aurait dit un monde englouti sous les eaux. Les lieux étaient déserts. Sauf du côté du quai aux deux poubelles, où un rectangle de lumière se découpait sous le panneau à lames d'un rideau métallique aux trois quarts baissé. Flanquant l'ouverture, deux types montaient la garde. L'un d'eux fumait, une mini-Uzi accrochée à l'épaule, tandis que l'autre jouait à faire tourner un P.M. de même marque au bout de sa bretelle, comme un pendule pris de frénésie. En contrebas, au pied du quai de chargement qui longeait le bâtiment, trois véhicules étaient garés, dont une Mercedes claire, avec une antenne de téléphone. Personne au volant des voitures, personne autour. D'ici, il ne pouvait distinguer l'entrée de la cour annoncée par Blancanales; donc, les guignols en question ne pourraient pas le voir non plus. Le tout était de rester discret. Du moins au début.

L'Exécuteur fixa son grappin à une potence métallique et laissa la corde se dérouler jusqu'au sol. D'une traction, il vérifia que cela tenait, puis, d'une souple glissade, il se retrouva sur le ciment défoncé. Laissant la corde accrochée pour son retour, il longea le mur et, profitant de la nuit d'encre, il commença à progresser en direction de l'entrepôt.

Et des deux flingueurs.

En quelques bonds silencieux, il fut bientôt à l'angle du quai de chargement, à moins de vingt mètres des porte-flingues, tapi derrière les poubelles débordantes d'emballages vides. Adossé à un bout de mur en épi, l'un des gardes fumait en bayant aux corneilles, le nez levé vers le ciel noir. Légèrement en retrait et posté de l'autre côté du rideau de fer, son comparse jouait toujours à faire tourner sa mini-Uzi au bout de sa bretelle. Grâce au casque I.L., Bolan pouvait suivre la scène dans ses moindres détails. Le problème allait être d'approcher pour une attaque la plus discrète possible. Car dans cette nuit silencieuse, les « flops » pourtant relativement étouffés du Beretta pouvaient donner l'alerte et l'effet de surprise serait annulé. Ce qui obligerait l'Exécuteur à un blitz traditionnel.

Mais alors que, profitant de l'abri des poubelles, il se redressait lentement contre le mur du bâtiment, il y eut un glissement dans son dos et il fut aussitôt en alerte.

CHAPITRE XVI

Dans la nuit silencieuse, cela avait résonné si fort que Massimo Cabalo sursauta. Au bout de la bretelle de cuir, la mini-Uzi cessa brusquement de tourner pour venir comme par enchantement se loger entre ses grosses mains musculeuses. Instinctivement, son pouce avait ôté la sécurité du P.M. et déjà son index pesait sur la détente de l'arme. Mais, à l'instant où le court canon se redressait pour chercher sa cible, il y eut un feulement sur la droite et une ombre féline jaillit d'entre les poubelles pour lui passer entre les jambes.

Un chat.

A quelques mètres de là, juste dans le dos de Veneri, les emballages vides achevaient de se répandre sur le béton du quai. Rodolfo Veneri abaissa la mini-Uzi qu'il avait arrachée de son épaule, lâcha un ricanement.

— Connard de greffier.

Ce fut tout. Veneri n'était pas un bavard. De son côté, Cabalo se disait que ses nerfs commençaient à lui jouer des tours. A ce train-là, il aurait bientôt peur des mouches. Pour se calmer, il se passa la bretelle de la mini-Uzi à l'épaule, pécha une Marlboro dans sa poche et, ne trouvant pas ses allumettes, il s'approcha de son comparse.

— File-moi du feu, réclama-t-il.

L'autre lui tendit sa propre cigarette et Cabalo se pencha pour y allumer la sienne en maugréant :

— Putain, ça n'en finit pas, ce soir!

Veneri poussa un étrange grognement rauque et, au moment où Cabalo tirait la première bouffée, il enregistra simultanément deux choses insolites. L'étrange sursaut de son acolyte et cette bizarre sensation d'éclaboussures en plein visage. Des éclaboussures tièdes. Presque chaudes. Incrédule, il cessa d'aspirer la fumée de sa Marlboro, releva les yeux. A la faveur de la lumière passant entre le quai et le rideau de fer, il pouvait voir presque distinctement la large face de Veneri. Une face étrangement figée. Menton en avant et bouche ouverte, Veneri était mort! La cigarette tomba des lèvres de Cabalo et, comme un fou, il envoya ses mains à la recherche de sa mini-Uzi.

Trop tard.

En un centième de seconde, son regard halluciné avait pu enregistrer la disparition d'une lame d'acier de la bouche de Veneri, capter l'apparition fantomatique de la grande ombre noire et surprendre un éclair glacé tout près de lui. Dans le dixième de seconde suivant, il ressentit une légère brûlure au niveau de la gorge, suivie d'une brusque impression de froid dans la trachée artère. Il se dit que ce n'était pas grave, qu'il n'était qu'égratigné, qu'il avait réussi à empoigner la mini-Uzi et que son index était justement en train d'enfoncer la détente. Il se dit aussi qu'il ne comprenait rien à tout ça et qu'il... Puis, il y eut cet éblouissement soudain au fond de ses yeux, et ce formidable vertige et ses jambes cédèrent d'un coup.

Carotide tranchée net, il mourut sans avoir compris.

Déjà, la grande ombre noire avait disparu.

— Allez, les gars. On remballe.

Val Barney venait de contrôler les dernières liasses et il était occupé à boucler le premier des deux gros attachés-cases bourrés de dollars. Maintenant, il avait hâte de quitter les entrepôts. Une party était organisée à Bel-Air par un producteur de films pornos de ses connaissances et on lui avait dit qu'il y aurait de superbes salopes. Rien de mieux pour décompresser un peu. Le fric, c'était bien, à condition de le gagner sur le dos des imbéciles et d'en claquer un max.

— Eh ! s'impatienta Barney, trouvant que les « comptables » traînaient un peu trop à collecter les derniers paquets de dope. Magnez-vous le cul !

Puis à la cantonade, il appela :

— Gino !

— *Si, signore* Barney ?

Un des flingueurs ayant escorté Roll un peu plus tôt avait débouché comme par enchantement du labyrinthe de caisses. Un grand sec, presque chauve, avec des yeux charbonneux et froids. Le préféré de Barney. Parce qu'il savait lui dégoter les meilleures gonzesses quand il avait besoin de trucs un peu spéciaux. Notamment dans des spécialités comme le cuir ou certains autres trucs aussi pimentés. C'était aussi un excellent garde du corps. Capable de trouer une carte à jouer à vingt mètres et au tir d'instinct.

— Dis aux autres de se tenir prêts, ordonna Barney.

— *Si, signore* Barney.

Gino disparut comme il était venu et le grossiste acheva de boucler le deuxième attaché-case et prit le temps d'allumer un havane en vérifiant qu'il n'oubliait rien. Sur un signe de lui, les comptables enfilèrent leurs vestes et, prenant la tête du cortège, Barney les laissa se charger des attachés-cases. Connaissant parfaitement le tracé de son dédale de caisses, il s'enfonça entre les murailles instables, recomptant dans sa tête le montant de la part bénéficiaire qui lui revenait sur son opération de ce soir.

Un beau paquet.

Si les affaires continuaient à ce rythme, il n'allait pas tarder à être plus riche que Scilla. Un but qu'il poursuivait depuis longtemps. Un jour, le Rital, il se le farcirait en beauté. Mais, pour ça, il fallait monter une armée de *soldati* plus forte que la sienne. Ce qui n'était pas encore le cas. Alors, en attendant, Barney jouait le profil bas.

Quitte à passer pour un minable. Exemple, ce qui s'était passé ce soir avec ce con de Roll. En refilant le bébé au *capo* de L.A., il avait fait acte d'allégeance, de soumission. Attitude toujours extrêmement bien vue de la part de tous ces *capi* de Ritals. Des dinosaures qui s'imaginaient encore vivre à l'époque de Capone. A croire qu'aucun d'eux ne s'était rendu compte que le monde continuait à tourner et qu'il appartenait désormais à une autre race de mafieux : celle des requins solitaires. La race de ceux qui se foutaient des vieux systèmes éculés comme celui de la mafia. La race des individualistes. Des malins. La race des Barney, quoi!

— Allez! pressa-t-il encore en invitant d'un geste nerveux les comptables à le suivre plus vite. Allez!

Puis, de nouveau à la cantonade :

— Gino! N'oublie pas les lumières!

Il allait déboucher dans l'espèce de sas précédant le rideau de fer, quand un craquement sec lui fit faire un écart. Levant les yeux vers le sommet du mur de caisses, il vit l'une d'elles, énorme et marquée *Safra Inc.*, osciller dangereusement au-dessus du vide et il sauta de deux pas en arrière.

— Attention! cria un des comptables dans son dos.

Incrédule, Val Barney vit le container en bois basculer lentement, puis, dans un craquement sec, il chuta de sa muraille, s'écrasant devant lui dans un vacarme d'enfer, dans un violent éclaboussement de planches. L'une d'elles vint frapper Barney en pleine poitrine et il poussa une exclamation qui se bloqua aussitôt dans sa gorge. Il venait d'identifier le contenu de la caisse.

Gino!

Gino... désarticulé, avec du sang partout et un manche de poignard sortant de son œil droit!

Tétanisé, le grossiste demeura la bouche ouverte. Incapable de la moindre initiative, il cherchait à comprendre. Mais quelque chose en lui s'était bloqué et son cerveau grippait. Puis il y eut ces deux étranges « flops » venus de nulle part et des sons divers dans son dos, suivis d'un râle et de bruits de chute. Comme dans un film passé au ralenti, Barney parvint à se retourner et le cauchemar continua.

Les comptables!

Tous deux effondrés, le front éclaté et vomissant des flots de sang. Deux épouvantails dont les yeux hallucinés fixaient le vide. Des regards déments, déjà voilés par la mort.

C'était à devenir fou.

— Salut, Barney.

Le grossiste sursauta comme sous le coup d'une énorme décharge électrique. Dans le mouvement, il avait instinctivement levé les yeux et la grande ombre noire lui apparut, redoutable, aux contours irisés par l'éclairage ambiant. Une ombre noire, juchée au sommet du mur de caisses, un bras prolongé d'une arme à très long canon. Une vision cauchemardesque qui déclencha en lui une panique sans nom. Dans un dernier réflexe d'autorité, il bégaya pourtant :

— Qui tu es, d'où tu sors, toi?

— Tu veux vraiment le savoir?

La voix vibra, grave, sonore, comme sortie du néant.

Un peu de raison revenait à Barney et il essayait tant bien que mal d'ordonner ses pensées. La présence de ce type dans l'entrepôt signifiait que tous ses *soldati* étaient *out*. Inutile de chercher à comprendre pourquoi. Restait à connaître la raison du problème.

— Mon nom est Bolan, laissa enfin tomber la voix d'outre-tombe. Mack Bolan.

— Hein!

Cela avait fait tout drôle dans le cerveau de Barney. Un sentiment d'angoisse infinie, mêlé d'incrédulité. Ce n'était pas possible. Ce mec n'était qu'une légende. Il n'existait pas vraiment. Tout ce qu'on avait raconté sur lui ne pouvait être qu'issu de l'imagination collective et...

— Mon nom est Bolan, répéta le grand type habillé de noir. Et je suis venu te tuer.

Avec une horreur indicible, Barney vit le bras armé s'abaisser lentement vers lui et le gros bulbe noir du flingue fut bientôt pointé exactement entre ses yeux.

— Non! souffla-t-il. Non!

Puis tandis qu'à cinq mètres en surplomb, la main du grand type en noir se serrait davantage autour de l'arme, il soliloqua :

— Mais... pourquoi?

— A cause du massacre du réveillon, Barney.

Une lueur affolée passa dans les rétines du grossiste.

— Mais... mais j'y suis pour rien, moi!

— Si tu peux me dire qui a fait ça, tu sauves ta sale peau...

Un éclair passa dans les yeux du grossiste.

— Attends! Attends, Bolan. Je... peux le savoir et...

— C'est maintenant ou jamais. Donne-moi les noms des responsables.

— Mais... je... enfin, j'en sais encore rien.

— Tant pis.

Le bras armé de l'Exécuteur s'était tendu vers lui et Barney gémit :

— Non, non! Je te l'ai dit, je suis pour rien là-dedans, moi!

Là-haut, l'ombre noire secoua la tête.

— Vous êtes tous responsables, Barney. Tous.

— Non!

— Si.

Il n'avait pas élevé le ton.

— Eh! cria Barney en faisant un pas en arrière. Fais pas ça, Bolan! Fais pas ça!

Mais son dos avait heurté le mur de caisses et son pied avait écrasé la main d'un de ses comptables. Fou de panique et malgré le chiche éclairage de l'entrepôt, il voyait maintenant distinctement l'index du Grand Fumier peser sur la détente.

Barney voulut dire qu'il n'y était pour rien, vit un éclair jaillir du gros bulbe noir et un cyclone terrible lui défonça le front. Quand, crâne éclaté et pissant le sang, il s'effondra sur le ciment, il ne vit pas l'ombre noire du Grand Fumier sauter de caisse en caisse pour venir se pencher sur les cadavres des comptables. Il était déjà en enfer.

L'Exécuteur avait quitté l'entrepôt pour se fondre dans la nuit. Là-bas, à la grille d'entrée, il restait deux flingueurs. Il les descendrait de loin en effectuant un passage avec le van. En d'autres circonstances, il les aurait peut-être épargnés, mais ils étaient témoins de la visite de Roll. Roll qu'il fallait protéger. Du moins, le temps de cet interminable cheminement sur la piste des tueurs du réveillon.

Reprenant le chemin en sens inverse, l'Exécuteur retrouva sa corde au pied du mur. Il lia les poignées des attachés-cases de narcos-dollars qu'il avait emportés à son extrémité et empoignant le nylon tressé, il se hissa à la force des bras. Parvenu au sommet, il risqua un regard de l'autre côté du mur, nota l'absence du van. Empoignant son mini-transceiver, il lança à voix couverte :

— Cobra appelle Base. Cobra appelle Base.

Il y eut un léger crachotis dans l'appareil et la voix de Gadgets s'éleva :

— Base à Cobra. Reçu cinq sur cinq.

— Opération terminée, Base.

— Bien reçu, Cobra. Serai là dans une minute.

— O.K. Terminé.

L'Exécuteur coupa le contact et pour tromper son attente, il laissa machinalement son regard inspecter le secteur. Grâce au système I.L., il pouvait distinguer la voie sombre et déserte, et même déchiffrer les numéros des quelques véhicules qui y étaient garés.

C'est ainsi qu'il *les* vit.

Une moto et son pilote. Planqués entre une voiture et une camionnette, à une cinquantaine de mètres. Une moto qu'il avait déjà vue un moment plus tôt. Qui était passée devant le char de guerre, juste avant qu'il n'en descende pour grimper à la tourelle. Une moto de petite cylindrée, dont le pilote portait un casque intégral à la visière baissée. Ainsi, même avec le système I.L., Bolan ne pouvait voir le visage du motard. Etrange coïncidence. Manipulant de nouveau le transceiver, Bolan appela :

— Cobra appelle Base. Cobra appelle Base.

— Base à l'écoute, Cobra.

— On a de la visite, prévint l'Exécuteur avant de résumer succinctement la situation. Tu fais un passage de contrôle et tu pièges l'intrus sur vidéo infrarouge.

— Bien reçu, Cobra, acquiesça Gadgets.

Quelques instants passèrent, avant que le char de guerre n'apparaisse enfin au débouché de la rue. Mais quand ses phares balayèrent l'endroit où se trouvait la moto, Bolan put noter que son pilote avait disparu. Comme volatilisé.

— Cobra à Base, lança-t-il dans l'appareil. Tu as pu voir le motard?

— Négatif, Cobra.

L'Exécuteur hocha la tête. Quelque chose clochait dans cette histoire et il ne comprenait pas quoi.

— O.K, dit-il. Tu me reprends.

Durant un blitz, il détestait ce genre d'énigme. Il fallait tirer ça au clair.

— Bien reçu, Cobra.

Le van accéléra, vint grimper sur le morceau de trottoir, comme il l'avait fait précédemment. Mais, à l'instant où il stoppait, deux autres phares crevèrent la nuit, débouchant à leur tour dans la rue. Des phares surmontés d'une rampe lumineuse caractéristique.

La police.

Déjà à califourchon sur le sommet du mur, Bolan n'eut que le temps de se laisser reglisser le long de la corde en lançant dans le transceiver :

— Décroche, Base. En vitesse!

Mais il était trop tard. Un ululement sinistre de sirène s'était déclenché, suivi d'un grondement rageur. Les yeux au ras du mur, l'Exécuteur vit la voiture de police foncer vers le char de guerre comme un fauve sur sa proie. Il ne pouvait s'agir que d'un contrôle de routine, mais le mobil-home n'était pas un véhicule ordinaire et tout flic digne de ce nom ne pouvait que s'étonner de son contenu. Un véritable arsenal.

Cette fois, c'était la catastrophe.

Décidant le tout pour le tout, l'Exécuteur avait déjà

engagé le réducteur de son du Beretta par-dessus le mur. Son idée : faire diversion pour donner le temps à Gadgets de décrocher. Mais alors qu'il prenait le pneu avant-gauche de la voiture de police dans sa ligne de mire, il y eut une pétarade dans la rue et un phare blanc creva la nuit sur la droite.

La moto.

Incrédule, Bolan la vit foncer vers les flics, effectuer un dérapage digne d'un grand prix et, tandis qu'elle passait en trombe le long de la voiture de police, il vit son pilote faire une chose incroyable : balancer un coup de pied dans la portière avant.

Puis accélérant de plus belle et hurlant de ses cylindres malmenés, la moto se rua en avant, disparaissant dans un virage. Et bien sûr, ce qui devait se produire arriva. Dans un long cri vengeur de sirène, la voiture de flics redémarra en trombe.

A la poursuite de la moto.

CHAPITRE XVII

— Monte.

La Daimler était bien là et à peine Roll avait-il pointé son nez devant l'*Ange Bleu* que deux porte-flingues du *capo* s'en étaient éjectés pour encadrer le colosse. Deux *soldati* aux belles vestes claires déformées par l'artillerie d'usage. Le colosse les dépassait au moins d'une tête et il aurait pu défoncer leurs gueules de minables sans se forcer. Mais il n'était pas venu pour ça et il se laissa pousser à l'arrière de la limousine. Le premier flingueur s'installa à côté du chauffeur, tandis que l'autre s'asseyait près de lui avant de claquer la portière.

— J'ai failli attendre, maugréa une masse gélatineuse répandue sur le troisième tiers de banquette.

Roberto Scilla.

Une odeur acidulée d'eau de toilette et de transpiration emplissait l'habitacle. Mélangée à celle de la fumée du cigare de Scilla, cela donnait un truc insoutenable. Refoulant son dégoût, Roll tourna la tête pour s'arracher ce qui voulait être un sourire.

— Bonsoir, m'sieur Roberto, dit-il, avec juste ce qu'il fallait à la fois d'obséquiosité et de fermeté dans le ton pour ne pas être pris pour une bille.

Malgré lui, il était impressionné. Et flatté d'être ainsi reçu dans la Daimler du caïd des jeux. Un honneur dont on disait qu'il n'était réservé qu'à un tout petit nombre de personnes. La voiture s'était souplement décollée du trottoir et avait pris la direction du sud. Roll s'aperçut alors qu'une autre bagnole la suivait. Une Ford sombre, bourrée de silhouettes massives. La garde prétorienne du caïd des jeux. Celui-ci téta son cigare, envoya une lourde bouffée en direction du toit, avant de grogner :

— Alors, Roll. Paraît que tu cherches des tueurs?

Il y avait comme un soupçon d'ironie dans le ton et le dealer se vexa.

— C'est pas pour moi, m'sieur Roberto. Mais j'ai un client qui cherche des mecs dans le style de ceux qui se sont occupés de ce contrat dont tout le monde parle. Vous savez, ce truc du réveillon...

— Je sais, coupa Scilla. C'est quel genre, ce... client?

Le super-book avait lourdement insisté sur le mot « client » et Roll se sentit mal à l'aise. Il répondit un peu trop vite :

— Ben... un client, quoi. C'est pas le premier que je dépanne dans ce genre de combine.

— Je sais, je sais, Roll. Ne grimpe pas sur tes gros canassons. Je pose juste les questions d'usage. Après tout, c'est toi qui es demandeur, pas vrai?

— Si, m'sieur Roberto.

— Bien!

Scilla y alla d'une autre bouffée de fumée assassine, puis demeura silencieux un long moment. Et tandis que la voiture empruntait la San Diego Freeway par l'échangeur de Culver Park, Roll se dit qu'il avait peut-être eu tort d'amener les choses aussi directement. Ce massacre du réveillon était trop sensible. Toute la presse s'en était fait l'écho et l'événement continuait à défrayer la chronique. Scilla allait sûrement trouver louche qu'il s'en mêle. Mais il n'avait pas le choix. Ce Mack Bolan était là. Tapi dans l'ombre et qui l'observait. Qui ne le lâchait pas une seconde. Il le sentait par tous les pores de sa peau et il en transpirait de trouille. Un mec capable de mener la vie aussi dure à la mafia et depuis si longtemps, ce n'était pas ordinaire. Alors, Roll devait aller au bout. En espérant que tout ça ne finirait pas par lui péter à la figure.

La Daimler longeait Westchester et les lumières de Los Angeles International Airport nimbaient l'horizon de leur halo jaunâtre. Roll se demandait où ils allaient mais, bien sûr, il n'allait pas formuler la question.

— Bien, répéta enfin le gros Scilla. Très bien.

Puis il laissa passer un autre long silence, avant d'enchaîner sur la pluie et le beau temps. De plus en plus mal à l'aise, l'ancien footballeur ne cessait de lancer des regards inquiets à travers les glaces fumées de la limousine. Malgré la clim, la fumée nauséabonde emplissait l'habitacle et le colosse commençait à avoir mal au cœur. Il n'avait jamais supporté l'odeur du cigare.

— Alors comme ça, reprit Scilla après une éternité, ton client voudrait se payer les Pères Noël en question, hein ?

— C'est ce qu'il voudrait, acquiesça Roll, soulagé de pouvoir enfin parler. Vous comprenez, m'sieur Roberto, j'ai besoin de bosser, hein ! Alors, si mon client veut ça, moi j'essaye de lui donner ça. J'ai raison, pas vrai ?

— Sûr, Roll. Sûr.

Le ton du poussah était songeur. Les lumières de l'aéroport s'approchaient et la Daimler quitta bientôt le freeway pour longer les parkings publics du secteur Est. Finalement, elle bifurqua sur la droite pour s'enfoncer dans une zone industrielle où de grands lampadaires métalliques diffusaient un éclairage malsain. La circulation s'était soudain raréfiée et des murs aveugles avaient remplacé les façades claires de Lennox. Insidieusement, Roll se sentait peu à peu envahi par l'appréhension. C'était stupide, il le savait, mais il ne pouvait lutter contre. Enfin, la voiture passa une grille gardée par trois costauds aux vestes déformées, se mit à tanguer sur des pavés inégaux, avant de s'engouffrer sous les hautes verrières d'une ancienne usine de papier. Soudain, des lumières de projecteurs trouèrent la nuit et une clameur résonna, faisant vibrer les membrures métalliques du bâtiment. Puis la Daimler franchit une autre grille, passa devant deux autres gorilles enfouraillés, gravit une rampe en ciment, avant de s'immobiliser contre un parapet de béton. Au-delà, la batterie de projecteurs aperçue d'en bas crachait sa lumière blême au-dessus du vide : une sorte de grande cage formée par les volutes de la rampe en béton, au fond de laquelle s'inscrivait une arène sablée, bordée d'une foule hurlante. Au centre de la piste, deux coqs pelés aux ergots renforcés d'acier s'entre-tuaient dans un dramatique envol de plumes. Du sang tachait le sable et des paquets de billets verts passaient de mains en mains.

— Tu vois, Roll, souffla Scilla dans un nuage de fumée grise. Je te fais concurrence. Tu ne m'en veux pas, j'espère !

Outre les combats de boxe ou de full-contact à mains nues, Roll aussi trafiquait dans ce type de paris. Mais en beaucoup moins grand. Ce combat de coqs réunissait au moins deux cents parieurs autour de sa piste éclairée *a giorno*. Ça n'avait même plus l'air clandestin. Du grand art.

— Tu ne m'en veux pas, hein ? répéta Scilla.

— Vous voulez rire, m'sieur Roberto, se défendit Roll. Personne pourrait vous en vouloir de ça. C'est géant !

L'ex-footballeur était sincère. Il fallait à Scilla de sacrées relations chez les flics pour pouvoir organiser des trucs pareils. Finalement, cette rencontre avec le boss des jeux était sans doute une bonne chose. Roll allait peut-être y trouver son compte. Mais le gros boss était juste venu contrôler brièvement ses affaires car, déjà, il donnait l'ordre à son chauffeur de repartir. Un moment plus tard, voyant que la Daimler s'enfonçait entre des murs gris d'entrepôts du côté d'Indry Avenue, Roll recommença à s'inquiéter. Pour se rassurer, il se dit que Scilla avait sûrement d'autres compteurs à surveiller dans le secteur et comme s'il avait saisi son état d'esprit, le boss des jeux reprit enfin :

— C'est dommage.

Roll tourna vers lui un regard surpris.

— Qu'est-ce qui est dommage ?

Scilla le noya dans la fumée, se pencha à son oreille pour répondre d'un ton exagérément confidentiel :

— Que tu sois tenu au secret... professionnel.

— Quel secret? s'étonna encore le géant.

— C'est dommage que tu ne veuilles pas m'en dire plus sur ce fameux client, Roll. Ça aurait sûrement fait plaisir à des gens plus haut placés que moi.

Et il ajouta, doucereux :

— Tu vois qui je veux dire, hein?

Roll se tortilla sur la banquette. Il voyait surtout qu'il s'était embarqué dans une méchante galère. Jouer les indics au niveau de la petite pègre, c'était dans ses cordes, mais fouiller la merde dans les hautes sphères, ça risquait d'être malsain. Il tenta d'ergoter :

— Ben... c'est que ce genre de client, ça donne pas souvent sa carte d'identité, vous savez, m'sieur Roberto.

— Je sais, Roll, je sais.

La Daimler venait d'effectuer une marche arrière pour aller s'arrêter au fond de ce qui semblait être une sorte d'impasse. Roll vit la voiture suiveuse venir boucher la ruelle et tandis que son angoisse augmentait, Scilla répéta doucement :

— Je sais, mon petit Roll. Mais je sais aussi que tu es un malin. Malin et prudent, ajouta-t-il après avoir lâché un épais nuage de fumée. Alors, je me dis que, forcément, tu as dû prendre un minimum de précautions, pas vrai? Que tu as dû t'arranger pour en savoir un peu plus sur cet étrange client. Par exemple, que tu as dû le filocher, te renseigner quoi...

Il laissa son commentaire en suspens, comme s'il était subitement pris d'un doute. Puis, d'un ton changé, presque soupçonneux, il ajouta :

— A moins que tu me caches des trucs, Roll.

— Moi! Non! Bien sûr que non, m'sieur Roberto!

Un peu de transpiration était venue mouiller le front et la nuque du dealer. De plus en plus mal à l'aise, il protesta, jouant les durs offensés :

— Ma parole, m'sieur Roberto, vous seriez en train de me dire que je vous raconte des craques?

— Allons, allons, Roll, temporisa le boss en lui tapotant la cuisse de sa grosse main libre. Te fâche pas. On cause. Et c'est parce qu'on cause qu'il faut le faire franchement. Alors, il faut que je te dise...

— Me dire quoi, m'sieur Roberto?

— Te dire que, justement, depuis ce soir, ton client n'est plus le seul à le vouloir, le Père Noël en question.

Il fit de la fumée, précisa :

— Je dis *le*, parce que justement, il n'y en a plus qu'un, de ces fameux Pères Noël flingueurs. Un seul. Celui qui a supprimé les deux autres.

— Hein?

— Laisse-moi continuer, Roll. Je raconte.

— Oui, m'sieur Roberto.

Dépassé, l'ancien footballeur attendait la suite avec angoisse. Quelque chose lui disait que tout ça était mauvais pour lui.

— Donc, reprit le caïd des jeux, il n'y a plus qu'un Père Noël sur les trois. Un Père Noël qui est devenu très encombrant pour certaines grosses légumes du sommet, si tu vois ce que je veux dire.

Ce soir-là, en effet, tous les gros et petits *capi* de la *Cosa Nostra* US avaient reçu les mêmes directives de la *Commissione* : retrouver Bug Tisch par tous les moyens. Un super-contrat était lancé contre lui. Dix mille dollars.

— Tu vois ce que je veux dire? répéta Scilla.

Roll voyait parfaitement. Quand un flingueur devenait gênant pour les types d'en haut, on pouvait compter le temps qui lui restait à vivre.

— Alors, forcément, enchaîna Scilla d'un ton songeur, je me pose des questions. Je me dis que ton client est décidément un drôle de mec pour vouloir faire bosser un type aussi mouillé que ce Tisch.

— Tisch?

— Bug Tisch, acquiesça Scilla. Ça te dit sûrement quelque chose.

Ça disait même beaucoup à Roll. Il avait croisé le Portoricain deux ou trois fois et il avait eu vent de sa disgrâce, puis du contrat lancé contre lui, après un loupé dans une affaire importante. Il ignorait qu'on lui avait donné ce boulot de tueur Père Noël et que...

Les associations criminelles qui menacent le monde

Par

GÉRARD DE VILLIERS

On est presque certain, depuis peu, que le Président de la première Cour de Cassation de Rome travaillait pour la Mafia. Systématiquement, il cassait les jugements obtenus contre des mafiosi notoires, pour une virgule oubliée ou un minuscule vice de forme. C'est la mise en liberté de trois tueurs mafiosi qui a fini par alerter la justice italienne. Ceci en dit long sur la puissance de la plus ancienne organisation criminelle des temps modernes: la Mafia sicilienne, et ses cousines, la Carra napolitaine et la Mafia calabraise. Ces trois organisations fonctionnent sur plusieurs "étages". D'abord, la terreur pure: enlèvements, rackets divers, prostitution, jeux. Ensuite en s'infiltrant dans toute l'économie, non seulement en Sicile, mais sur le continent. On a récemment découvert qu'un des plus importants promoteurs de Milan n'était qu'un homme de paille de la Mafia. Celle-ci a également acheté ou terrorisé des milliers d'employés de banque, au plus haut niveau, afin d'organiser le blanchiment de l'argent "sale". Sans parler des politiciens corrompus, des magistrats achetés qui permettent d'échapper à toute poursuite sérieuse. Et quand un homme devient dangereux comme le général de la Chiesa, il est assassiné, quel que soit son rang.

© GIANSANTI / SYGMA

Le général de la Chiesa.

© F. ZECCHIN / MAGNUM

Quand la fiction s'essaye à imiter la réalité : L'Année du dragon*, de Michael Cimino, avec Mickey Rourke.*

Bien entendu, la Mafia italienne étend ses tentacules bien au-delà de l'Italie. D'abord vers la France où les mafiosi entretiennent des relations étroites avec les voyous français, les rescapés de la French Connection qui sont encore les meilleurs chimistes pour la transformation de l'héroïne. Par l'intermédiaire d'hommes de paille, ils investissent aussi chaque fois qu'ils le peuvent dans des casinos, des programmes immobiliers.
La Mafia italienne est depuis le début organisée selon des principes simples, mais redoutablement efficaces. D'abord l'*omerta*, la loi du silence. Quiconque la trangresse meurt. Ensuite, un certain nombre de "familles", chacune dirigée par un *capo*, se partagent les territoires et les activités. Ces différentes familles ont des liens entre elles, mais assez lâches. Ce sont plus des pactes de non-agression que des alliances exclusives. Les guerres, maintenant, ont plus lieu lors d'une succession que pour le partage d'un territoire. On évalue

quand même à 500 par an les crimes mafieux et le chiffre d'affaires de la Mafia italienne à cent milliards de francs annuels.

Cousine et héritière de la Mafia sicilienne, la Mafia américaine a acquis une puissance inouïe, en dépit de luttes fratricides. Elle en était arrivée à se réunir presque ouvertement pour des Congrès - la célèbre réunion des Appalaches - et à dicter sa loi dans les milieux les plus divers, comme par exemple le spectacle.
Elle est organisée un peu comme la Mafia italienne, mais les différentes "familles" sont réparties par territoire. Il y a un capo à Los Angeles, un à La Nouvelle-Orléans, un à Chicago, etc. A New York, le cas est un peu différent car plusieurs familles se partagent the "Big Apple". Ce qui donne lieu à des sanglants règlements de comptes. D'autant que la Mafia "blanche" est attaquée par des concurrents encore plus féroces qu'elle. Par exemple, il s'est créé dans les dernières

Attentat contre le juge Rino Chinnici, le 29 juillet 1983 à Palerme.

années, aux Etats-unis, une Mafia jamaïcaine spécialisée dans la distributions du "crack" dans les Etats du Sud. A Washington, c'est une Mafia noire et porto-ricaine qui a l'exclusivité de la distribution de la drogue. A New York, la Mafia chinoise taille des croupières dans le même domaine aux familles italo-américaines. A Miami, les cubains ont conquis la distribution de haute lutte, au détriment de la Mafia U.S., d'abord, et ensuite des Colombiens qui tentaient de s'implanter en Floride. Tout cela au prix de centaines de morts. Il faut savoir qu'un kilo de "pasta" - pâte de cocaïne - qui coûte 20 000 dollars en Colombie, rapporte une fois coupée avec différents ingrédients et vendue au détail, environ un million de dollars... En dehors de la drogue, la Mafia U.S. s'est considérablement diversifiée. D'abord dans le racket. Inutile, par exemple, d'espérer ouvrir un restaurant à New York, si vous ne payez pas à une des "famille". Votre personnel se mettra subitement en grève, vos denrées arriveront avariées, des clients feront des scandales ou bien votre restaurant brûlera. Accidentellement, bien sûr.
Le racket des blanchisseries est un des plus vieux à fonctionner sur tout le territoire fédéral...

La Mafia contrôle aussi beaucoup de syndicats U.S. Un des syndicalistes les plus proches de l'Honorable Société était Jimmy Hoffa, Président des "Teaters", qui a voulu témoigner devant un Grand Jury et dont on n'a jamais retrouvé le cadavre. Grâce à ce contrôle syndical, les différentes Mafias U.S. peuvent peser sur des entreprises légales et, par exemple, les forcer à accepter certains nouveaux associés... Depuis une dizaine d'années, le FBI sait que la Mafia a investi des centaines de millions de dollars dans des firmes qui n'ont aucune activité criminelle et qui rapportent de l'argent "propre" à ses propriétaires. Surtout dans la construction, les transports, les chaînes d'hypermarchés. Et bien entendu les casinos. Las Vegas et Atlantic City sont considérés par le FBI comme appartenant à 80 % à la Mafia par l'intermédiaire d'une cascade d'hommes de paille, dont certains ne savent même pas pour qui ils travaillent *réellement*.
Car une des activités les plus importantes consiste à "laver" l'argent gagné illégalement par des procédés de plus en plus sophistiqués, en allant jusqu'à acheter des banques honorables.
Toutes les "familles" disposent d'une foule de tueurs pour les basses besognes et fonctionnent exactement comme en Italie.

Celui qu'on ne peut pas corrompre, on le tue... En dépit des efforts du FBI, la Mafia U.S. n'a cessé de se développer et sa reconversion dans des activités légitimes rend encore plus difficile son éradication.
Rien que son implication dans le marché des stupéfiants représente un chiffre d'affaires annuel de plus de deux cent milliards de dollars.

Dans la même mouvance, et dans le même hémisphère, on trouve les cartels de la Drogue, fournisseurs attitrés de la Mafia U.S. Ces cartels sont tous sud-américains. Ce sont des organisations qui contrôlent la récolte de la coca ou de la marijuana, sa transformation et sa commercialisation. La Colombie en compte deux principaux. Le cartel de Médellin, le plus connu, dont Pablo Escobar est une des figures de proue, et celui de Cali qui fait moins parler de lui. Pourtant,

Pablo Escobar, patron du Cartel de Medellin, Bogota, juin 1990.

c'est lui qui a l'exclusivité de la distribution de cocaïne pour New York, le plus gros marché du monde. La Bolivie - un des principaux producteurs de cocaïne - compte un cartel si puissant que son chef, pour récupérer son fils en prison en Floride, avait proposé de payer aux Etats-Unis la dette extérieure de la Colombie. Il y a également un cartel péruvien, basé dans la région de Tingo Maria, Amazonie. Tous ces cartels disposent d'une nuée de tueurs, d'avions, de bateaux et surtout d'innombrables complicités au plus haut niveau. En Colombie, les deux cartels se sont unis pour faire assassiner le candidat à la Présidence qui ne leur plaisait pas. Leur puissance est telle qu'aucun gouvernement latino-

américain ne peut lutter efficacement contre eux. L'argent de la drogue, pour la Colombie, représente plus que toutes les exportations réunies: café, émeraudes, bois, viande, etc. Ces cartels sont encore plus puissants que la Mafia américaine, car ils ont noyauté la police, l'armée et le monde politique. Certains officiers de l'armée colombienne se battent pour obtenir une mutation dans l'une des zones de culture de la cocaïne. Ils en reviennent au bout de deux ou trois ans, riches et respectés.
La D.E.A. (Drug Enforcement Administration) et le gouvernement américain ont tout essayé pour ralentir le flux de cocaïne en provenance d'Amérique latine, sans parvenir à saisir plus de 10 % de la cocaïne expédiée. Il a été prouvé que les Services Spéciaux cubains ont collaboré avec les Cartels, servant de relais dans les Caraïbes. Un des héros de la Révolution cubaine a été fusillé il y a quelques mois, à Cuba, pour avoir été impliqué dans ce trafic.

Liée encore au trafic de drogue, une des grandes organisations criminelles mondiales est la Mafia sino-thaïlandaise. Tout part du Triangle d'Or, la région où se rejoignent les frontières de la Thaïlande, de la Birmanie et du Laos. Un des lieux les plus importants de production d'héroïne. Là, règnent plusieurs chefs de guerre d'origine chinoise qui contrôlent la production et la transformation de la drogue. 70 % de l'héroïne consommée dans le monde vient du Triangle d'Or.
Cette drogue est acheminée ensuite vers les lieux de consommation, Europe et Etats-Unis, par une nuée de courriers, des "mules", pauvres diables recrutés pour quelques centaines de dollars. Une des routes nouvelles passe par le Nigéria. Des Nigérians arrivent en Thaïlande sous prétexte d'acheter des téléviseurs, des réfrigérateurs ou des magnétoscopes et repartent avec des appareils bourrés d'héroïne. Lorsqu'ils se font prendre, les grands chefs chinois ou thaïlandais leur assurent un régime décent en prison. On ignore presque tout de la personnalité et de la fortune de ces Asiatiques qui ne quittent guère leurs repaires. Ce sont les "parrains" de la mafia U.S. qui sont obligés de se déplacer pour venir traiter leurs affaires au fond des jungles montagneuses du Laos.

On ne peut quitter l'Asie sans mentionner une autre organisation criminelle: la ou plutôt les "Triades". Ce sont à l'origine des sociétés secrètes chinoises fondées au XIXe siècle un peu sur le modèle des mafias occidentales. Basées surtout sur l'extorsion de fonds, le racket, le jeu, la prostitution. Au départ, elles opéraient en Chine continentale. Chassées par le communisme, elles se sont répandues partout où il y a des chinois, particulièrement dans les grandes villes américaines, ainsi qu'à Hong-Kong, Singapour et en Australie. Leur fonctionnement est très mystérieux, les noms de leurs responsables inconnus. On sait seulement qu'elles sont impliquées dans le trafic de drogue au niveau du financement et qu'elles possèdent des activités complètement légales en apparence. Surtout, des sociétés d'import-export.

Autre Mafia asiatique: les Yakusas. Ceux-ci ne sévissent qu'au Japon où ils tiennent tout le crime organisé, de la prostitution au racket. C'est eux par exemple qui organisent la prostitution aux Philippines en faisant venir de pleins charters de Japonais dans des circuits qu'ils contrôlent entièrement.
Il y a peu de drogue au Japon, aussi le gros des revenus vient-il des jeux clandestins et surtout du racket. Les Yakusas se louent aussi aux différents partis politiques et participent à beaucoup de coups financiers dont ils réinvestissent les bénéfices dans des affaires légitimes. Il y a plusieurs clans ou gangs avec des liens étroits et une hiérarchie pointilleuse. Les Yakusas se réunissent régulièrement, presque ouvertement, et certains font des carrières politiques brillantes.
Une particularité: ils sont nettement moins violents que dans les Mafias occidentales. Ceci pour une raison très simple: la

© HASHIMOTO / SYGMA

Au Japon, quand les Yakusas enterrent un de leurs chefs, la discrétion n'est pas de mise...

possession d'armes à feu est très sévèrement réprimée au Japon. Aussi, chaque chef yakusa dispose-t-il d'un garde du corps qui porte son arme. Aucun n'a jamais d'arme à feu sur lui. Ils liquident leurs comptes à l'arme blanche ou en utilisant des spécialistes d'arts martiaux. On sait qu'il y a de nombreux contacts entre la Mafia américaine et les Yakusas, ceux-ci ayant participé au financement de transports importants de drogue.

La dernière venue des organisations criminelles est la Mafia soviétique. D'ailleurs, il faudrait plutôt parler *des* Mafias soviétiques. En effet, le crime en Union soviétique est organisé par région. Et par race. Il y a la Mafia ouzbek, la Mafia géorgienne, la Mafia takjik, la Mafia ukrainienne. A l'origine, ces Mafias ont été créées par des membres du Parti qui se rendaient compte du profit qu'on pouvait tirer de la désorganisation soviétique. Il s'agissait surtout de détournement de marchandises et de leur revente au marché noir. Par exemple, les Ouzbek ont escroqué l'Etat soviétique de centaines de millions de roubles par le biais de livraisons fantômes de coton. D'autres ont trafiqué sur l'or, les armes, les vêtements, la nourriture, créant des pénuries artificielles pour écouler leurs stocks ensuite au plus haut prix. La plupart des grands mafiosi d'Union soviétique sont des membres de l'ex-parti communiste ou du KGB. Le gendre de Brejnev a été ainsi impliqué dans d'énormes escroqueries au détriment de l'Etat soviétique.Quelques-uns ont terminé d'ailleurs devant le peloton d'exécution.
Aujourd'hui, avec les bouleversements politiques, les Mafias vont être obligées de se reconvertir et de s'ouvrir sur le monde extérieur. C'est déjà en route : Il y a six mois, une délégation soviétique est venue à Palerme. Officiellement, des hommes politiques de Géorgie, cherchant des exportations possibles. La police italienne qui a surveillé leur rencontre est convaincue qu'en réalité il s'agissait d'une bande de mafiosi venus rencontrer leurs homologues de Palerme afin d'établir les bases d'une fructueuse collaboration. Ainsi, la boucle est bouclée: la Mafia sicilienne ayant des liens étroits avec les familles américaines, sur ce plan aussi, le rapprochement soviéto-américain est en bonne voie.

Gérard de Villiers

Bon Dieu! Roll venait de réaliser. Bug Tisch était responsable du massacre! De cette boucherie que l'Exécuteur s'était juré de laver dans le sang. Cette fois, c'était le big-merdier. Il était mouillé dans une histoire trop géante. Impliqué dans un coup que les grosses têtes du sommet avaient dans le collimateur. Dingue!

— Ça te dit quelque chose, Roll?

— Euh... oui. Enfin, je le connaissais pas vraiment, Tisch, fit-il valoir. Mais si c'est comme ça, ajouta-t-il hâtivement, je vais dire à mon client de laisser tomber et...

— Roll?

Le ton de Scilla avait soudain changé. Avec comme un soupçon de menace en filigrane. Cette fois, le colosse sentit la sueur lui couler dans le dos.

— Oui? dit-il en cherchant de l'air.

— Roll, fit Scilla en lui soufflant carrément la fumée en pleine face. Je veux savoir qui est ton client.

C'était sans appel. Pourtant, le dealer ne pouvait se résoudre à balancer Bolan. Trop risqué. Le Grand Fumier lui inspirait une peur panique. Plus forte en tout cas que sa crainte de Scilla.

— Alors? s'énerva le gros boss.

Roll avait à la fois envie de hurler et de s'arracher de cette bagnole pour prendre ses jambes à son cou. Mais il savait que c'était impossible et il lâcha dans un souffle :

— Je... je connais même pas son nom, à ce mec!

Près de lui, Scilla exhala un soupir :

— Roll! Bernie Miles et ses gars sont morts.

— Hein?

L'étonnement de Roll avait sonné si faux qu'il s'en voulut même de l'avoir feint. Il était impossible qu'il l'ignore. Les infos en faisaient leurs choux gras depuis la veille et le téléphone arabe de la pègre fonctionnait à tout va. Une info parallèle qui faisait état d'une possible reprise de la guerre des gangs, mais Roll avait quand même été visité par le doute. Ce genre de blitz éclair, ça ressemblait surtout aux méthodes expéditives de l'Exécuteur. Du moins, selon sa légende. Mais passant outre la réaction du dealer, Scilla poursuivait déjà :

— Bucchanan est mort aussi.

— Hein !

Cette fois, la surprise de Roll n'était pas feinte. Tétanisé, il fixait le profil gras de son voisin. Incrédule, il sentait monter une nausée en lui. De celles que la peur provoque. Brusquement, il avait froid et la sueur qui inondait son dos était glacée. Comme dans un mauvais songe, il vit le cigare de Scilla désigner le téléphone de bord situé devant lui.

— Et je viens d'apprendre, enchaîna le poussah d'une voix lourde, que notre ami Val Barney vient lui aussi d'avaler son bulletin.

— Non !

C'était puéril, mais Gaby Rolley n'y pouvait rien. Il refusait d'admettre ça. Pour Miles, il avait pu nourrir un doute, mais pour les deux autres...

— Et presque tous leurs flingueurs respectifs se sont fait allumer aussi, ajouta encore plus lourdement Scilla.

Il marqua un temps, précisa :

— J'ai dit, presque tous, Roll. Car deux types de Barney placés en surveillance à l'entrée de la *Pacific Carabian* ont échappé au massacre. C'est eux qui ont porté le pet.

La peur de Roll montait. Le boss des jeux reprit :

— Selon eux, la tuerie aurait eu lieu aussitôt après ton départ de là-bas. Ce qui voudrait dire que ça te met hors du coup.

Roll respira mieux.

— Hors du coup pour le massacre, assena alors Scilla. Mais ça n'exclut pas ta complicité.

— Hein ?

Scilla secoua la tête, abaissa sa glace pour jeter son cigare dans la ruelle, avant de remonter sa glace en soupirant d'un air désolé :

— Ce que tu peux être con, mon pauvre Roll !

En temps ordinaire, la conversation n'était pas le fort du colosse mais, en la circonstance, il en manquait singulièrement. Tout allait trop vite pour lui. La panique revenait au galop et le temps d'un éclair, il fut vraiment visité par l'idée de tenter sa chance. Mais il y avait la masse du gorille près de lui et ceux de la bagnole qui bouchait la ruelle. Il préféra se contenter de protester :

— Pourquoi vous dites ça, m'sieur Roberto?

— Parce que c'est vrai, Roll. Vrai de vrai. Parce qu'il faut être bigrement con pour s'imaginer qu'un truc comme ça peut passer inaperçu, commenta le poussah d'un air désolé. Vraiment con.

— M'sieur Roberto! Je...

— Maintenant, coupa Scilla d'un ton soudain plus dur, il faut tout me dire, Roll. *Tout*, tu entends?

Il avait lourdement appuyé sur le mot « tout » et Roll sentit d'instinct qu'il ne pouvait plus se taire. Devant le danger immédiat, les menaces de l'Exécuteur s'émoussaient légèrement. Alors, sans presque s'en rendre compte, il se mit à parler. Il révéla tout ce qu'il savait, achevant son récit en prétextant, minable :

— J'étais coincé, m'sieur Roberto, vous comprenez?

Sans répondre, le boss des jeux hocha sa grosse tête, alluma un autre cigare, prit le temps de déguster la première bouffée avant d'attraper le combiné de son téléphone de bord pour composer un numéro. Celui de Rudi Fovone, le *capo* de L.A.

Sa décision était prise. Cette histoire le dépassait. Il n'arriverait jamais à coincer tout seul un type comme Bolan. Il devait se couvrir. Mais d'apporter lui-même le moyen de faire tomber le Grand Fumier lui vaudrait des tas d'avantages. Notamment le contrôle de tous les jeux de la ville, ainsi que des boîtes de nuit. Après un tel coup, Fovone ne pourrait plus rien lui refuser.

— Allô?

Dans le combiné, la voix était dure. Chez le *capo* de L.A., le moindre larbin était d'abord un flingueur. Bob Scilla se fit connaître, demanda :

— Je veux parler à M. Fovone.

— Le patron n'est pas là, répondit la voix sans s'humaniser pour autant. Chez des amis, à Malibu.

— O.K., renvoya Scilla. Passe-moi le numéro de ses amis.

— Impossible. Le patron a demandé de ne pas être dérangé. Il sera là demain.

Scilla avait des envies de meurtre. Fovone était chez une de ces vedettes de télé qu'il affectionnait par-dessus tout. Dans ces cas-là, il était vraiment impossible à joindre. Un instant, Scilla fut tenté de parler de l'Exécuteur pour essayer de forcer le blocus, mais il préférait se passer d'intermédiaires. Il raccrocha, tâta son cigare d'un air préoccupé, finit par répondre à la dernière question du colosse embijouté :

— Je comprends, Roll, je comprends. Enfin, je comprends presque tout. Sauf...

— Sauf quoi ?

— Je comprends tout, sauf ce qui a amené le Grand Fumier à te contacter, toi. Je veux dire, toi, plutôt que n'importe qui d'autre. A L.A., il y a plein de mecs plus au courant que toi de ce type d'affaires, non ?

Encore une fois, ce fut la panique chez Roll. Il n'avait pas pensé à ça. En s'adressant à Scilla, il avait mis le doigt dans l'engrenage et maintenant, la mécanique s'emballait.

— Hein, Roll, pourquoi toi ?

Glacé, le dealer ne savait plus comment s'en sortir. Acculé, il se raidit :

— Eh ! m'sieur Roberto ! Qu'est-ce que vous voulez insinuer ?

Disant cela, il s'était encore contracté et, instinctivement, son bras s'était tendu en direction de la poignée de portière. Mais entre cette dernière et lui, il y avait le flingueur. Méfiant. Il avait déjà sorti l'artillerie et quelque chose de dur s'était enfoncé dans les côtes de Roll. Le souffle coupé, celui-ci coassa :

— Eh ! m'sieur Rob...

Au même instant, une exclamation avait jailli de l'avant de la Daimler et le porte-flingue assis près du chauffeur avait lui aussi défouraillé. Mais cette fois, ce n'était pas pour menacer Roll. Ce n'était d'ailleurs pour menacer personne. Simple réflexe. Un réflexe dû à l'incroyable phénomène qui se passait sous leurs yeux.

— Qu’est-ce que..., commença Scilla sans achever.
Il y avait de quoi être saisi. Là, juste au débouché de la ruelle, à moins de vingt mètres de la Daimler, la voiture de protection semblait soudain prise de folie.

Une folie dévastatrice.

CHAPITRE XVIII

— Qu'est-ce que c'est que ce bordel!

La voix de Scilla avait sourdement résonné dans l'habitacle. Le regard dilaté et sa grosse carcasse tendue vers l'avant, le *capo* des jeux paraissait frappé par la foudre. Devant, la Ford de protection avait brusquement semblé prise de la danse de saint Guy. Comme si une bagarre monstre avait éclaté à l'intérieur, brisant les glaces de tous côtés et la faisant tanguer sur ses roues comme un taureau s'apprêtant à charger. Mais la Ford ne pouvait plus charger. Ses roues venaient d'éclater sous elle et, à présent, des tas de minuscules cratères crevaient sa carrosserie comme autant de furoncles mûrs. Des furoncles par dizaines.

Par centaines!

C'était du moins l'impression de Roll. Halluciné, bouche ouverte sur une exclamation muette, le dealer regardait la scène sans comprendre. Le spectacle auquel il assistait dépassait l'entendement. Chaque seconde qui passait voyait la Ford de plus en plus transpercée et, pourtant, personne n'entendait rien. Ou presque rien. Juste une espèce de point rouge lumineux qui se déplaçait dans la nuit et le bruit de la tôle qui se perfore. Plus les râles. De moins en moins nombreux. Puis il n'y eut plus un bruit et le silence qui suivit fit mal aux oreilles de l'ex-footballeur. Un peu comme autrefois, quand il quittait le stade et que les ovations de son public faisaient place au calme des vestiaires. Un silence angoissant. Puis d'un coup, Scilla s'agita en hurlant :

— *Shit*! On nous canarde!

Ce fut comme un sortilège brisé. Parfaitement synchronisés, les deux *soldati* de la Daimler avaient jailli à l'extérieur et le chauffeur avait empoigné le vieux Colt 45 Commander qui ne le quittait jamais. A la même seconde, les deux flingueurs de Scilla semblaient à leur tour pris de folle frénésie. Tressautant sur place, ils brandissaient leurs armes, les agitant comme des hochets. Simultanément, leurs belles vestes claires semblaient elles aussi imploser. Des mini-orifices naissaient un peu partout, libérant des geysers de sang sombre qui éclaboussaient les vitres de la Daimler.

Du fond de son cauchemar, Roll vit la glace avant gauche de la Daimler se pulvériser, puis le chauffeur sursauter. Dans le mouvement, sa tête fut rejetée sur le côté droit et la main qui brandissait le .45 s'ouvrit brusquement. Le Colt tomba sur le siège du passager, le chauffeur suivit et disparut à la vue de Roll.

— *Shit, shit, shit!* hurla encore Scilla.

Un .38 Smith & Wesson Chief's Special apparut dans son gros poing et, se prenant sans doute soudain pour Rambo, il abaissa sa glace pour hurler à la cantonade :

— Viens, espèce de connard! Montre-toi!

Ses nerfs lâchaient. Dans sa frénésie de peur, il avait appuyé sur la détente du petit Chief's. Deux fois. A l'intérieur de la voiture. Résultat, deux trous bien ronds se dessinèrent dans le toit de l'habitacle et Roll trouva cela presque comique. Mais ce n'était pas le moment de rire. La trouille lui tordait les boyaux. Tellement qu'il n'eut même pas le réflexe de s'éjecter par sa portière ouverte pour tenter de fuir.

— Montre-toi, fumier! hurla encore Scilla. Montre ta sale gueule!

— Je suis là, pourri.

La voix d'outre-tombe avait fait sursauter Scilla et Roll en même temps. Un peu plus le premier que le deuxième. Car à la seconde où la voix éclatait à son oreille, le *capo* des jeux avait senti un pic d'acier glacé lui perforer l'oreille gauche.

— Pousse-toi, Scilla.

La voix sépulcrale tout près de lui était presque douce. Elle n'avait même pas exigé du gros *capo* qu'il lâche son S&W.

Assailli de sentiments contradictoires et toujours malade de trouille, Roll vit la grande ombre noire s'inscrire dans le cadre de la portière qui s'ouvrait et le corps adipeux de Scilla vint se plaquer au sien. Puis Bolan s'assit près de Scilla, et celui-ci sentit le Chief's Special quitter sa paume.

— Tu voulais me voir, Scilla? Me voilà.

Le *mafioso* semblait plongé dans une profonde hypnose. Hallucinés, ses yeux fixaient la place vacante du chauffeur et son souffle oppressé sifflait dans l'habitacle comme une pompe emballée. Mais l'Exécuteur ne s'occupait plus de lui. Les deux « camemberts » couplés de l'AM-180 étaient maintenant vides et il laissa glisser l'arme sur le plancher de la voiture. Le réducteur de son du Beretta toujours enfoncé dans l'oreille du patron des jeux, il lança à l'adresse de Roll :

— Dégage. Ton boulot est terminé.

Il n'avait effectivement plus besoin de son porteur de micros. Il venait d'apprendre l'essentiel de ce qu'il cherchait de la bouche même de Scilla : l'identité du tueur de Noël. Finalement, Hal Brognola allait récupérer son indic sain et sauf. De saisissement, le colosse n'obéit pas immédiatement et Bolan assena, d'un ton sec :

— Tu recroises mon chemin, tu es mort. Tu bavardes, tu es mort.

D'un bond, le géant se propulsa dehors et l'Exécuteur le vit disparaître dans la nuit, non sans marquer une certaine hésitation devant la carcasse de la Ford bourrée de cadavres. Hachés sur place par les terribles 22 Magnum blindées de l'AM-180, ceux-là ne flingueraient plus jamais personne.

— Qu'est-ce que tu veux, Bolan?

La question de Scilla n'avait été qu'un murmure. Dès le premier instant, il avait deviné à qui il avait affaire.

— Te tuer, répondit la voix d'outre-tombe. Si possible lentement. Et dans la souffrance.

— Non, non! Pourquoi?

— Le sacrilège, Scilla. Vous avez commis le sacrilège absolu. Vous avez tué des hommes, des femmes et des enfants pour rien. Des innocents. Vous avez tué dans le seul but de faire le mal. Vous avez choisi de frapper l'amour et la pureté. Vous avez voulu m'atteindre dans ce que j'avais de sacré : vous avez réussi! Mais maintenant il faut payer. Et l'innocence, cela n'a pas de prix.

— Merde! pleurnicha le big-book. J'ai rien fait, moi!

— Tu es des leurs, Scilla. Tu as prêté le serment. Tu es fait de la même viande avariée qu'eux. Tu *dois* payer.

Anéanti, le gros book regardait toujours devant lui sans rien voir. Il savait que sa peau ne valait pas cher. Pas plus que celles de Miles, de Bucchanan ou de Barney. Pas plus cher non plus que celles de ses flingueurs. Mais au fond de son esprit plein de duplicité, un secret espoir persistait. Il pouvait échanger sa peau contre... Il ne savait trop quoi, mais, même avec le diable on peut faire un marché. Comme l'Exécuteur ne répondait pas, il insista :

— Ecoute, Bolan... je peux t'aider. Te dire des tas de trucs.

— Genre?

— Je peux... Ecoute, j'étais justement en train de donner à l'autre pomme le nom du seul survivant de ceux que tu cherches, Bolan.

— Je sais.

Cette fois, la large face du pourri se tourna vers l'Exécuteur. Incrédule, le *mafioso* secoua la tête.

— Tu peux pas savoir. Je...

— Je te dis que je sais, coupa Bolan, glacial. Que s'est-il passé pour les autres tueurs?

— C'est pas officiel, mais Tisch les a sûrement flingués. Plus personne ne les a revus depuis. Ça devait faire partie du scénario.

Bolan insista :

— Tu as parlé de « tas de trucs » à me dire. Accouche.

— Je peux te dire qui chapeaute cette ville.
— Je le sais déjà. Rudi Fovone.
— Je peux te fournir la liste de tous les big-dealers de L.A.
— J'ai cette liste.
C'était vrai. Du moins en partie. Parce que dans ce domaine, les choses changeaient parfois très vite. Surtout à coups de flingues. Mais l'Exécuteur n'était pas venu à L.A. pour un blitz ordinaire. Il était venu infliger la punition aux responsables du massacre. Le reste, il verrait plus tard.
S'il y avait un plus tard.
— Magne-toi, Scilla. Parle-moi de ce Tisch.
Il y avait de la menace dans le ton de Bolan. Une menace aussi froide que sa voix. Le réducteur de son du Beretta déchirait l'oreille du *mafioso*. Celui-ci paniqua :
— Oui, Bolan, oui! Alors... ce mec, ce Tisch, je le connais. Je lui ai même filé du boulot, avant sa disgrâce. Un vrai dingue. On l'appelle *Crazy-Bug*.
— Résume.
— Ben... justement, ce Tisch, Rudi Fovone vient de lancer un contrat contre lui.
— Continue.
— Et... je peux peut-être t'aider à le retrouver. Je veux dire, avant que les chacals lui tombent dessus. Si tu sais t'y prendre.
Malgré lui, Mack Bolan sentit son estomac se nouer. Si le pourri disait vrai, les choses allaient peut-être enfin s'accélérer. Ce fut pourtant sur le même ton glacé qu'il pressa encore :
— M'aider? Comment?
— Tisch avait une maîtresse attitrée, révéla Scilla en s'animant subitement. Une danseuse topless. Peu de gens sont au courant, moi si.
— Pourquoi, toi?
— Parce qu'elle dansait dans une de mes boîtes quand Tisch et elle se sont mis ensemble.
— Tu l'as dit à quelqu'un?
Le *mafioso* hocha misérablement sa grosse tête.

— Oui, avoua-t-il. Justement à Fovone.

Résultat, si Tisch courait toujours, c'était précisément parce qu'il n'avait plus contacté sa maîtresse. Il y avait peu de chances qu'il le fasse en ce moment.

— Son nom, demanda néanmoins Bolan.

— Roberts. Gina Roberts.

— Son adresse?

— Aux dernières nouvelles, 23 Cimarron Street. Dans Hyde Park District. Elle habitait là quand elle bossait pour moi. J'espère qu'elle y est toujours.

— Moi aussi.

— Sinon, tu pourras la retrouver par son boulot, fit valoir Scilla d'un ton triomphant. Ces gonzesses, ça fait toutes les boîtes du genre.

L'Exécuteur le doucha :

— C'est tout ce que tu as à me dire?

— Ecoute, Bolan, s'affola Scilla. Si je pouvais, je te jure que je ferais plus. Mais c'est tout ce que je sais de cette... enfin, de cette pénible affaire. C'est dégueulasse, ce qu'ils ont fait, Bolan. Vraiment dégueulasse. Je te plains sincèrement.

Immonde dans sa lâcheté, le poussah en pleurait presque.

— Moi aussi, répondit l'Exécuteur. Je te plains.

Puis il enfonça la détente du Beretta et Scilla eut de la chance : il mourut sans souffrir.

Crâne transpercé de part en part, il s'écroula d'une masse contre le montant de portière et, dans l'ombre de l'habitacle, la voix fatiguée de Bolan s'éleva comme s'adressant à lui-même :

— Leurs noms étaient Jil, Aigrette Bavarde et Iguane Solitaire. Il n'y aura pas de pardon, Scilla, ni pour toi ni pour les autres...

CHAPITRE XIX

— Condor *One* à Cobra, répondez.

C'était la voix de Grimaldi. Herman Schwarz Gadgets se pencha sur la console technique du module opérationnel du char de guerre.

— Cobra à l'écoute, Condor *One*, lança-t-il dans le micro.

— On dirait que ça bouge, Cobra.

La Chevrolet du pilote effectuait son tour de surveillance, en approche directe de l'immeuble où habitait Gina Roberts. Durant ces deux jours passés depuis l'exécution de Barney, Mack Bolan et ses amis se relayaient pour monter la garde. Histoire de ne pas se faire repérer, le van avait hâtivement été repeint en gris neutre et les deux voitures de location avaient été changées deux fois.

L'Exécuteur quitta la cabine de repos où il s'était allongé un moment et rejoignit Gadgets. Il était presque minuit et depuis le début de son blitz, il ne dormait plus que par minces tranches d'une heure ou deux.

Prenant le relais, l'Exécuteur lança dans le micro :

— Du nouveau, Condor *One*?

— Faut voir. Un adolescent black, avec blouson rouge, casquette de polo et patins à roulettes aux pieds. Déjà passé devant l'immeuble. Deux fois. Genre méfiant.

A cette heure-là, c'était effectivement insolite.

— Il a éventé Parasite? s'enquit l'Exécuteur.

— Semblerait que non.

« Parasite » était le nom donné par Bolan à la camionnette qu'ils avaient eux-mêmes repérée dès la mise en place de leur dispositif. Grâce aux listings-computers du char de guerre, il avait appris le nom de son propriétaire.

Century Cars.

Un garage spécialisé en mécanique auto, dont le gérant ne devait être qu'un prête-nom, mais dont les actionnaires étaient tous, de près ou de loin, liés à la famille Fovone.

Les cannibales étaient déjà sur place. Rien d'étonnant à cela, compte tenu des confidences faites par Barney. Fovone aussi connaissait l'existence de la danseuse topless. Et il allait évidemment essayer d'en profiter.

— Ça y est, lança la voix de Grimaldi dans la radio, le môme a ôté ses patins et pénètre dans l'immeuble.

— O.K., fit Bolan. Je reste à l'écoute.

— Qu'est-ce qu'on fait? questionna Gadgets.

— Configuration d'approche. Secteur trois, point numéro un.

Herman Schwarz jeta un coup d'œil à la carte de L.A. fixée à la cloison métallique. Les coordonnées citées par l'Exécuteur désignaient l'angle de Hass Avenue et de Gage Avenue. Un quart de mile à vol d'oiseau de l'objectif. Pendant ce temps, Bolan appelait Blancanales pour lui demander d'approcher en secteur deux. Puis, manipulant quelques curseurs sur le clavier de l'ordinateur de bord, il annonça à Gadgets qui avait rallié la cabine de pilotage :

— Vidéo opérationnelle.

De fait, les deux caméras à prises de vue standard astucieusement dissimulées de part et d'autre du van et celle, aux infrarouges, qui opérait au niveau de la tourelle de toit, venaient d'être activées. Au même instant, sur les trois *monitors* accrochés au-dessus de la console technique, des images de rue apparaissaient dont l'une, plus vive que les autres, s'inscrivait en dominante sanguine. L'Exécuteur opéra une série de balayages et de zoomings. Mais rien ne bougeait plus dans le secteur. Au même moment, la voix de Grimaldi fit grésiller la radio :

— Condor *One* à Cobra. Gamin black ressorti. Renfile ses patins.

L'Exécuteur réfléchissait. Pendant ce temps, le char de guerre venait de stopper au point prévu. Par TV interposée, Bolan reconnaissait la topographie. A l'angle de Gage Avenue, une pub lumineuse Hennessy XO courait sur la façade verdâtre d'un petit immeuble miteux. Compte tenu de la situation, il allait donner l'ordre de mettre le cap sur l'immeuble de Gina Roberts, quand un détail attira son attention sur un des écrans.

— Herman ? rappela-t-il dans le circuit. A onze heures, moto, entre le Toyota foncé et la Cutlass. Cinquante mètres environ.

Un temps de silence, puis la voix de Schwarz :

— Vu, Striker. Moto à onze heures confirmée.

Une moto et son pilote. Garés entre deux voitures, à la distance indiquée par Bolan. Mais bien sûr, grâce au système zooming vidéo, l'Exécuteur pouvait beaucoup mieux voir que Gadgets. Si distinctement qu'il avait instantanément reconnu l'engin. Une moto bleue, ou verte. De petite cylindrée. Rigoureusement identique à celle qu'il avait déjà vue trois jours plus tôt, derrière les entrepôts de la *Carabian Pacific*.

La moto qui avait provoqué volontairement l'incident contre la voiture des flics.

Lumio avait soudain cessé d'entendre les grognements de Pizzi dans la chambre à côté. Ou ce salaud en avait fini avec la Black, ou il se reposait entre deux coups. De son côté, il en avait marre. Cela faisait maintenant deux jours que le boss les avait affectés à cette planque et ils n'avaient pratiquement pas arrêté de se la farcir, la Gina Roberts. Pas vraiment du viol. Juste un peu de persuasion. Il suffisait d'un rasoir bien effilé. Avec un soupir, il se cala dans l'unique fauteuil du minable living et, fermant les yeux, il allait enfiler les petits écouteurs du walkman dans ses oreilles, quand des craquements sur le palier l'alertèrent. Instinctivement, sa main s'était refermée sur la crosse du Beretta tout neuf qu'il venait de toucher. Le nouveau 92F, version militaire. L'arme qui, au grand dam des nationalistes de la spécialité, avait été choisie par l'armée US pour remplacer le vénérable Colt .45. Un petit bijou de calibre 9mm Parabellum qui commençait à voir également le jour sur le marché parallèle.

D'un bond silencieux, Lumio s'était propulsé vers la porte. Arme levée, une balle déjà dans le canon et la sûreté ôtée, il était prêt à tout. Y compris à recevoir ce con de Bug Tisch si c'était lui.

L'oreille collée à la porte, il perçut un glissement sur le palier, vit avec stupeur une enveloppe glisser à ses pieds. Une enveloppe blanche et cachetée qu'il ramassa instinctivement, tandis que des pas dévalaient l'escalier. Se rendant compte de son erreur, il ouvrit la porte à la volée, mais il n'y avait plus personne sur le palier. Se traitant d'imbécile, il commença à ouvrir la mystérieuse enveloppe, se souvint à temps qu'il existait un contact radio entre la camionnette et l'appartement et se précipita sur son talkie-walkie.

— Eh, les mecs! cria-t-il dans l'appareil en passant outre la procédure d'identification. Y a quelqu'un qui sort de là. Je sais pas qui. A vous.

— Vu. Un jeune Black. Il est peut-être de l'immeuble, non?

— Mon cul! hurla Lumio qui avait sorti un bristol manuscrit de l'enveloppe. Bordel! Chopez-le, ce môme de merde!

La moto était là. Tapie à l'abri des véhicules, ressemblant à un monstrueux insecte en train de guetter sa proie. Immobile dans sa combinaison grise et casque intégral sur la tête, son pilote paraissait attendre. Dans le regard de Bolan, une lueur s'était allumée. Ce motard s'intéressait trop au char de guerre.

— Condor *One* à Cobra, appela Grimaldi. Le gosse se tire. Qu'est-ce qu'on fait ?

Un ricanement fusa dans l'appareil et Grimaldi enchaîna, désabusé :

— Question annulée, Cobra. Môme parti, filoche impossible.

A L.A., le patin à roulettes était devenu le moyen de locomotion pratique. Sauf pour les flics. Bolan questionna le pilote :

— Que fait Parasite ?

— Continue à jouer les ventouses. Aucune réaction... attends... si ! Merde ! La camionnette va démarrer et... Ça va, Cobra. Parasite a compris qu'il n'avait aucune chance. Petit Black a déjà disparu.

— Bien reçu, fit Bolan. *Stand by* général.

Pendant tout l'échange, les yeux de l'Exécuteur n'avaient pas quitté l'écran TV et la même lueur brillait au fond des prunelles d'acier.

La moto était toujours là.

— Patron ?

Réveillé en sursaut par le téléphone, le boss de L.A. fit la grimace. Sa grande carcasse d'échalas entièrement nue et le bras satiné de la fille autour de lui, il grinça, mauvais :

— J'espère que tu as une bonne raison pour m'emmerder, Jojo.

A croire que Jojo Borli, le *caporegime* de sa petite armée de *soldati*, ne dormait jamais. Il était une heure du matin !

— J'ai Lumio en ligne, patron. On a du nouveau.

Le boss de L.A. se dégagea du bras de la fille, expédiant cette dernière à l'autre bout du lit.

— Passe-le-moi, ordonna-t-il dans l'appareil.

Il y eut un déclic et la voix du flingueur résonna :

— Patron ?

— Accouche, gronda Fovone.

Lumio résuma la situation et termina :

— Ils n'ont pas pu le suivre, le patineur. D'ailleurs...

— Lis-moi ce qu'il y a sur le bristol, coupa Rudi Fovone.

Il y eut des bruits de froissements sur la ligne, puis la voix du porte-flingue lut :

— « Rendez-vous à minuit, le soir que tu pourras, à l'endroit que tu sais. » Et c'est signé Bug.

— C'est tout ?

— Oui, patron. Pendant que je vous cause, Pizzi essaye de faire parler la gonzesse pour connaître cet endroit où il lui donne rendez-vous, mais elle est butée.

Rudi Fovone n'était pas devenu le caïd de Los Angeles par hasard. Il lui avait fallu déployer une bonne dose de cruauté, beaucoup de cynisme, mais aussi un minimum d'intelligence. Il savait donc qu'une femme amoureuse est prête à tout pour protéger son mâle.

— Laissez tomber l'interrogatoire, décida-t-il tout à coup. Restez sur place et attendez de nouvelles instructions. Vu ?

— Vu, patron.

— O.K. Raccroche.

Nouveau déclic et Fovone lança à Borli toujours en ligne :

— Et toi, voilà ce que tu vas faire...

CHAPITRE XX

— Toujours rien de neuf, Striker?

La voix de Gadgets dans la sono de bord détourna le regard de Bolan des écrans.

— Négatif, lâcha l'Exécuteur.

Il était 22 heures passées et, comme la veille et les trois jours précédents, la surveillance de l'immeuble de Gina Roberts se poursuivait.

Avec les mêmes éléments en place.

Entre chacun de ses tours de ronde en secteur un, le char de guerre revenait planquer sous l'enseigne Hennessy, et de son côté, Blancanales avait pris la place de Grimaldi dans le véhicule codé Condor *One*. Grâce à un système de « brouillage » artisanal conçu par Herman Schwarz, leurs contacts radio étaient protégés de toute interception pirate. Ça ne valait pas le *Scramble* du radiotéléphone satellitaire du char de guerre, mais c'était toujours ça. D'autre part, à chaque passage à proximité de Parasite, le micro-laser hyperdirectionnel qui équipait le van était mis en batterie. Basé sur le principe de la réception des signaux vibratoires émis par les vitres d'un local, les propos tenus à l'intérieur dudit local étaient réfléchis sur une cellule sensible de récepteur qui les décryptait, avant de les retransmettre sous une forme audible. Cela pouvait sembler compliqué, mais les résultats se révélaient fiables.

D'ailleurs, l'Exécuteur avait déjà pu apprendre ainsi

que les occupants de la fourgonnette ventouse étaient trois et qu'il y en avait deux autres au domicile de Gina Roberts. Un beau montage, destiné à piéger Tisch s'il se pointait. Pour le reste, il ne s'agissait que de confirmations. Le trio surveillait l'immeuble de Gina Roberts, sous les ordres d'un certain Jojo Borli, dont l'ordinateur de bord savait déjà qu'il était le *caporegime* de Rudi Fovone. Un *caporegime* demeuré quelque part à l'extérieur et avec lequel ils correspondaient par radiotéléphone embarqué. En dehors de ça, aucun contact entre ceux de la fourgonnette et la rue. Et aucune relève. A l'instar des fameux « sous-marins »[1] de la DEA ou du FBI, le véhicule devait receler un stock de vivres et être équipé de toilettes chimiques. Belle organisation qui limitait les risques de repérage.

— Striker?

Toujours Gadgets. Dans sa cabine de pilotage, il s'ennuyait.

— J'écoute, fit Bolan.

— On a de la visite.

— J'ai vu, renvoya l'Exécuteur.

Sur un des écrans TV, la pub Hennessy XO clignotait toujours et, à la faveur de son éclairage spasmodique, il avait effectivement pu voir passer la mystérieuse moto. Un passage très discret. Elle avait aussitôt redisparu au croisement de Gage Avenue. Une vraie glu, cet engin.

— Condor *One* à Cobra, fit soudain la voix de Blancanales dans le circuit radio. On dirait que ça bouge.

— Genre? questionna Bolan en se penchant sur le micro.

— Un motard.

Encore!

— Quel type, la meule?

— Gros cube. Kawa.

Rien à voir avec la mystérieuse petite cylindrée.

1. Surnom donné aux véhicules de police destinés aux longues planques.

— J'ai déjà relevé le numéro, précisa Condor *One* en le dictant à Bolan. Elle s'est arrêtée devant l'immeuble. Il m'a semblé que son pilote louchait du côté de Parasite et qu'il leur adressait un signe de reconnaissance.

Rosario observa un silence, reprit bientôt :

— Le motard, casqué intégral, de type mâle et athlétique, vient d'entrer dans l'immeuble.

— Bien reçu, Condor, renvoya l'Exécuteur. On garde le contact. Je vais faire un passage, envoya-t-il également à l'adresse de Gadgets.

Le char de guerre démarra aussitôt.

Il y eut des pas dans l'escalier, suivis d'un grattement à la porte. D'un geste automatique, la main de Pizzi s'était posée sur la crosse du P.A. Smith & Wesson 459 qui dépassait de sa ceinture. Une arme fiable au calibre de guerre 9mm Parabellum. Plus petit et plus souple que son comparse Lumio, Pizzi fut à la porte en un seul glissement silencieux. Le S&W braqué devant lui et sûreté dégagée, il ouvrit à la volée. Dans l'encadrement, un motard en combinaison, visage dissimulé par la visière d'un casque intégral. Pizzi savait ce qu'il avait à faire. Dans le placard, il y avait un vanity-case. En croco vert. Superbe. Celui de Gina Roberts. Un article de luxe, auquel elle avait l'air de tenir comme à la prunelle de ses yeux. Pizzi le remit au motard qui disparut aussitôt.

L'échange s'était déroulé en silence, en cinq secondes.

Pendant ce temps, des grincements de sommier n'avaient cessé de filtrer à travers la porte de la chambre mitoyenne. Cette fois, c'était au tour de Lumio de s'occuper de la copine de Tisch. Le plus efficacement possible. Précisément pour qu'elle ignore ce qui se passait dans son living.

— Condor *One* à Cobra, fit la voix de Blancanales dans la sono du module opérationnel. Le motard est ressorti. Il a quelque chose sous son blouson qui n'y était pas en arrivant... il enfourche sa bécane. Demande instruction, Cobra.

L'Exécuteur réfléchissait à la vitesse de la lumière. Son instinct de chasseur lui disait que la phase « enquête » de sa mission punitive arrivait à son terme et que tout allait se précipiter. Dans l'état d'esprit hyper-aiguisé où il se trouvait depuis le début de cette chasse au tueur, il avait l'impression d'être guidé par de mystérieuses ondes et une énergie farouche le galvanisait. Une énergie glacée, implacable. Et tout était clair dans l'ordinateur de guerre de son cerveau.

Il réussirait.

— O.K., décida-t-il. Procédure de permutation. Condor *One* en phase filoche, Condor *Two* en phase relais.

— Bien compris, renvoyèrent aussitôt les deux intéressés.

Pendant ce temps, le char de guerre venait de tourner à l'angle de Cimarron Street et, sur un des écrans TV, l'immeuble de Gina Roberts commençait à profiler sa façade de briques sombres.

— Stop, intima Bolan en indiquant à Gadgets la place que Condor *One* venait de libérer.

Le van se gara, ses feux s'éteignirent. Une demi-minute plus tard, la voix de Blancanales s'élevait de nouveau dans le circuit radio :

— Condor *One* et *Two* en procédure longue-corde, Cobra.

Dans leur jargon codé, longue-corde désignait une filature prudente et à distance, utilisant le principe des relais de véhicules.

— Bien compris, Condor, renvoya Bolan. A vous.

— Condor *Two* en position leader, intervint Grimaldi. Motard vient de stopper à hauteur d'une camionnette Avis en stationnement, dont un panneau arrière est en train de s'ouvrir. Et derrière la camionnette, quelques places en retrait, une Mercedes noire qui n'était pas là tout à l'heure. Un chauffeur au volant, une silhouette à l'arrière. Presque invisible. A cause des vitres fumées. Impossible s'éterniser. Je dois décrocher.

— Bien compris, Condor *Two*. Que l'un de vous tâche de relever l'immatriculation de la Mercedes au passage.

Un temps mort, puis le timbre sec de Blancanales :

— Condor *One* en vue objectifs. Motard vient d'ouvrir sa combinaison pour donner ce qu'il cachait dessous à ceux de la fourgonnette Avis. Pas pu voir de quoi il s'agit. Maintenant, il redémarre. Devrait venir sur toi, Cobra.

L'Exécuteur fronça les sourcils. Tout cela semblait bien compliqué.

— Le motard ! lança Gadgets dans le circuit intérieur.

De fait, un gros cube Kawasaki venait de déboucher non loin de là et remontait dans leur direction à vitesse de croisière. L'Exécuteur opéra un rapide zooming sur la caméra du flanc gauche. Cela ne donna rien d'intéressant mais, en revanche, la caméra de tourelle prit le relais dans un 180° express qui permit de noter l'immatriculation de l'engin. C'était bien celle déjà collectée par Condor. Bolan manipula un clavier d'ordinateur, afficha un listing sur l'écran. Celui des véhicules immatriculés à L.A. Un cadeau très précieux de Brognola. Il y réserva une fenêtre dans laquelle il tapa le numéro de la moto et dix secondes plus tard, il avait les coordonnées de son propriétaire.

Gianni Solara, 78 Zomora Avenue, Watts District.

Aussitôt, il fit défiler sur un autre écran les abonnés du téléphone du secteur intéressé et ce fut le nom d'un garage de mécanique automobile qui apparut.

Century Cars.

La même société de mécanique auto que pour Parasite.

Un éclair fusa dans les prunelles de l'Exécuteur. Selon toute vraisemblance, il avait ferré le poisson. Restait à tirer la ligne.

— Condor *One* à Cobra, fit la voix de Blancanales. J'ai le numéro de la Mercedes.

Bolan le frappa sur son clavier et les listings se mirent à défiler. Puis la liste s'arrêta et un nom apparut en luminescence : Mike Monterro.

Enfin un particulier.

Nouvelle frappe de clavier, nouveaux listings. Mais Bolan eut beau répéter l'opération trois fois, y compris dans l'interminable *Federal Listing* de toutes les familles US, le nom de Mike Monterro ne figurait nulle part. Il n'était même pas à l'annuaire. Sans doute abonné sous liste rouge. Pour en savoir plus, l'Exécuteur allait devoir faire appel à la cavalerie.

Un instant plus tard, il avait Hal Brognola en ligne. A Washington, c'était la pleine nuit et le fédéral répondit d'une voix ensommeillée. Aussitôt réveillé en reconnaissant Bolan, il écouta et lâcha :

— Une minute, Striker.

Il y eut un « blanc » assez long, avant que le fédéral ne revienne en ligne :

— Ce Monterro pourrait bien être monsieur tout le monde. Genre blanc comme neige. Modeste agent immobilier. Employé comme courtier au sein du groupe *Astor*.

Bolan connaissait *Astor*. C'était un des trois ou quatre principaux groupes immobiliers US cotés en bourse. Tout en écoutant Brognola, il avait déjà effectué les recherches sur le computer de bord. Dépité, il grogna dans l'appareil :

— Je n'ai rien sur *Astor*.

— Le FBI non plus, renvoya le fédéral. Pas le moindre détournement de fonds, pas la plus petite fraude fiscale enregistrée. Pour l'adresse personnelle de ce Monterro, 127 Victoria Avenue, Venice District. Son téléphone est sur liste rouge, mais je te le donne quand même, ironisa froidement le fédéral. 288-0801. Fais-en bon usage.

— Condor *Two* à Cobra?

— *Thanks*, Hal, écourta l'Exécuteur. Je te tiens au courant.

Puis reprenant son contact radio, il lança :

— Cobra écoute, Condor *Two*.

— Ça bouge, annonça Grimaldi. Le motard vient de récupérer son truc. Il le remet sous sa combinaison. Je... attends... on aurait dit comme une mallette. Pas grosse. C'est vert et vaguement brillant. Peux pas mieux dire. Il remet les gaz vers l'immeuble.

Bolan fronça les sourcils. On ne faisait pas dans le simple.

— Bien compris, Condor *Two*. On reste en contact.

Mais alors qu'il relevait les yeux sur les moniteurs TV, l'Exécuteur se figea. La moto était là. Juste au coin de la rue. Pas la Kawa, mais l'autre. Immobile, feux éteints.

— Condor *Two* à Cobra, Condor *Two* à Cobra! intervint encore Grimaldi d'un ton précipité. La Mercedes est en train de décrocher, Cobra! Je demande instructions.

Décidément, tout semblait se précipiter.

CHAPITRE XXI

Pizzi avait failli ne pas entendre. Juste un bruit. Encore lointain. Il baissa le son de la TV, perçut des pas dans l'escalier, suivis d'un grattement à la porte. La main sur la crosse de son calibre, le flingueur glissa jusqu'à celle-ci, l'ouvrit, relâcha la crosse de l'arme. C'était le motard. Sans un mot, celui-ci lui rendit le vanity-case et disparut de nouveau. Pizzi referma la porte, ouvrit le bagage, en sortit une enveloppe en kraft qu'il soupesa avec une moue indécise. Puis, se désintéressant du tout, il retourna devant la TV.

Un quart d'heure passa et Pizzi s'était tellement réinvesti dans la partie de foot qu'il sursauta presque quand le téléphone posé près de lui sonna. Il poussa un grognement, rebaissa le son de la TV, décrocha.

— Lumio?

Le timbre rauque de Jojo Borli. Le *caporegime* de Rudi Fovone.

— Pizzi, boss.

— O.K., Piz. C'est le moment.

Pizzi savait ce qu'il avait à faire. Abandonnant son match à regret, il attrapa l'enveloppe kraft, la fourra dans sa poche revolver, avant de se diriger vers la chambre de Gina en emportant le téléphone. A son entrée, Lumio se dressa sur le lit, le flingue déjà en main. Reconnaissant son comparse, il jura sourdement, assena une claque retentissante sur la croupe nue de la jeune Noire.

Celle-ci couina de douleur, se redressa, dissimulant ses superbes seins en poire sous le drap. Simple réflexe. Ses seins, entre son boulot et les viols successifs dont elle était victime depuis des jours, tout le monde avait l'habitude de les voir.

— Pour toi, annonça Pizzi en posant l'appareil près d'elle.

Gina Roberts ouvrit de grands yeux fatigués.

— Moi ?

— C'est mon boss, renseigna Pizzi en lui tendant le combiné.

Dépassée par les événements, Gina Roberts ne savait que faire. Pour la décider Pizzi lui envoya une gifle monumentale. Cela fit un bruit cinglant et la tête nattée de la Noire ballotta comme un sac de son. D'autorité, le flingueur lui fourra le combiné en main :

— Mon boss, il aime pas attendre, connasse.

Affolée, les yeux pleins de larmes, Gina s'empara du téléphone pour murmurer un « allô » faiblard. Aussitôt, une voix rauque lança :

— Gina Roberts ?

Ce n'était évidemment pas la voix de Fovone, mais celle du *caporegime*. Chargé par le boss de L.A. de transmettre le message.

— Oui, renifla Gina.

Elle avait mal au crâne et au ventre.

— Ecoute bien, Gina, commença Borli. On a réfléchi. On va essayer de passer un marché, tous les deux, O.K. ?

— Un... marché ?

— Tu veux sauver la peau de ton imbécile de mac ?

Une lueur d'égarement passa dans les prunelles de Gina.

— Oui, souffla-t-elle. Oui !

— Bon, alors, si tu te démerdes bien, c'est possible. A condition qu'il accepte notre marché.

— Que... qu'est-ce que je dois faire ?

— J'ai fait porter une enveloppe chez toi.

Pizzi qui avait l'écouteur sortit l'enveloppe de sa

poche revolver et la montra. La Noire la regardait sans comprendre.

— Dans cette enveloppe, reprit le timbre cassé de Borli, il y a de quoi sauver la peau de cet idiot de Tisch. Ouvre-la.

A ces mots, Pizzi laissa tomber l'enveloppe sur le ventre nu de la fille.

— Ouvre, ordonna-t-il.

Gina Roberts s'exécuta, découvrant avec stupeur deux billets d'avion et une liasse de billets verts. Rien que des billets de mille ! Il y en avait pour une véritable fortune.

— Pas la peine de compter, fit la voix cassée dans le combiné. Il y a quatre-vingt-dix billets. Le montant de notre accord passé avec Tisch. Il a fait le boulot, il l'a gagné. Tu lui diras qu'il y a eu maldonne. Les crasses qu'on lui a faites à la décharge, ce n'était pas prévu. Certains excités de chez nous n'ont pas supporté qu'on donne ce contrat à quelqu'un de l'extérieur comme lui. Ils ont voulu se venger.

— Mais...

— Maintenant, tu vas aller voir Tisch avec ça, coupa Borli. Tu vas lui dire qu'on le paye, qu'on passe l'éponge sur tout, que les billets d'avion pour le Brésil sont une prime pour les ennuis subis. Mais dis-lui bien qu'on ne veut plus le voir. Partez à l'étranger. Avec tout ce fric, ça ne posera pas de problèmes.

— Ecoutez, je...

— Mais dis-lui bien de disparaître, à Tisch, coupa encore le *caporegime*. Dans les plus brefs délais. Sinon...

La communication fut coupée et Pizzi ôta le combiné de la main de Gina. Les yeux hagards, elle considérait tour à tour la liasse de dollars et les billets d'avion. Le Brésil ! Le rêve de sa vie ! Elle n'y croyait pas. Il y avait trop de décalage entre sa séquestration, les viols répétés et ce brutal revirement. Et comme pour la déstabiliser encore plus, Pizzi fit signe à Lumio en grognant :

— On se casse.

Un instant plus tard, la porte d'entrée claqua et Gina

Roberts se retrouva subitement seule. Complètement ahurie. Elle ne savait plus où elle était, ni ce qu'elle faisait à poil sur ce lit dévasté. Elle ne réalisait qu'une seule chose : le cauchemar était fini.

Et elle voulait partir. Très vite.

— Condor *Two* à Cobra, appela Grimaldi. La fourgonnette Avis se dirige vers l'Est. Secteur Slauson Avenue, direction Huntington.

— Bien compris, Condor *Two*. Poursuis, mais sans risques.

— Bien reçu, ricana le pilote. *Over*.

— Condor *One* à Cobra, Condor *One* à Cobra.

Cette fois, c'était Rosario Blancanales. Moins repérable que le van, sa voiture était restée sur place pour surveiller Parasite. De son côté, Bolan avait laissé filer la Mercedes. Il la retrouverait.

— Cobra écoute, répondit-il, tandis que le char de guerre abordait Vanness Avenue.

— Cette fois, ça bouge vachement, lança la voix de Blancanales dans le circuit radio. Deux types qui sortaient de l'immeuble viennent de grimper dans une bagnole. Un coupé Pontiac Grand Am bleu avec antenne téléphone. Au passage, l'un d'eux a envoyé une tape contre le flanc de Parasite.

— J'arrive, décréta l'Exécuteur. Si Pontiac décroche, tu suis. Sans t'impliquer, Condor *One*, insista l'Exécuteur.

— Bien compris, Cobra.

Par le circuit intérieur, Bolan ordonna à Gadgets de repartir. Le char de guerre accéléra, tourna bientôt dans la 70e Rue, revint vers l'objectif. Il y arriva au moment où Blancanales appelait :

— Condor *One* à Cobra, Pontiac décroche et je vais suivre. Mais Parasite est aussi en train...

— Cobra au contact, coupa Bolan. J'ai vu.

Sur un des écrans TV, l'Exécuteur venait effectivement de voir la fourgonnette. Jusqu'alors collée au trottoir de Cimarron Street, celle-ci avait allumé ses feux et commençait à déboîter. Ou une relève s'amorçait, ou les pourris démontaient leur planque. Jouant sur les curseurs de commande du micro-laser, l'Exécuteur dirigea ce dernier vers la fourgonnette et, poussant le volume-réception à son maximum, il entendit presque aussitôt :

— ... était temps. J'ai envie d'un vrai lit.

Puis une autre voix, plus lointaine :

— Eh, les mecs... la moto. Regardez cette putain de moto. Elle est revenue !

Alerté, l'Exécuteur consulta les écrans et reçut un petit choc à l'épigastre. La petite cylindrée était bien là. Planquée entre deux véhicules, dans un renfoncement de trottoir. Et ceux de la fourgonnette l'avaient repérée. Il y eut des bruits divers dans la sono, suivis de la même voix :

— C'est moi, Eugenio. Passe-moi Jojo.

Un court silence suivit et Bolan comprit qu'on jouait du radio-téléphone à bord de la fourgonnette. Dommage qu'il ne puisse intercepter les propos du correspondant.

— Ouais, reprit la voix, c'est Eugenio, patron. On est en train de décrocher, mais cette putain de moto est encore là.

Un autre silence s'établit, avant que le type de la fourgonnette ne finisse par déclarer :

— O.K., patron. On s'en occupe.

Il y eut un déclic, puis une autre voix :

— Qu'est-ce qu'il a dit ?

— On le sèche, ce con. Roule. Je m'en occupe.

L'Exécuteur perçut très nettement le bruit d'une culasse d'arme et une petite boule se forma dans son estomac. Sur l'écran, la fourgonnette reculait pour sa dernière manœuvre de dégagement et la glace de portière avant côté passager s'était abaissée. A trente mètres de là, confiant dans sa planque, le motard en gris n'avait pas bronché. Déjà, d'un balayage panoramique éclair de la caméra de tourelle, Bolan avait visionné le décor extérieur. Heureusement, à cette heure, le quartier était désert et la circulation quasiment nulle. Devant l'immeuble de Gina Roberts, la fourgonnette était parvenue à déboîter et à cet instant, Bolan vit un coude se poser sur l'appui de portière. Grâce à la caméra infrarouge, il vit aussi très distinctement une forme noire serrée dans un poing. Une forme caractéristique que l'œil exercé de l'Exécuteur interpréta instantanément.

Ingram M.10. Le plus petit P.M. du monde était décidément très répandu.

Bolan jura sourdement. Il aurait préféré demeurer encore un moment dans l'ombre, mais une décision s'imposait. Sans quitter les écrans des yeux, l'Exécuteur avait déjà manipulé le clavier de son *war-computer*. Celui qui commandait les procédures « feu » du char de guerre. Il y eut un léger zonzonnement du côté du toit, puis un déclic au son huilé. La tourelle lance-missiles était opérationnelle. Un petit écran de visée couplé à l'ordinateur s'était allumé et une scène de rue apparaissait. Une image de synthèse aux contours légèrement frangés d'orange, montrant une enfilade de voitures en stationnement et la fourgonnette qui commençait à rouler. En surimpression, également orange, un croisillon luminescent entouré d'un cercle. Au centre de la croix, un point rouge clignotant. En haut de l'écran, le mot *fire* inscrit en vert s'était allumé. Le secteur était toujours désert.

— Cobra à cabine, lança Bolan à l'adresse de Gadgets. Procédure visée tourelle activée. Top moins cinq. Décrochage à l'impact.

Cela signifiait que le char de guerre devrait immédiatement s'éloigner du secteur après le tir.

— Bien compris, Cobra.

Le moteur du mobil-home gronda. De son côté, l'Exécuteur avait positionné le point rouge clignotant sur le mufle de la fourgonnette. D'un simple effleurement de curseur, il fit se stabiliser le point et cesser le clignotement. Dans le même temps, l'ordinateur avait mémorisé le point d'impact et activé l'admission de la visée automatique. Sur l'écran synthé, le point rouge suivait à présent chaque mouvement de l'objectif. Comme réellement collé à sa carrosserie.

— Top moins trois, énuméra la voix glaciale de l'Exécuteur.

Sur le moniteur TV, Bolan avait vu le bras armé commencer à émerger par la glace du fourgon. L'Exécuteur continuait à décompter :

— Top moins deux... moins un...

Son index avait enfoncé la touche rouge réfugiée dans une alvéole du clavier d'ordinateur. Celle-ci s'alluma, trois bips très brefs résonnèrent dans le module opérationnel et, simultanément, le mot *fire* de l'écran de visée s'alluma au rouge, tandis qu'au-dessus de la tête de Bolan, un chuintement aigu s'élevait. Un son désagréable, aussitôt suivi d'un grondement sourd, puis d'un choc léger.

— Top missile, lança l'Exécuteur dans le circuit radio intérieur.

Sur l'écran de visée, tandis que le char de guerre bondissait en avant, il y eut comme un flash, puis une brève traînée lumineuse. Un dixième de seconde plus tard, un énorme soleil rouge feu remplaçait le véhicule sur l'écran. Puis il y eut une explosion sourde qui fit tanguer le char de guerre et la fourgonnette fut transformée en chaleur et en lumière.

Gadgets n'avait pas attendu. Déjà, le char de guerre était presque au bout de Cimarron Street. La dernière image du secteur qu'enregistra Bolan sur l'écran TV fut une pluie de débris incandescents et quelque chose qui jaillissait de la tornade en zigzaguant.

Une petite moto qui s'enfuyait.

Pour le reste, les assurances n'allaient pas chômer. Cette fois, l'Exécuteur était réellement entré en guerre. Si, comme le croyait Bolan, les pourris avaient laissé un « mouchard » dans le secteur, le tocsin allait se déchaîner. Désormais, il allait falloir frapper très fort. Et très vite aussi. Avant que les rats ne rentrent sous terre.

***

— Je vous dépose à la maison, monsieur?

Peter était décidément un chauffeur très stylé. Une brute de karatéka doublée d'un flingueur hors pair, mais c'était un chauffeur qui savait rester à sa place. Choisi et imposé par John. Mais Michael Monterro ne s'en plaignait pas. Bien au contraire. Il aimait se savoir protégé.

— Oui, Peter. A la maison.

Mike Monterro était fatigué de cette histoire. Trop grosse. Trop sale pour lui. Jusqu'à présent, John n'avait exigé de lui que quelques « montages ». Notamment en négociant pour son compte la plupart des marchés entre certains fonctionnaires et les entreprises de construction, ou encore des contacts avec certains gros bonnets de la drogue. Des rencontres toujours très délicates, au cours desquelles les « enveloppes » changeaient de mains et où il fallait à la fois se montrer ferme et ménager les susceptibilités. Bien sûr, il avait parfois fallu également négocier quelques « contrats », mais jamais d'aussi pointus que celui du réveillon. Depuis ce dernier, Mike Monterro s'en réveillait la nuit. En sueur, malgré ses yeux ouverts, il « voyait » des scènes hideuses. Celles des photos pollaroïd que lui avait remises *Crazy-Bug* après le massacre. Des scènes insoutenables. Non pas qu'il éprouvât le moindre remords, simplement, ce spectacle figé des petits cadavres pleins de sang lui donnait la nausée.

C'était très inconfortable.

Mais il savait que tout ça finirait par s'estomper dans son souvenir et de toute façon, il n'avait pas le choix. On ne disait pas non à John.

Même quand on était son amant.

Une liaison qui durait depuis plus de deux ans. Principalement basée sur l'intérêt. Du moins, pour ce qui concernait Monterro. Avant, il n'était qu'un de ces prostitués parmi tant d'autres qui hantaient l'asphalte pentu de San Francisco. Puis il y avait eu cette rencontre avec John. Un homme mystérieux et secret, toujours réfugié dans l'ombre, travaillant en sous-main dans un domaine que Monterro n'avait pas immédiatement percé à jour. Puis le temps passant, il avait compris et cela l'avait excité. Il avait marché dans la combine. Sans états d'âme. Grisé, il avait connu les palaces, les voitures de classe, l'argent facile et les nights branchés luxe où l'on boit du Dom Pérignon comme ailleurs on boit du Coca. Une découverte pour lui. Une révélation. Le luxe. C'était devenu une obsession. Pour conserver tout ça, le beau jeune homme blond aurait traversé la baie de San Francisco à la nage malgré les fameux courants réputés si dangereux. Et puis il y avait l'argent. Depuis qu'il était avec John, Monterro avait les poches pleines de dollars. Il s'était même constitué un solide compte dans une banque des Bahamas. Grapillé dollar après dollar. Une manne précieuse en prévision de l'avenir. Car Mike Monterro le savait, un jour, il quitterait John et ses petites manies sexuelles. Ou bien il le tuerait.

En attendant, il fallait continuer.

Et continuer, en l'occurrence, c'était d'abord terminer cette histoire. Ce qui était pratiquement fait pour sa part. Il n'avait plus qu'à superviser. Le reste de l'opération était désormais assuré par le « service des basses œuvres ». Par Rudi Fovone et sa clique de porte-flingues. Par les sanguinaires.

La mafia.

— On est arrivé, monsieur.

Plus stylé que jamais, Peter avait conduit la Mercedes sans le moindre cahot et cette dernière venait effectivement de s'arrêter devant le porche aux colonnes vaguement ioniques de l'immeuble de Monterro. Une belle opération immobilière réalisée sous son contrôle et au dernier étage de laquelle John lui avait attribué un sublime duplex. Avec terrasse arborée et jacuzzi bouillonnant en plein air. Un must. Laissant Peter garer la voiture dans le parking en sous-sol, le jeune homme pénétra dans un hall dallé de marbre blanc, appela l'ascenseur et se retrouva au septième étage en quelques secondes. Il avait hâte de se détendre. Un peu de champagne, de la musique, la douceur de vivre. Dans la grande entrée également dallée de marbre blanc à cabochons gris, il referma la porte d'un coup de talon et, sacrifiant au rite immuable qu'il avait institué, il frappa dans ses mains pour déclencher l'allumage de deux monumentales torchères électriques sur pied, inondant les murs tapissés de cuir écru et les tableaux renaissance italienne de leur lumière dorée. Un gadget qui lui donnait l'impression de commander à d'invisibles esclaves. Comme à son habitude, Mike Monterro envoya ses chaussures valdinguer à la volée, sa veste atterrit sur le dossier d'un superbe fauteuil chinois en acajou incrusté de nacre. En chaussettes, il foula l'épaisse moquette blanche de l'immense living s'ouvrant sur la terrasse. Il passa derrière le bar, ouvrit une armoire-cave spécialement conçue pour son breuvage préféré, en sortit une des douze bouteilles de Dom Pérignon qui s'y trouvaient en permanence à dix degrés Celsius, la déposa dans un seau en argent offert par John. Il y fit tomber une provision de glace pilée, s'empara d'une coupe sur un rayon du bar et, portant le tout près du grand canapé en U occupant presque tout le living, il se vautra dans les coussins de cuir gris, ferma les yeux, préférant attendre que la glace ait accompli son « frappé » avant de faire sauter le bouchon. Mais, alors qu'enfin la détente tant souhaitée commençait à l'investir, il y eut comme un léger courant d'air dans sa nuque et une voix souffla à son oreille :

— Salut, ordure.

Simultanément, quelque chose de dur et de glacé s'était enfoncé derrière son oreille gauche.

CHAPITRE XXII

— Alors, *Mister X*, on me reconnaît ?

Le ton était nerveux et l'haleine sentait la nicotine. Avec quelque chose en plus. Une odeur légèrement amère. Et piquante. Un mélange bizarre. Il y avait des stups là-dessous. Peut-être la coke, mais Michael Monterro n'était pas un expert. Retenant une grimace de dégoût, il s'entendit répliquer, presque calmement :

— Parfaitement, Bug.

Dès le premier instant, il avait identifié la voix de *Crazy-Bug*. Tout en se demandant par quel sombre miracle le *killer* pouvait l'avoir retrouvé. En lui, passées les premières secondes de saisissement, la peur se tempérait d'incrédulité. Mais il fallait survivre et gérer la situation. Peter avait sans doute déjà regagné sa chambre du premier étage mais, pour l'alerter, Monterro ne pouvait qu'user de l'interphone qui les reliait. Un appareil situé dans l'entrée. Inaccessible. D'ailleurs, la chose dure et glacée s'enfonçait un peu plus derrière son oreille et la voix nerveuse insistait :

— Alors, *Mister X*, on a les foies ?

Toujours cette haleine désagréable.

— Bien sûr, admit Monterro en se forçant au calme. Une arme braquée sur soi fait toujours peur. Mais là n'est pas la question.

— Où elle est, la question, alors ?

— Que faites-vous ici et que voulez-vous ?

L'esprit de Monterro s'était remis à fonctionner presque normalement. Il avait entendu dire qu'un type vraiment décidé à tuer ne menaçait pas en discutant ainsi. Donc, Bug Tisch voulait autre chose. Du moins, dans l'immédiat. Le tuer ne venait qu'en second plan. Affermissant le ton, il insista :

— Comment êtes-vous entré, Bug?

— Par la terrasse, connard. Et par celles des immeubles voisins. Quant à tes serrures, c'est de la merde, pour un type comme moi. Pour savoir où tu créchais, pas très compliqué non plus.

Tisch raconta l'histoire du ticket de pressing, le meurtre du gardien, son enquête. Triomphant, il acheva :

— Des Monterro, dans le coin, y en avait trois. Facile de remonter la piste. Pour le reste, les gens bavardent, tu sais, beau blond. Suffit d'écouter.

Monterro soupira :

— Que voulez-vous, Bug?

Un ricanement sec lui arriva dans la nuque.

— Te tuer, *Mister X*. Juste te buter. Rien que pour qu'il y ait une ordure de moins sur cette putain de planète. Je suppose que tu sais pourquoi?

— Bien sûr, Bug. Bien sûr, que je le sais. Mais vous vous trompez. Je ne suis pour rien dans vos ennuis.

— Ben voyons! grinça le tueur.

— Je vous le jure, Bug. D'ailleurs, ce n'était qu'une bavure.

— Une bavure, hein?

Le canon de l'arme avait tremblé derrière l'oreille de Monterro.

— Si vous ne me croyez pas, téléphonez à votre amie. Je veux dire à Gina Roberts. Elle, elle sait déjà.

A cet instant, Mike Monterro bénit la décision qui avait été prise par Fovone dans la soirée. Refoulant tant bien que mal sa peur, il résuma la situation au tueur, occultant évidemment ce qui avait dû se passer au niveau des petites tortures endurées par la topless. A l'issue de son exposé, il lui sembla enregistrer un léger mollissement dans la pression de l'arme contre lui. Poussant ce qu'il interpréta comme un avantage, il insista encore :

— Appelez votre amie, Bug. Vous verrez que je suis sincère. Le téléphone est sur le bar.

C'était un appareil portable que le tueur finit par aller chercher. Puis menaçant toujours le blond du 93R dont il ne s'était jamais séparé au cours de sa cavale, il composa le numéro de Gina Roberts.

Celle-ci répondit presque aussitôt.

— Bug! s'écria-t-elle en reconnaissant sa voix. Bug! Mon Dieu! Je suis soulagée de t'entendre!

— T'es seule? coupa le Portoricain.

— Oui, oui, Bug!

Pour la suite, *Crazy-Bug* n'eut même pas à interroger Gina. Spontanément, elle raconta l'histoire de l'attaché-case sans même penser à se plaindre des petits désagréments qui avaient précédé. Et cette fois, Tisch fut ébranlé. Monterro le comprit en voyant le canon du terrible Beretta s'abaisser progressivement. Pourtant, une lueur de doute persistait au fond des prunelles sombres de Tisch.

— Combien tu dis, pour le fric?

— Quatre-vingt-dix-neuf billets, Bug! Des billets de mille. Parole!

Monterro voyait les pensées du tueur défiler dans ses yeux. Le doute était installé en lui. Il y avait d'ailleurs de quoi. Il pouvait maintenant profiter de son fric et la mise en demeure qui lui était faite de quitter les USA crédibilisait la bonne foi de ses employeurs.

— Bug!

— Ouais!

— Ecoute, j'ai peur. Il y a eu une explosion dans la rue, pas très loin d'ici. Un truc dingue! Maintenant, c'est plein de pompiers et de flics. Je... j'en ai marre, de tout ça! Je...

— Ça va! coupa le tueur. Tu bouges pas, je te rappelle.

Il raccrocha le portable puis, clouant Monterro de son regard un peu trop fixe, il grogna :

— C'est pas tout. J'ai besoin de fric tout de suite. Envoie. Et me dis pas que t'en as pas ici. Tous les mecs dans ton genre en ont. Magne.

— Mais...

— Fais gaffe, connard, coupa le tueur en relevant le canon de son arme. Fais gaffe à ta sale peau blanche.

Monterro n'avait protesté que pour la forme. Il savait maintenant qu'à moins d'y être obligé, Bug ne tirerait plus. Cela aurait risqué de déchaîner une nouvelle chasse à l'homme contre lui.

— Bon, soupira-t-il, apparemment vaincu. Mais je n'ai pas beaucoup, ici. A peine deux mille.

Un chiffre crédible et suffisamment alléchant pour un type en cavale. Les deux mille, il les avait vraiment. Désignant les casiers du bar, il questionna :

— Je peux?

— Magne, répéta le Portoricain.

Monterro passa derrière le bar, débarrassa un casier des trois bouteilles qu'il contenait. Pendant qu'il en faisait glisser le fond pour dévoiler une étroite cachette où se trouvait effectivement une liasse de billets verts, Tisch fit sauter le bouchon d'un magnum de Hennessy et en avala trois grosses gorgées directement à la bouteille. Un petit remontant qui n'était pas du luxe! S'essuyant la bouche d'un revers de sa main armée, il rafla la liasse que lui tendait le blond en grinçant :

— T'as bien fait de pas essayer d'attraper un calibre ou un truc comme ça, connard.

Et il eut un petit mouvement expressif de l'index sur la détente du 93R. Se penchant ensuite par-dessus le comptoir en laque noire, il gronda :

— Salut, minable.

Puis son bras armé se détendit comme la foudre et la crosse du Beretta cogna si fort que Monterro eut l'impression que son crâne éclatait. Mais, à l'ultime quart de seconde, il avait esquissé un mouvement de retrait du buste et au lieu de lui percuter la tempe, l'arme avait frappé légèrement plus bas. Groggy, le blond s'écroula dans les casiers du bar. Il sentit confusément quelque chose de chaud lui couler sur le visage, vit la grande silhouette claudicante de Tisch disparaître de son champ de vision et il se dit qu'il allait perdre connaissance. Il ressentit une nausée, sombra dans une espèce de monde glauque et angoissant, avant de réémerger dans le conscient. Un malaise qui n'avait pas duré plus de quelques secondes car, en toile de fond sonore, il avait perçu le claquement de la porte d'entrée. Il se traîna jusqu'à la terrasse, essuya le sang de son visage d'un revers de manche, alla s'accouder au garde-fou de verre fumé, respira le plus calmement possible plusieurs bouffées d'air tiède et se sentit un peu mieux. Il allait rentrer quand, tout en bas, son regard accrocha une silhouette qui sortait de l'immeuble. Une silhouette claudicante dont la vue le fit frissonner.

Sa perte de conscience avait vraiment été brève. Fasciné par cette image de la mort qui partait, il vit Tisch monter dans une petite Berline Omni Dodge rouge qui démarra aussitôt, évitant de peu un van gris débouchant d'une transversale. Toujours nauséeux, il rentra dans le living, s'empara du téléphone et s'écroulant dans les coussins gris du grand canapé, il composa un numéro en grimaçant de douleur.

Sous son crâne, des hordes de chevaux emballés galopaient.

— Quel con, ce mec!

La voix de Gadgets avait résonné dans le circuit intérieur et l'Exécuteur qui observait les écrans du module opérationnel comprit. L'insulte s'adressait au conducteur de la voiture qui venait de déboucher sur leur gauche comme un boulet. Une petite Dodge Berline Omni rouge qu'ils avaient évitée de peu.

— Condor *One* appelle Cobra.

Rappelant Bolan aux événements, la voix de Blancanales était presque entièrement couverte par les parasites. Son regard toujours accroché à l'écran où l'on voyait s'approcher la façade du bel immeuble à colonnade ionique, Bolan répondit aussitôt :

— Cobra reçoit, Condor *One*. Où es-tu?

— Au point terminal de la Pontiac, Cobra. Condor *Two* vient de confirmer point terminal identique pour gibier Avis. Nom du terminal, *Century Cars*.

L'Exécuteur aurait pu parier là-dessus. Un éclair glacé passa dans ses prunelles.

— Demande instructions, fit encore la voix de Blancanales.

L'Exécuteur commanda :

— Procédure sous-marin pour Condor *One*.

En clair, la planque.

— Reçu cinq sur cinq, Cobra.

— Et pour moi? interrogea la voix un peu plus claire de Grimaldi.

— Pour Condor *Two*, retour sur planque secteur N° 1. En vitesse.

Il ne fallait pas laisser Gina Roberts trop longtemps sans surveillance. Bolan était persuadé que les choses n'étaient pas finies de son côté. Bien qu'ayant apparemment décroché, les pourris ne la lâcheraient sûrement plus. Elle était leur seul lien avec Tisch. Elle était également le seul vrai fil conducteur entre Tisch et l'Exécuteur.

— Bien compris, Cobra.

Puis ce fut le silence radio et Bolan prit le temps d'analyser la situation. Il savait maintenant que les hommes de Fovone étaient eux aussi sur la piste de Bug Tisch, que la maîtresse de celui-ci était sous surveillance et que vraisemblablement on allait essayer de tendre un piège au tueur par l'intermédiaire de Gina Roberts. Logique. Restait à savoir quels éléments étaient en ce moment en possession du *capo* de L.A. et pourquoi ses équipes avaient si soudainement décroché. Aux yeux de l'Exécuteur, la seule personne qui puisse le renseigner sur tous ces points à la fois était le mystérieux passager de la Mercedes. Ce Michael Monterro. Parce que sa planque de ce soir ressemblait fort à celle d'un *supervisor*. Un chef tactique dont les exécutants ne connaissaient même probablement pas l'identité. Aussi Bolan avait-il préféré venir au contact de Monterro, plutôt que d'attaquer de front les sous-fifres de service. Cette nuit, peut-être que l'homme à la Mercedes lui apprendrait ce qu'il ignorait encore : qui avait commandité le massacre du réveillon.

Vêtu de sa combinaison noire, l'Exécuteur vérifia le chargement du Beretta 92F, fit monter la première des quinze ogives de 9mm Parabellum du chargeur dans le canon et, verrouillant la sûreté, il glissa l'arme dans sa ceinture. Puis, accrochant la bretelle d'un talkie-walkie à son épaule, il enfila une ample veste de léger coton par-dessus le tout, avant de lancer dans le circuit intérieur :

— Cobra à cabine.

— Cabine écoute?

— J'y vais. En cas d'urgence, précisa-t-il en tapotant le talkie-walkie sous sa veste, appelle sur *for chanel*.

— Bien compris, Striker.

— Oui, John, je vais bien.

Mike Monterro n'allait pas si bien que cela. Le coup de crosse lui avait provoqué un énorme hématome et une croûte de sang commençait à se former sur sa pommette. De plus, une céphalée insupportable lui vrillait le cerveau. Mais il n'avait pas le choix. Il fallait que John soit au courant. Un John facile à joindre. A cette heure, comme tous les soirs, quand Monterro n'était pas avec lui, celui-ci assouvissait ses fantasmes. Toujours au même endroit. Le *Fatima's*. Lieu de perdition bien mal nommé, car les femmes n'y constituaient qu'une infime partie du public. Quant au personnel et aux artistes de la revue, tous étaient du sexe masculin... Une boîte chic, dont John détenait en sous-main la majorité des parts, et où il passait presque toutes ses soirées. Voire ses nuits. La voix précieuse et légèrement altérée, sans doute par la fumée du hasch, John s'inquiéta :

— Tu es sûr que tu vas bien, Mike?

— Oui! soupira Monterro.

Sur fond de musique orientale, John insista :

— Es-tu certain que cet imbécile est bien reparti ?

— Oui, assura le blond. Certain.

Il parla de la petite Ford Omni rouge, avoua qu'il n'avait même pas songé à en relever le numéro, mais John ne parut pas s'en émouvoir.

— Un peu de patience, Mike. Le cas Tisch réglé, l'affaire Noël Rouge sera réglée en son temps, acheva ce dernier avant de raccrocher.

— Oui, John, répéta machinalement Monterro. L'affaire Noël Rouge sera réglée.

Puis il raccrocha à son tour en palpant délicatement sa blessure. Il avait vraiment très mal.

— L'affaire Noël Rouge ? interrogea une voix dans son dos.

CHAPITRE XXIII

Il sembla à Mike Monterro qu'il recevait une décharge électrique en plein cœur. Son sang s'était instantanément figé dans ses veines et son cerveau douloureux résonna comme un gong fou. Derrière lui, la voix grave et profonde ressemblait à celle du jugement dernier.

— L'affaire Noël Rouge ? répéta la voix derrière lui. Pour moi, ce massacre ne sera jamais une affaire classée, Monterro. Jamais.

Il y eut un glissement sur sa gauche, puis une ombre redoutable apparut dans son champ de vision. Une ombre noire. Comme la mort. Dans le poing de l'apparition, il y avait un gros automatique et Monterro se demanda s'il n'était pas en train de cauchemarder. Cette arme ! Ce pistolet avec cette espèce de poignée escamotable devant le pontet et ce chargeur surdimensionné... c'était l'arme de Tisch. Il se dit que le tueur avait un complice et que ce dernier était venu faire ce que Tisch avait différé.

Le tuer.

— Qui... qui êtes-vous ? s'entendit-il murmurer d'une voix cassée.

La grande ombre noire s'était immobilisée de l'autre côté du U de cuir gris et, dans la face granitique inconnue, le regard d'acier semblait presque fluorescent à force d'intensité. Comme une vague qui enfle en abordant le littoral, la peur de Monterro était revenue au galop. Elle lui faisait mal partout, l'empêchait de respirer. La gorge nouée et les yeux hallucinés, il parvint à répéter :

— Qui êtes-vous?

— Mon nom est Bolan. Mack Bolan.

Tout d'abord, le blond crut avoir mal entendu, puis il se dit que le complice de Tisch faisait de l'humour noir et enfin, l'évidence le frappa dans toute son horreur.

Mack Bolan le Fumier. Mack Bolan la mort!

Ce fut comme un énorme coup de poing en pleine poitrine. Une suffocation générale qui ne pouvait déboucher que sur le néant. Malade de peur, Monterro respirait à tout petits coups, la langue pointant entre ses lèvres desséchées. Comme un chien qui halète sous la chaleur.

Mais lui, il avait froid.

Tout en lui s'était subitement glacé et il semblait que plus rien ne puisse jamais le réchauffer. Soudain, l'athlète en noir sauta par-dessus le canapé, se retrouva tout près de Monterro, le dominant de toute sa taille, ne le quittant toujours pas de son regard de juge implacable. Sur sa face paraissant taillée dans le cuir, pas un trait ne bronchait. Le calme de la pierre, la dureté de l'acier. Il répéta sans quitter Monterro de ses prunelles apparemment sans vie :

— Mon nom est Mack Bolan... et je suis venu te tuer.

Il avait dit cela doucement. Presque gentiment. Mais tout au fond de ses yeux, une lueur polaire brillait. Si fugitive que le blond crut l'avoir imaginée. Au prix d'un effort surhumain, il parvint à simuler l'incrédulité pour déclarer d'un ton qui se voulait dédaigneux :

— Vous êtes fou.

— C'est vrai, rétorqua l'Exécuteur. Je suis fou, Monterro. Fou de douleur. Fou de chagrin et fou de rage. Fou de haine aussi.

Un sourire flotta une seconde sur les lèvres de l'homme en noir avant qu'il n'ajoute sur un ton d'évidence :

— Tu as raison.

Mais alors que Monterro s'attendait à mourir à chaque instant, il vit le Grand Fumier se pencher en avant et sortir le Dom Pérignon de son seau. Puis, comme dans un film où la bande-son serait en décalage avec l'image, il assista au spectacle le plus insolite jamais vu par lui.

L'Exécuteur débouchait la bouteille !

— Qui t'a fait ça ? questionna-t-il à brûle-pourpoint, en désignant la blessure du blond.

— Bug Tisch.

— Hein ?

L'Exécuteur s'était figé. Monterro lui raconta la visite du tueur et son départ dans la Dodge rouge. Bolan comprit qu'il n'avait raté le *killer* que d'une vingtaine de secondes et quelque chose en lui se crispa. Mais l'heure du tueur viendrait à son tour.

Quand le bouchon sauta, Monterro tressaillit et l'Exécuteur eut encore ce sourire qui ressemblait à une condamnation. Tandis que le breuvage moussait lentement dans les coupes, Bolan reprit ce qui semblait être une sorte de monologue :

— Tu as eu raison, Monterro. Raison d'aimer le luxe et les bonnes choses. Raison d'en profiter. On devrait toujours faire comme ça. Toujours profiter du bon et de beau... tant qu'on est vivant.

Figé, Mike Monterro suivait chaque geste de Bolan d'un regard fasciné. Ses pensées en tempête chaviraient dans sa tête et pendant ce temps, les grandes mains puissantes qu'on sentait près de tuer accomplissaient des gestes simples.

— Buvons, Monterro.

Sans qu'il ait vraiment suivi le mouvement, le blond se retrouva avec une coupe en main, ressentit un tout petit choc dans les doigts et la vibration cristalline résonna en un étrange toast.

— Buvons, répéta l'Exécuteur en se laissant aller sur les coussins.

Monterro aurait voulu dire quelque chose, se trouver une justification, expliquer qu'il n'était pour rien dans le montage du massacre et qu'il n'avait joué qu'un rôle d'intermédiaire. Mais en voyant les yeux inexpressifs fixés sur lui, il se dit que ce n'était pas la peine.

— Buvons, insista l'Exécuteur.

Il but une gorgée de champagne, leva la coupe dans la lumière des abat-jour et dit :

— C'est beau, n'est-ce pas?

— Oui.

Monterro ne sut pas pourquoi il avait répondu. Tout son être était tendu dans l'attente de cette mort qu'il savait inéluctable et voilà que des mots de tous les jours sortaient de sa bouche. Un décalage qui lui sembla monstrueux. Qui lui fit peur aussi. Car il avait l'impression d'être déjà mort.

— Je ne comprends pas, Monterro.

— Comment?

Le blond n'avait toujours pas levé sa propre coupe et l'Exécuteur lui adressa un geste d'invite :

— Bois aussi, Monterro. Bois. Il faut célébrer la beauté, la pureté et l'innocence.

Un instant, le blond se prit à espérer. L'Exécuteur était fou. Réellement fou. Peut-être qu'il suffirait de lui obéir et il repartirait comme il était venu. En ayant assouvi son fantasme morbide.

— Je ne comprends pas, répéta Bolan.

— Quoi?

— Bois.

Cette fois, c'était un ordre. Le canon du 93R s'était légèrement redressé et visait directement sa tête. Alors, l'esprit toujours chaviré et une espèce de nausée au fond de l'estomac, Monterro but à son tour.

— C'est bon, n'est-ce pas? répéta l'Exécuteur.

— Oui.

Pour un peu, on aurait dit deux amis fêtant quelque événement heureux. Mack Bolan avala une autre gorgée, sembla se détendre un peu plus et, levant les yeux vers nulle part, il répéta pour la troisième fois :

— Je ne comprends vraiment pas.

— Quoi? eut encore la force de répéter Monterro à son tour. Qu'est-ce que... vous ne comprenez pas?

L'Exécuteur sembla se perdre un moment dans de sombres pensées, finit par lâcher, songeur :

— Je ne comprends pas pourquoi des types comme toi existent.

Il n'y avait rien à dire à cela et le blond ne répondit pas. Il y eut un moment de silence, seulement troublé par le pétillement du breuvage emplissant de nouveau les coupes. Puis la bouteille sonna sur le plateau de la table basse et le silence revint.

Jusqu'à ce que l'Exécuteur ordonne encore :

— Bois.

Tout en Monterro refusait d'avaler la moindre goutte, mais il but pourtant. Comme hypnotisé par cette présence qui semblait emplir tout l'espace. Il y eut ensuite une autre période de silence.

— Il ne fallait pas, Monterro.

Les coupes étaient vides et la bouteille aussi. Monterro se sentait un peu ivre. Une impression de détachement l'avait peu à peu investi et il avait moins peur.

— Il ne fallait pas, répéta Bolan. Pas eux. Je veux tout savoir, maintenant. Absolument tout. Raconte.

Il ne menaçait pas, ce n'était pas la peine. Anéanti, Michael Monterro n'était plus rien. Il avait atteint le fond, il avait perdu et il le savait. Alors, il parla. Mais il ne voulait pas mourir sans combattre. A sa manière. Il dit tout ce que Bolan voulait entendre, à quelques détails près. Car il mentit aussi. Notamment lorsqu'il fut question des allées et venues du motard entre le domicile de Gina Roberts et la fourgonnette Avis. Mais il ne mentit que sur ce point. Pour se venger du coup reçu par Tisch. Puis il enchaîna sur des détails, répondit à des questions et se tut enfin, à bout de mots, à bout de souffle. Il avait fini.

Finalement, il n'avait pas parlé longtemps.

Car outre les sous-fifres comme Tisch, Jojo Borli ou même Rudi Fovone, de tous les décideurs du plan « Noël Rouge », Mike Monterro ne connaissait qu'un seul nom, mais un nom d'importance capitale. Celui de l'homme de l'ombre : l'organisateur.

Celui qu'aucun lien direct n'attachait à la mafia et auquel les ordres arrivaient par on ne savait quel canal. De la *Commissione*... ou de plus haut encore.

Un nom que personne, à part lui et peut-être le *capo di tutti capi* du sommet ne connaissait. Un nom sorti de la nuit et qu'en quelques phrases et quelques réponses, Monterro mit à nu et à jour.

— John.

— John qui ?

Michael Monterro sursauta. Surpris. Il ne s'était même pas entendu prononcer le mot « John ».

— John qui ?

La voix d'outre-tombe ne s'impatientait pas. Les choses suivaient leur cours, il suffisait de les canaliser.

— John qui ?

Pour Monterro, c'était dur. Pas vraiment une question d'honneur, pas de sentiments non plus. John n'était qu'un vieil amant à la fois pervers et lassant. C'était seulement dur à cause du renoncement à résister. Il finit pourtant par céder. Il se rendit d'un coup. Comme on meurt.

— John Philip Romero, lâcha-t-il dans un souffle.

Puis il mourut effectivement.

Il n'y eut qu'un léger « flop ». Sous la frange des cheveux blonds, le front lisse et pâle s'était soudain brisé, libérant un peu de sang. Monterro ouvrit de grands yeux étonnés, sa tête catapultée en arrière parut rebondir sur les coussins de cuir gris... et rouge, tandis qu'un étrange soupir, rauque et bref, s'échappait de sa bouche demeurée ouverte.

Mack Bolan commença d'énumérer :

— Ils s'appelaient Jil...

Mais Monterro ne bougeait plus. Il ne donnerait plus jamais l'ordre de tuer des enfants. Alors, à quoi bon...

CHAPITRE XXIV

Mack Bolan demeurait immobile, le 93R toujours dans sa main, contemplant le mort et l'esprit déjà ailleurs. Il serait peut-être resté là longtemps encore, à laisser son esprit vagabonder autour de souvenirs assassinés, si le bip sonore du talkie-walkie n'avait subitement résonné sous sa veste. Arraché à ses pensées, il entendit la voix déformée d'Herman Schwarz lancer dans l'appareil :

— Base appelle Cobra, Base appelle Cobra...

— Cobra écoute.

— Ça bouge, Striker, annonça Gadgets d'un ton pressé. Condor *Two* vient d'appeler.

Condor *Two*, c'était Grimaldi. Il avait établi sa nouvelle planque devant le domicile de Gina Roberts. Bolan demanda :

— Et alors?

— Alors, répondit Herman Schwarz, l'oiseau sous contrôle vient de quitter le nid. En taxi. Avec des bagages.

L'oiseau sous contrôle s'appelait Gina et sa brusque sortie ressemblait furieusement à un départ en voyage. Gadgets avait raison, ça bougeait.

Ça se précipitait même un peu.

— Bien compris, jeta l'Exécuteur. Qu'il suive, on reste en contact, je te rejoins.

Deux minutes plus tard, il s'engouffrait dans le char

de guerre. Juste à l'instant où la voix de Blancanales éclatait dans le circuit radio.

— Condor *One* à Cobra. Condor...

— Cobra écoute.

— La Pontiac vient de quitter le garage.

— Bien reçu, Condor *One*. Tu suis et tu restes en contact.

Ça bougeait presque trop. Un moment plus tard, la radio annonçait à Bolan que Gina Roberts avait changé de taxi à deux reprises et, cette fois, il fut certain que les événements allaient se précipiter.

Gina rejoignait sûrement Bug Tisch.

Empruntant une bretelle à hauteur de Vernon Avenue, le char de guerre se retrouva sur Harbor Freeway, en direction du nord. Mais alors qu'il roulait depuis un bon moment et qu'il voyait poindre les grandes rampes lumineuses de l'échangeur de Santa Monica Freeway, Grimaldi intervint à la radio :

— Condor *Two* à Cobra, on a de la visite.

— Cobra demande précisions, Condor *Two*.

— Un ange gardien pour l'oiseau. Une Ford bleue.

Suivit l'immatriculation, la position par rapport au taxi et à Condor *Two*, plus le nombre de passagers de la Ford. Quatre.

— Pas d'autres anges gardiens, Condor *Two*?

— Apparemment négatif, Cobra. Mais la Ford a le téléphone.

Ses occupants pouvaient donc guider d'autres voitures suiveuses. Tout ça ressemblait fort à un beau guet-apens.

— Bien compris, Condor *Two*. Je serai au contact dans un instant. Tu passeras alors devant tout le monde.

— Bien compris, Cobra.

Le char de guerre avait presque réussi à opérer la jonction avec Grimaldi, quand la voix de Blancanales intervint :

— Condor *One* appelle Cobra.

— Cobra écoute.

— La Pontiac vient d'emprunter embranchement Boyle Heights District. Roule à présent sur San Bernardino Freeway. Je suis toujours?

— Affirmatif, Condor *One*.

L'Exécuteur se souvenait parfaitement d'avoir entendu Rosario parler plus tôt d'une antenne de téléphone à propos de la Pontiac. Ses soupçons étaient en train de se vérifier. Ceux de la Ford et ceux de la Pontiac allaient maintenant se relayer pour filer Gina Roberts. Et rien ne prouvait que c'étaient les seuls véhicules impliqués dans l'affaire.

— On y est, jeta bientôt Herman Schwarz dans le circuit intérieur. Jonction Condor *Two* réalisée.

L'Exécuteur put le vérifier par la vidéo. Le van roulait maintenant à environ cinquante mètres derrière la voiture de Grimaldi. Bolan le fit savoir à l'intéressé et ce dernier appliqua aussitôt la consigne en dépassant la Ford bleue et le taxi qu'elle suivait. Malheureusement, il fut impossible d'utiliser le micro-laser pour écouter ce qui se disait chez les pourris. Trop de bruits parasites. Il y avait relativement peu de circulation et le cortège s'engagea bientôt sur San Bernardino Freeway, avant de passer l'échangeur de State University et d'aborder Monterrey. Jusque-là, ça faisait déjà une balade de presque quinze miles. Une promenade sans histoire qui s'étira encore sur trois à quatre miles, avant que la voix de Gadgets n'annonce à la manière d'un chauffeur de bus :

— El Monte!

Une petite lueur s'alluma dans les prunelles de l'Exécuteur. Maintenant, il se faisait une petite idée de l'endroit où se rendait Gina Roberts.

El Monte RTD Bus Station.

Miss Roberts allait prendre le car. Restait à savoir si c'était pour cette nuit et si c'était là qu'elle retrouverait Bug Tisch. Il en fit part aux Condors et presque aussitôt, Grimaldi le rappela :

— Condor *Two* à Cobra, jonction RTD bouclée.

Au même moment, Blancanales annonçait de son côté :

— Condor *One* à Cobra, jonction Pontiac-RTD opérée. Contact Condor *Two* confirmé et Ford bleue anges-gardiens dans collimateur.

— Bien compris, Condor *One* et Condor *Two*, répondit l'Exécuteur. Serai au contact dans une minute. Décrochez aussitôt, conservez radio *on*.

Inutile de se faire repérer tout de suite.

Le char de guerre arriva sur place une minute plus tard et tandis qu'il lançait l'ordre de repli à ses amis, Bolan repéra les positions du comité d'accueil. La Ford stationnait juste derrière le *RTD Customer Service Center* et la Pontiac était allée se poster de l'autre côté de l'esplanade, près des palissades du chantier du nouveau *Santa Anita Store Building*, tandis que le taxi de Gina Roberts repartait, laissant cette dernière et ses bagages devant l'*acces bus* 764. Celui dont la course s'achevait à Cucamonga, à la correspondance du 496. Mais alors que l'Exécuteur demandait à Gadgets d'aller poster le van de l'autre côté de Santa Anita Boulevard Sud, il vit deux hommes quitter la Pontiac. L'un d'eux avait les mains dans les poches, l'autre portait une petite sacoche noire suspendue à l'épaule. Tous deux disparurent derrière les palissades, par une porte de chantier.

— Tu as vu, Striker? demanda Gadgets par le circuit intérieur.

— Affirmatif.

Il avait même vu autre chose. Une troisième voiture qu'il n'aurait pas remarquée sans la sortie des deux pourris de la Pontiac et sans le zoom X20 de la caméra infrarouge de la tourelle du van. Car juste au moment de refermer la porte de chantier, un des deux types avait tourné la tête en direction de Garvey Avenue. Une artère où ni les Condors, ni Bolan n'avaient remarqué quoi que ce soit, mais une avenue où, maintenant, une grosse conduite intérieure sombre venait de se garer, tous feux éteints.

Une Plymouth Berline Reliant noire, bleue ou gris foncé. Difficile à dire, surtout avec les infrarouges.

Une antenne de téléphone figurait sur le toit et il y avait trois hommes à bord. Le chauffeur et son voisin, plus un type sur la banquette arrière. Tapant aussitôt l'immatriculation du véhicule sur son clavier d'ordinateur, l'Exécuteur put instantanément vérifier ce qu'il avait déjà subodoré. La Plymouth appartenait à une des nombreuses sociétés dont Rudi Fovone détenait des actions. *Brent & Cowers*. Donc, elle faisait partie du comité d'accueil. Un comité d'accueil qui se montrait d'ailleurs d'une discrétion exemplaire, car, dans la minute qui suivit, l'Exécuteur eut la surprise de voir la Ford et la Pontiac décrocher subitement pour disparaître aussitôt. Incrédule, il se demanda ce que cela signifiait. Les deux types qui avaient pénétré sur le chantier ne portaient ni fusil, ni mallette suspecte et, d'où elle était, la Plymouth ne pourrait pratiquement pas intervenir si Bug Tisch se montrait. Pour elle, il ne s'agissait donc sûrement que d'une planque. L'observateur de service.

— Cobra à Condors *One* et *Two*, lança l'Exécuteur dans la radio.

Les deux Condors répondirent et il enchaîna :

— Gibiers en mouvement.

— Vu, affirmèrent-ils de concert.

Ils n'étaient pas allés très loin.

— O.K., fit Bolan. Vérifiez qu'ils quittent bien le secteur.

— Bien compris, Cobra. *Over*.

Pendant ce temps, Gina Roberts n'avait pas bougé. Elle demeura au même endroit, plantée comme un poireau devant la station des bus, son fourre-tout de voyage posé entre les pieds, un sac en vrai ou faux croco en bandoulière et un vanity-case assorti à la main.

Les Condors informèrent Bolan que la Ford avait effectivement quitté le secteur, tandis que la Pontiac était allée se garer dans une rue située derrière le chantier de *Santa Anita Store Building*.

— Bien compris, remercia-t-il. Restez dans le secteur.

Il avait effectivement compris. La Pontiac s'était retirée derrière le chantier pour y reprendre ses deux passagers.

— Qu'est-ce qu'on fait? questionna Gadgets de la cabine.

— *Stand by*, renvoya Bolan.

Une attente qui s'éternisait. Il était déjà plus de minuit et on aurait dit de tout cela une scène de film arrêté. Puis d'un coup, tout se remit en mouvement.

Une voiture apparut subitement à l'angle de Santa Anita Boulevard Nord. Une petite Dodge Berline Omni. Grâce aux autres caméras, Bolan put immédiatement vérifier sa vraie couleur : rouge.

Cette petite Omni était donc bien la Dodge rouge qui avait failli percuter le char de guerre un peu plus tôt, et dont feu Monterro avait confirmé qu'elle était la voiture de Bug Tisch. Glacé, l'Exécuteur activa le zoom de la caméra IR de la tourelle, découvrit un visage derrière le pare-brise, cligna les paupières, inspira fortement pour garder son sang-froid.

Crazy-Bug!

Comme sur les photos remises par Hal Brognola.

Mack Bolan sentit son cœur battre trop fort. Bug Tisch était là. Le tueur d'enfants... l'assassin de Jil. Là... presque à portée de main. L'Exécuteur éprouva une violente pulsion de mort, l'envie irrépressible de tuer. Puis, comme un flash, une image surgie du passé vint frapper son cerveau. Une image de jungle, de massacres et de misère. La guerre. L'image d'un vétéran du Vietnam qui, au soir d'un carnage anonyme, avait seulement dit :

— « Attention à la haine, garçons, elle peut vous tuer ou perdre votre âme. Sachez la dompter, elle vous servira la victoire sur un plateau. »

Des mots que le jeune soldat Bolan n'avait jamais oubliés.

— Cabine à Cobra, lança Gadgets dans la sono intérieure.

— Vu, lâcha l'Exécuteur d'une voix blanche.

Son regard rivé aux écrans, il suivait maintenant le mouvement de la petite Dodge. Tel un animal prudent, elle s'était avancée vers le terminal du *busway* San Bernardino et amorçait son virage pour revenir vers le complexe central, quand Gina Roberts tourna brusquement la tête et la vit. D'abord, il sembla que tout se figeait puis, tandis que l'Exécuteur effectuait un super-zooming sur la Dodge, la danseuse topless ramassa son fourre-tout, sauta le terre-plein central pour se ruer vers celle-ci. Déjà l'Exécuteur s'apprêtait à quitter le module opérationnel pour rejoindre Herman dans la cabine. Son plan ne se chargeait pas de complications particulières : il allait prendre la Dodge en chasse, la bloquer dans un coin et flinguer Bug Tisch dans la foulée. Le plus froidement possible. Une exécution sommaire sans fioritures, et sans états d'âme si possible.

Pourtant, il faudrait tenir compte des autres, qui eux non plus, malgré les affirmations de Mike Monterro, n'étaient pas venus là pour se distraire. Ils voulaient la peau de Tisch. Dans ces conditions, le dilemme de l'Exécuteur aurait dû être simple : faire ou laisser faire. Mais déjà Tisch n'était plus seul. La portière du passager de la Dodge venait de s'ouvrir et Gina Roberts s'engouffrait dans le véhicule.

Une Gina Roberts, dont les pourris n'avaient sûrement rien à foutre. Et l'Exécuteur comprit soudain pourquoi *on* l'avait laissée venir jusqu'ici : la couleur verte du sac d'épaule et du vanity-case assorti. Un beau vanity-case en croco... vert. Vert comme « ce vert vaguement brillant », dont avait parlé Grimaldi au moment où le motard remettait son paquet aux occupants de la fourgonnette Avis.

Le vanity-case!

Rien ne ressemblait plus à une petite mallette qu'un vanity-case comme celui que portait Gina Roberts. Sûrement celui dont avait parlé Jack. Le genre d'article de luxe qu'une femme n'abandonnerait certainement pas, même en cas de départ précipité. Les pourris aussi avaient pensé à ça. Sachant qu'elle rejoindrait Tisch tôt où tard, ils l'avaient d'emblée sacrifiée en la transformant en tueuse innocente. Il suffisait d'une charge de semtex habilement dissimulée dans la doublure ou le fond du bagage et d'une mise à feu par télécommande optique ou sonore. Petit montage effectué par des spécialistes planqués dans la fourgonnette Avis. D'où le manège du motard à la Kawa quelques heures plus tôt et qui avait paru alors inexplicable.

Le sac était une bombe !

— Go ! lança-t-il soudain dans la sono intérieure. Fonce !

Son idée était d'interposer le char de guerre en écran entre la Dodge et le chantier. Car il en était sûr, c'est de là que jaillirait la mort de Bug Tisch. De Tisch et de Gina. Déjà, il avait empoigné le Beretta 93R et dégagé le cran de sûreté. Il arriva dans la cabine de pilotage comme un boulet en grondant de nouveau :

— Fonce !

Mais à la même seconde, à moins de cinquante mètres, il y eut un éclair violent, suivi d'une explosion dévastatrice qui fit tanguer le char de guerre : la petite Dodge rouge venait d'exploser.

Ce fut un véritable ouragan de feu, de tôles et de débris divers. L'Exécuteur vit des corps se déchiqueter tout autour et des voitures prendre feu. Un bus qui déchargeait ses voyageurs à quelques mètres parut repoussé par une main géante et plusieurs personnes furent fauchées par une plaque de tôle. Des hurlements montèrent dans la nuit, aussitôt balayés par d'autres explosions. L'infernale chaleur des premiers brasiers faisait exploser les réservoirs en chaîne. Des dizaines d'innocents désarticulés gisaient un peu partout, tués ou blessés. Des hurlements s'élevaient et des automobilistes pris de panique bousculaient en fuyant tout ce qui se trouvait sur leur passage.

— *Shit!* gronda l'Exécuteur. *Shit, shit shit*!

Non seulement il n'avait pas lui-même exécuté le bras armé du massacre de Jil et des enfants, mais en plus, l'opération se soldait par un carnage d'innocents.

CHAPITRE XXV

— La bagnole ! cria Gadgets. Elle fout le camp !

Bolan tourna la tête, vit la Plymouth quitter sa planque et traverser la place comme une fusée en direction de San Bernardino Freeway. Mais il avait une autre idée en tête.

— Fonce ! lança-t-il à Gadgets. Derrière le chantier !

Il voulait ceux de la Pontiac. Il s'occuperait de la Plymouth après. Dans la radio mobile du tableau de bord, il appela les Condors.

— Qu'est-ce qui se passe ? questionna la voix tendue de Grimaldi.

— La Plymouth, éluda l'Exécuteur en donnant les coordonnées de cette dernière. Filature en longue-corde, recommanda-t-il, soucieux de la sécurité de ses amis. Contact radio permanent.

— Bien compris, Cobra, répliquèrent les deux voix.

Pendant ce temps, le char de guerre avait bondi en avant. Contournant la zone sinistrée où la panique battait son plein, il avait viré à l'angle de Santa Anita et Garvey Avenue se profilait déjà. Pied au plancher, Gadgets pilotait comme un crack de formule 1. Quand le van déboucha sur Garvey Avenue, l'Exécuteur, mini-Uzi en main, déverrouilla le panneau de sortie latéral à l'instant où la Pontiac reculait précipitamment contre la palissade sud du chantier. Une de ses portières arrière s'était ouverte, maintenue par une main anonyme. A cinquante mètres, la voiture de Grimaldi stationnait en double file. Au même moment, un pan de palissade s'ouvrit, livrant passage aux deux pourris qui s'y étaient planqués. L'un d'eux portait la sacoche noire en bandoulière, l'autre brandissait un court fusil à pompe sans crosse, type Pistol Grip. Une arme que l'Exécuteur n'avait pas remarquée lors de leur entrée sur le chantier. Elle devait être enfilée dans le pantalon du type, système de planque usuellement pratiqué par certains agents du *secret service* US. En voyant le mobil-home foncer sur la Pontiac, celui qui tenait le fusil cria quelque chose et abaissa son arme, canon pointé vers le van. A cause de la circulation, Bolan ne pouvait pas utiliser la grosse artillerie, mais ça ne l'empêchait pas d'agir.

Dans sa paume, le PM israélien tressauta brièvement en chantant sèchement son hymne à la mort : une courte rafale de cinq ogives de 9mm Para qui alla frapper le type au fusil de plein fouet. Cœur éclaté, celui-ci partit en arrière, écroulant le panneau de palissade avec lui, appuyant instinctivement sur la détente du riot-gun. Une forte détonation fit trembler l'air et le pourri à la sacoche crut bien faire en plongeant une main sous sa veste, découvrant un holster d'épaule. Sa paume ne s'était pas encore refermée sur la crosse de son arme qu'une nouvelle rafale lui faisait sauter tout le haut du crâne. Du sang et de la cervelle giclèrent, éclaboussant la carrosserie sombre de la Pontiac. Le type à la sacoche n'avait pas fini de s'écrouler sur son copain que le chauffeur de la Pontiac essayait de démarrer. Mais Gadgets l'avait devancé. D'un coup de volant, il avait pointé le mufle du char de guerre contre son aile gauche et le massif pare-chocs en acier renforcé écrasa l'aile de la Pontiac sur sa roue. Si fort que le pneu éclata. La petite explosion du caoutchouc se confondit avec la troisième rafale de la mini-Uzi. La lunette arrière de la voiture éclata et la tête de celui qui tentait de refermer la portière parut frappée par la foudre et disparut. Dans le même temps, l'Exécuteur avait sauté à terre. D'un coup de crosse, il fit voler la glace du chauffeur en éclats, plongea son bras dans l'ouverture et percuta sèchement la pommette du conducteur du canon de la mini-Uzi.

— Qui est dans la Plymouth? gronda-t-il d'une voix sépulcrale.

Le chauffeur, un gros au faciès de porc, avait encore la main droite posée sur la carcasse noire d'un petit Ingram M.10, l'index déjà en contact avec la détente. Complètement dépassé, il bégaya :

— Jo... Jojo Borli.

— Qui est-ce?

— Je... *caporegime.*

— *Caporegime* de qui?

— Fo... Fovone.

— Thanks, fit l'Exécuteur.

Cette fois, il n'eut qu'à effleurer la détente du petit PM et trois projectiles seulement suffirent à faire éclater la grosse tête du pourri.

Gina Roberts était vengée.

D'une glissade de côté, l'Exécuteur ramassa la sacoche tombée à terre et, d'un saut acrobatique, bondit dans l'ouverture latérale du van qui s'était déjà arraché aux tôles froissées de la Pontiac. Sous les yeux ahuris des automobilistes qui passaient par là, le char de guerre s'élança en avant.

L'Exécuteur avait réintégré le module opérationnel, établi le contact radio avec Blancanales. Ce dernier confirma qu'il filait toujours la Plymouth et donna sa position. L'Exécuteur consulta la grande carte de L.A. accrochée à la cloison du module opérationnel, avant de décréter :

— Tu continues. Juste pour confirmer la destination. A Pasadena, tu décroches.

— Mal compris, Cobra, tu as dit que je dois décrocher à Pasadena?

— Affirmatif, Condor *One*. Tu décroches à Pasadena et tu regagnes la base.

A partir de Pasadena, il n'y aurait plus de doute sur la destination finale de la Plymouth. Elle rentrerait au bercail. A Lont Wilson. Le fief de Rudi Fovone.

— Bien compris, finit par annoncer Rosario, après une hésitation. A Pasadena, je regagne la base.

La base n'était ni plus ni moins que le *Mc Doug's Motel*, où Grimaldi, Schwarz et lui avaient élu domicile. Inutile d'insister. Bolan ne revenait jamais sur une décision.

— Cabine attend consignes, fit savoir Herman Schwarz par le circuit intérieur.

Le char de guerre s'était maintenant largement éloigné du théâtre des opérations. Il roulait de nouveau sur San Bernardino Freeway, en direction de l'Ouest. L'Exécuteur consulta la carte de la ville, lança par radio :

— Cobra appelle Condor *Two*.

— Condor *Two* écoute.

— Position, Condor *Two*?

— Derrière toi, Cobra.

— Arrêt général à l'échangeur de Evelyn Avenue. Gadgets te rejoint.

— Eh ! protesta Herman Schwarz qui avait entendu.

— Y a pas de eh! coupa l'Exécuteur. Décrochage pour vous deux et nouvelle mission.

— Nouvelle mission, Cobra ? s'étonna Grimaldi, intéressé.

— Pour vous deux, confirma Bolan.

Suivirent des instructions très précises, auxquelles les deux hommes finirent eux aussi par se rallier.

— Bien compris, Cobra, fit Blancanales dans la radio. On collera comme des sangsues.

Ce qui, compte-tenu de la nature de sa mission, ne serait sûrement pas vraiment le cas. En lui passant les commandes du van un instant plus tard, Herman Schwarz soupira :

— O.K., Striker. A tout à l'heure.

— *No problem*, renvoya l'Exécuteur.

Si les dieux de la guerre le voulaient bien.

— T'es con, Tito, grogna Jojo Borli dans le téléphone de bord. T'as des visions, ma parole.

Il y eut un soupir dans le combiné puis, arrivant de la Ford en droite ligne, la voix grasse et vulgaire de Tito Pacci.

— Non, je suis pas con, Jojo. Je te dis que je l'ai déjà vu, ce van ! Je l'ai vu passer devant chez la gonzesse. Ce soir même !

Le *soto-caporegime* semblait vraiment nerveux. Pas son habitude. Fronçant ses sourcils broussailleux, Jojo Borli hésita.

— T'es sûr ?

— Sûr et certain, merde ! Et puis la fourgonnette est impossible à joindre !

— T'affole pas, grogna le *caporegime*.

— Je m'affole pas ! Je te dis qu'il se passe des trucs pas normaux. Aux infos, on vient de dire qu'il y a eu une explosion dans le même secteur. Merde, Jojo, faut bouger nos culs !

Tito Pacci était le seul à pouvoir s'adresser sur ce ton au *caporegime* de Rudi Fovone. Ils s'étaient connus sur les bancs de l'école. Concurrents d'abord, ils s'étaient ensuite associés, avant que Jojo, plus intelligent et plus teigneux aussi, ne finisse par imposer son autorité. Depuis, les deux flingueurs ne s'étaient plus quittés.

— O.K., finit par admettre Jojo Borli. Et ce serait qui, d'après toi, les mecs de ce van ? Des flics ?

— J'en sais rien ! C'est toi le chef, non ?

— Ça va, ça va ! Fais pas dans ton froc, Tito ! Alerte les autres et rentre en quatrième. Je bigophone au boss.

— Jojo !

— Quoi !

— Justement, je voulais te dire aussi, pour les autres... La Pontiac ne répond plus et...

— Et ?

— Et aux infos, on vient de parler d'une bagnole criblée, dans le secteur.

Jojo Borli se sentit envahi d'un certain malaise. Cette histoire commençait à sentir mauvais. Il fallait avertir Fovone. Mais avant, il devait retourner voir. Savoir ce qui s'était exactement passé du côté du chantier.

— D'accord, lança-t-il dans le combiné. Demi-tour.

*
**

— Condor *One* appelle Cobra !

Tout en conduisant, l'Exécuteur porta le micro de la radio devant ses lèvres.

— Cobra écoute, Condor *One*.

— Le gibier vient de faire demi-tour, Cobra. Roule actuellement sur San Bernardino Freeway, direction El Monte.

Bolan comprit que les cannibales commençaient à s'inquiéter du sort de la Pontiac. Lui aussi venait d'écouter les nouvelles et il s'était attendu à cette réaction. Il devinait aussi ce qui allait se passer.

— Bien compris, Condor *One*, renvoya-t-il. Instructions inchangées. Tu rentres à la base.

— Mais...

— Tu rentres. *Thanks and good night.* Terminé.

C'était sans appel.

— Bien compris, Cobra, fit la voix déçue de Blancanales. *Over*.

L'Exécuteur coupa le contact. Pour lui aussi, le programme restait inchangé.

— Chéri ! Le téléphone !

— Ta gueule, connasse !

Rudi Fovone pouvait se montrer légèrement irritable. Surtout quand on le réveillait dans son premier sommeil. Repoussant sa dernière conquête d'un revers de bras, il décrocha enfin, reconnut le timbre de son *caporegime*.

— Patron, attaqua aussitôt celui-ci, on a un problème.

Rudi Fovone grimaça. Il avait les problèmes en horreur. Surtout ceux qui touchaient au domaine crasseux que contrôlait Borli. Trop longtemps que Fovone n'avait plus tué de ses propres mains. Maintenant, ça lui faisait presque peur.

— Quel genre, ton problème ?

Jojo Borli lui résuma la situation, acheva d'une voix sombre :

— Les infos l'avaient annoncé et j'ai dû retourner voir. Sur place, des témoins parlaient de quatre morts. Mais c'est à peine si on a pu apercevoir la Pontiac, tellement y avait de flics autour.

Il avait dit cela d'une voix blanche et Rudi Fovone sentit son estomac se crisper. Les flingueurs de la Plymouth, il s'en foutait et la société sous le nom de laquelle le véhicule était enregistré déclarerait son vol. Pas de lézard de ce côté. Seulement, il y avait ce mobil-home gris et cette explosion de la fourgonnette non loin du domicile de Gina Roberts. Et ça, c'était beaucoup plus inquiétant. Dans son cerveau, des lettres de feu commençaient à danser leur sarabande affolante. Des lettres qui, dans un certain ordre, pouvaient aussi bien donner le nom de... Non! C'était impossible. Tout ça n'avait ni queue, ni tête.

— Patron, insista la voix de Borli dans le combiné, on sera là dans une vingtaine de minutes. En attendant, j'ai déjà transmis des ordres à Gianni. Pour le cas où.

— Pour le cas où quoi? grinça Fovone.

Il avait également horreur du sentiment d'insécurité.

— Rien, rien, patron. Juste une précaution.

— Ouais! lâcha Rudi Fovone, mauvais. Magne-toi le cul.

Il raccrocha et, comme sa conquête d'une nuit tentait une nouvelle approche, il lui envoya une gifle sur le nez en éructant :

— Toi, ronfle et m'emmerde pas.

Toutes ces putes de luxe le fichaient hors de lui.

Il était 1 h 27, quand la Plymouth Reliant de Jojo Borli se présenta devant le portail. Deux battants monumentaux en acier blindé qui fermaient la propriété de Rudi Fovone aussi sûrement qu'un coffre-fort. Pour le reste, des murs hauts de trois mètres, des barbelés électrifiés au sommet et des gardiens armés de l'autre côté. D'un coup d'avertisseur, il fit s'allumer les deux projecteurs qui flanquaient le portail et les caméras dissimulées dans la maçonnerie entrèrent en action. Il y eut ensuite un léger zonzonnement et les lourds panneaux commencèrent à s'ouvrir. D'un coup d'œil en arrière, le voisin du chauffeur vérifia que la Ford qui les avait rejoints à El Monte, puis les avait suivis tout au long du retour était bien derrière eux.

— Go! lança Jojo Borli au chauffeur.

Derrière le portail à demi ouvert, il pouvait découvrir le comité d'accueil commandé un moment plus tôt par téléphone. Et tandis que la Plymouth franchissait l'entrée, un petit sourire acide était né sur ses lèvres. Maintenant, le fameux char de guerre du Grand Fumier pouvait se pointer.

Si char de guerre il y avait.

— Allez! pressa-t-il à l'adresse du chaufeur. Magne-toi le...

Le reste de sa phrase fut stoppé net dans sa gorge. Comme un orage subit, un grondement dantesque s'était déchaîné derrière lui et un choc terrible propulsa la Plymouth en avant. La bouche encore ouverte sur ses derniers propos, Borli tourna la tête, distingua un enchevêtrement de tôles. Puis il comprit qu'il s'agissait de la Ford. La Ford qui s'était écrasée contre l'arrière de la Plymouth. Incrédule, il éructa :

— Bordel de...

Il n'en dit pas plus. Il y eut une lumière aveuglante dans la lunette arrière, un autre choc épouvantable, des hurlements. Puis d'un coup, ce fut l'enfer.

CHAPITRE XXVI

— Arrête de ronfler, salope !

Rudi Fovone avait horreur des nuits agitées et cette pute qui ronflait à côté de lui commencait à...

— Mais c'est pas moi, chéri !

Dans le noir de sa chambre, Rudi Fovone allait encore protester, quand il y eut comme une explosion lointaine, suivie de crépitements suspects. Incrédule, le boss de L.A. se redressa sur son lit, tendit l'oreille, entendit d'autres crépitements, puis une autre explosion. L'estomac soudain en compote, il se rua sur le téléphone intérieur, enfonça la touche d'appel du pavillon des gardiens, hurla :

— Allô !

Mais personne ne répondit et, le cœur dans la gorge, il entendit des hurlements dans le parc.

— Qu'est-ce qui se passe ? fit derrière lui la voix angoissée de sa compagne.

— Toi, ta gueule !

Fovone avait précipité son immense carcasse maigre vers la baie vitrée. Au passage, il avait instinctivement attrapé le Sig Sauer P228 qui ne quittait jamais sa table de nuit. Une arme de calibre 9mm Para, dotée d'un chargeur de treize cartouches. Glacé, il écarta le rideau, jeta un regard entre les lames d'une persienne, vit d'abord le miroitement de l'immense piscine en forme de cœur située sous ses fenêtres, puis l'interminable pelouse en pente qui coulait jusqu'aux bosquets et aux rangées de palmiers du fond du parc. C'était tout. Les explosions et tout le bordel venaient de l'autre côté de la propriété.

— Rudi ! Qu'est-ce qui se passe !

Rudi Fovone allait renvoyer une insulte bien sentie à sa maîtresse occasionnelle, quand une formidable déflagration fit trembler les murs.

Accroché au volant et l'accélérateur au plancher, l'Exécuteur avait arraché le char de guerre à l'épave défoncée de la Ford. Et tandis que la Plymouth démarrait en trombe vers la grande villa blanche au fond du parc, deux grenades défensives s'étaient éjectées des catapultes du flanc gauche. Sous les explosions de ces dernières, la Ford déjà en charpie prit feu instantanément. Des hurlements s'élevèrent de la carcasse, puis ce fut le silence. A cette seconde, Bolan sentit un choc sur le côté droit du mobil-home. Celui-ci trembla, dérapa sur l'opus incertum de la chaussée du parc et des nuées de frelons enragés se mirent à frapper le quadriplex spécial des glaces de portières et du pare-brise. Cela dessina de petits points laiteux et des particules de verre réduit en poudre s'égayèrent des petits cratères.

Heureusement, ce pur produit de la NASA était prévu pour résister aux chocs des milliers de mini-astéroïdes qui jalonnent le parcours des vaisseaux spaciaux. En principe, aucune munition légère classique ne pouvait perforer ce type de feuilletage. Restait la redoutable *metal piercing*. Un projectile capable de traverser le coffre d'un véhicule, les sièges, le conducteur et le bloc-moteur dans la foulée. Si la nouvelle génération des pourris de L.A. avait la mauvaise idée d'en utiliser... Le van accéléra encore, arriva sur une grande esplanade où un jardinier fou avait dessiné des massifs de fleurs et des pelouses, pour former le chiffre 13. Etrange sigle pour la maison d'un homme qui portait malheur à ses semblables et à la société entière. Les roues avant du char de guerre assassinèrent quelques fleurs, tandis qu'un feu d'enfer se déchaînait à présent tout autour de lui.

L'Exécuteur ne s'était pas attendu à un tel comité d'accueil. Des dizaines de *soldati* en armes sortaient de partout et leur arsenal crachait sans interruption. Le blindage du char de guerre résonnait comme une batterie d'orchestre et les impacts se multipliaient sur les glaces. Sans quitter le siège du conducteur, Bolan avait déjà armé les deux M.60 de 7, 62mm des alvéoles de toit et activé la pré-mise à feu de la tourelle lance-missiles. Dans le même temps, les trapes des lance-grenades s'étaient abaissées sur les flancs du van et l'écran de visée laser combiné était sorti de son logement de la boîte à gants, offrant une image de synthèse de ce que filmait la caméra de tir du toit. Mais alors que l'Exécuteur opérait la recherche automatique des paramètres par *war-computer*, il vit un groupe de cannibales jaillir d'un bâtiment bas, enfoncé dans les massifs. Deux types portaient des caisses, deux autres de longs tubes verdâtres. Il comprit instantanément.

La guerre changeait de registre.

On en était à l'artillerie lourde, car les deux tubes en question n'étaient rien d'autre que des lance-roquettes. Les redoutables SMAW. Des engins dont les ogives explosives de 82mm pouvaient transpercer tous les blindages légers. L'Exécuteur le savait, celui du char de guerre n'y résisterait pas. Sur la pelouse, les deux servants avaient épaulé leurs tubes. Des tubes déjà équipés de leurs conteneurs de charge. Et leurs aides avaient ouvert les caisses pour en sortir des recharges. Heureusement, le viseur laser avait enfin opéré ses calculs et une petite croix orange était apparue au milieu de l'écran. La poignée de commande de tir en main et jouant sur les curseurs de l'appareil, Bolan la positionna aussitôt sur le premier servant. Puis son pouce enfonça le bouton rouge situé sur le dessus de la poignée de tir et le staccato à la fois lourd et nerveux de la M.60 retentit au-dessus de sa tête. Un concert de mort faucha le premier pourri, juste avant qu'il n'enfonce la détente de l'engin. Il disparut dans une déflagration démente, littéralement désintégré par la terrible charge explosive. Dans la foulée, son copain, seulement voisin de quelques mètres, fut balayé par le souffle. Sans lâcher son SMAW, il alla percuter le servant placé dans son dos, une jambe arrachée par un éclat. Dans un jaillissement de sang, de terre et de fumée, il voulut relever son tube, et Bolan le vit nettement hurler quelque chose qu'il n'entendit pas. Son pouce avait de nouveau enfoncé le bouton rouge de la poignée et au rythme de 550 coups/minute, les trois velléitaires de la guerre lance-missiles furent quasiment hachés sur place par la grêle de 7, 62 chemisées.

Cela en ferait toujours quatre de moins.

Mais à la seconde où ce décompte passait dans le cerveau de l'Exécuteur, deux autres *soldati* aux allures de bibendums déboulaient du couvert des massifs. Tous deux étaient casqués. L'un avait une mitrailleuse sous le bras, l'autre le suivait en portant toute une masse de bandes-chargeurs. Dans la lumière des phares, l'Exécuteur avait immédiatement identifié l'arme : un Browning 50.

Un engin polyvalent, rutilant comme une œuvre d'art, prévu pour le tir soutenu, voire de saturation, dont l'usage des terribles projectiles contre fantassins était proscrit par les conventions internationales.

Déjà, et tandis que le feu des autres *soldati* continuait tout autour, le servant avait bloqué le trépied au sol et avait saisi les poignées arrière de la carcasse. Prêt au feu. Bolan lui expédia aussitôt une giclée de 7, 62. Le type sursauta, recula comme sous la poussée d'un grand coup de poing mais, contre toute attente, il revint se coller à la mitrailleuse et les premiers projectiles de 50 frappèrent le blindage et les vitres du char de guerre. Les deux salauds étaient protégés par des gilets pare-balles. Alors, continuant à arroser, Bolan déclencha les lance-grenades du flanc droit du van. Les « poires » mortelles jaillirent, décrivirent de gracieuses paraboles, accompagnées dans leur vol de fins panaches de fumée grise. Puis elles roulèrent au sol, rebondissant à moins d'un mètre des pieds du servant. Son aide poussa un cri, voulut shooter dans la première, n'eut qu'à peine le temps d'esquisser le mouvement. Dans un sinistre chapelet d'explosions, les engins quadrillés pétèrent en même temps, envoyant tous azimuts les éclats d'acier mortel. Certains vinrent même frapper le char de guerre et l'un d'eux ricocha sur la vitre de portière, tout près de la tête de Bolan, creusant un petit cratère de plus dans le quadriplex. Mais l'Exécuteur vit les deux pourris à la Browning s'écrouler avec un bel ensemble, leurs tenues de bibendums lacérées et rouges de sang. Dans la foulée, les éclats des grenades avaient couché une demi-douzaine d'autres flingueurs moins protégés. Sans chercher à faire dans la dentelle, le guerrier solitaire avait également vidé les bandes-chargeurs des deux M.6O. D'une main, il ouvrit la trappe de visite du module de tir situé au-dessus de sa tête, engagea l'amorce de deux nouvelles bandes, procéda au tir de contrôle et, faisant avancer le char vers la grande demeure blanche au péristyle néoclassique, il envoya une nouvelle giclée de 7, 62 au contingent de *soldati* qui s'était replié sur l'aile gauche de la villa. Dans la lumière des phares, il vit pointer un canon, sous lequel un gros tube à l'orifice noir dénonçait clairement l'emploi : un lance-grenades M203 et son fusil support M.16! C'était à n'y pas croire!

Avec ses ogives explosives de 40mm, cette arme était redoutable sur cibles ponctuelles, entre 150 et 350 mètres. De quoi sérieusement secouer le char de guerre. L'Exécuteur ne pouvait se permettre un tel risque. Il opta pour l'artillerie lourde. Pianotant de nouveau les curseurs de l'écran-viseur, il positionna la petite croix rouge sur l'angle de la villa, et, juste à l'instant où le pourri épaulait le M.16, son index enfonça la touche de mise à feu.

Au-dessus de lui, il y eut comme une brusque bourrasque, suivie d'un chuintement lugubre. Instantanément, une comète étincelante passa en haut du cadre du pare-brise, cisaillant le ciel noir de son trait lumineux.

Lancé en pleine course, le missile décrivit une brève courbe, parut vouloir poursuivre en direction du ciel, plongea tout à coup sur son objectif. Mais le tireur avait eu le temps d'enfoncer la détente du M203 et l'ogive mortelle avait jailli du gros canon à pompe. Heureusement, dans sa panique, le soldat avait dévié sa visée et la 40mm se perdit quelque part au-dessus du van. Dans la même demi-seconde, le missile arrivait sur sa cible et tout un pan du mur blanc éclata, mélangeant ses débris à la bouillie sanglante qu'était devenu le tireur.

Cette fois, ce fut la débandade. Les cannibales survivants s'égayèrent dans toutes les directions, aussitôt fauchés par les tirs des M.60 et des lance-grenades du van. Mais alors que l'Exécuteur s'apprêtait à contourner un massif pour en déloger un tireur embusqué, il vit la Plymouth démarrer comme une furie, fauchant deux *soldati* qui voulaient la protéger de leurs tirs de barrage. Par une des glaces ouvertes à l'avant, il vit un bras jaillir, brandissant un PM mini-Uzi, dérisoire en la circonstance.

Les grêlons de 9mm Para crépitèrent sur le blindage du van mais, visiblement, ceux de la Plymouth ne se faisaient plus d'illusions. Bolan la vit bifurquer subitement, dérapant sur la pelouse, tentant de prendre la fuite. Décidé à ne pas s'éterniser, il corrigea aussitôt la visée sur le petit écran, enfonça la touche de mise à feu et la tourelle de toit cracha derechef son message de mort. Il y eut une nouvelle comète étincelante au-dessus du mobil-home et une seconde plus tard, dans un ouragan de feu et d'acier en fusion, la Plymouth et ses occupants se transformaient en chaleur et en lumière.

Indifférent au spectacle dantesque, achevant de coucher les derniers *soldati* sous les tirs conjugués des M.60 et des lance-grenades, l'Exécuteur avait fait décrire au char de guerre une grande boucle autour de la maison. Il fut alerté par le rayon mouvant d'un pinceau lumineux blanc : une voiture. Une magnifique Lincoln Town Car blanche jaillissait d'un immense garage aux multiples rideaux métalliques, juste à l'instant où le van débouchait sur l'esplanade de la grande piscine en forme de cœur. En même temps qu'il vit trois types en chemises qui sortaient de la maison, brandissant des PM et braillant comme des chacals. L'un d'eux eut le temps de vider un demi-chargeur d'Ingram, avant d'être cassé en deux par la dernière rafale de M.60 du van. Il s'écroula, répandant son sang sur le dallage clair, tandis que les deux autres tentaient de s'enfuir. Jugeant inutile de recharger les mitrailleuses, l'Exécuteur avait abaissé sa glace de portière et l'énorme AutoMag 44 avait jailli dans son poing gauche. D'instinct, son index avait enfoncé la détente et deux détonations assourdissantes firent vibrer l'air tiède de la nuit. A dix mètres, les deux fuyards boulèrent comme des lapins, s'écrasèrent sur la pelouse, propulsés par une force terrifiante.

Pendant ce temps, la voiture avait réussi à contourner une partie de la piscine, écornant au passage l'aile d'une petite VW rouge, renversant tout un salon de jardin, éjectant deux transats dans le bassin en forme de cœur. Mais voyant que le mobil-home lui coupait la route, le chauffeur tenta une marche arrière en catastrophe. Une de ses roues arrière franchit le parapet de la piscine et le véhicule se trouva bloqué. Par la glace ouverte du van, l'Exécuteur entendit un grondement de moteur emballé, vit de la fumée monter des pneus frottant la pierre du dallage et surprit un bras du chauffeur qui s'encadrait dans la glace à demi baissée de la Lincoln, tandis qu'un court canon d'arme pointait à l'extérieur. Aussitôt, des éclairs zébrèrent la nuit et les staccatos rageurs s'élevèrent. Il y eut de nouveaux chocs contre l'acier du van et une giclée de projectiles vint zonzonner tout près de sa tête. Une étincelle glacée fulgura dans son regard et il appuya une troisième fois sur la détente du monstrueux AutoMag.

Une seule fois.

A plus de 440 mètres/seconde de vitesse initiale, la terrible 44 alla percuter le pare-brise de la Lincoln, exactement à l'emplacement du front du chauffeur. Hélas, comme il s'y était attendu, la berline était équipée de glaces blindées et malgré son infernal indice de puissance à l'impact, l'ogive ne put que faire éclater les premières couches de feuilletage, sans parvenir à traverser le pare-brise. Mais le char de guerre avait continué sur sa lancée et son angle de tir changé, l'Exécuteur put doubler aussitôt. Cela tonna comme pour les autres coups, la 44 s'engouffra dans l'intervalle glace-chassis de la portière et le haut du crâne du chauffeur disparut, explosé à hauteur de la tempe.

Dans la foulée, Bolan avait propulsé le van contre le flanc de la Lincoln. Celle-ci tressauta lourdement, sembla hésiter, puis, comme à regret, elle bascula finalement dans la piscine, provoquant une impressionnante gerbe d'eau vers le ciel noir. Elle coula presque tout de suite, ses phares toujours allumés irisant l'eau d'une belle couleur lagon. D'abord, il sembla que rien ne se produirait plus, puis des flots de bulles crevèrent la surface et une portière arrière de la Lincoln s'ouvrit. Les derniers occupants apparurent dans l'étrange éclairage de l'eau.

Un homme et une femme.

Elle, vêtue d'un short et d'un T-shirt, lui, en pantalon et chemise. Tous deux étroitement enlacés. Ou plutôt, l'homme serrant la femme contre lui. D'un seul bras. De l'autre, il appliquait le canon d'un automatique sur le cou de la femme.

En crevant la surface Rudi Fovone exhala une sorte de soupir, cracha un peu d'eau et, sa face maigre de cheval malade dégoulinante, éructa en serrant plus fort encore sa compagne contre lui :

— Fous le camp, fumier ! Fous le camp, ou je lui fais sauter le caisson, à cette pute !

— O.K., répondit calmement Bolan en abaissant le canon de l'AutoMag.

Dans l'ordinateur de guerre de son cerveau, tous les cas de figure avaient défilé à la vitesse de la lumière.

— O.K., répéta-t-il. Tu as gagné, Fovone. Mais je te retrouverai.

Brusquement soulagé de la terrible tension qui avait

pesé sur lui, le caïd de L.A. commit l'erreur attendue. Son bras enserrant la femme se relâcha légèrement et jusqu'alors plaquée à la sienne, la tête de celle-ci s'en éloigna dans un mouvement réflexe.

La suite se passa si vite que ni la femme, ni Fovone ne réalisèrent. A la vitesse de l'éclair, le canon de l'Auto-Mag s'était retrouvé dans l'angle de la glace de portière du van et l'Exécuteur n'eut qu'à enfoncer la détente pour la quatrième fois. A six mètres de là, il sembla que la femme avait été touchée. Dans un hurlement, son corps tressauta comme sous le coup d'une décharge électrique et, battant des bras, elle se perdit dans le bouillonnement de l'eau qui rougissait déjà.

La tête de Rudi Fovone s'était littéralement désintégrée sous l'énorme puissance de la 44 Magnum.

Folle de terreur, alors que le grand corps de Rudi Fovone quasiment décapité s'étalait maintenant à la surface de l'eau, la femme s'était hissée hors du bassin et courait comme une démente vers la petite VW rouge. Elle s'y engouffra et, sans même en refermer la portière, elle démarra comme un bolide, disparaissant à l'angle de la villa dans un grondement de cylindres martyrisés. L'Exécuteur n'avait pas bougé de son siège. Son regard glacé rivé au corps de Rudi Fovone, il murmura de sa voix sombre :

— Tu n'aurais pas dû faire ça, ordure. Vraiment pas.

La nuit était étrangement immobile, seulement troublée par le ronronnement du moteur du van, quand la voix de l'Exécuteur s'éleva une dernière fois :

— Ils s'appelaient Jil, Aigrette Bavarde et Iguane Solitaire.

Mais qu'est-ce que ça pouvait bien lui faire, à Rudi Fovone...

CHAPITRE XXVII

Le bar du *Fatima's* ressemblait à l'étal d'une épicerie de souk. Avec des paniers d'épices, des guirlandes de piments suspendues au-dessus du comptoir, un comptoir au cuivre entièrement ciselé, façon plateau à thé marocain. Un des spots discrètement encastrés répandait une lumière orangée sur le crâne chauve du voisin de Bolan, un gros arabe à la moustache de Mongol, dont les oreilles surchargées d'or et de pierres précieuses rappela l'immense Roll à l'Exécuteur. En voilà un qui avait eu de la chance. En général, ceux qui croisaient sa route ne s'en relevaient pas.

Un verre arriva devant Bolan, avec un fond de breuvage jaunâtre dont il ne fut pas convaincu qu'il s'agissait du Johnny Walker black label qu'il avait commandé. Mais ses pensées étaient ailleurs, et ce fut à peine s'il trempa ses lèvres dans l'alcool. Se tournant légèrement de côté, il laissa son regard errer un instant sur les lourds rideaux qui occultaient la plupart des « loges » entourant la piste du *Fatima's*. Une musique arabe lancinante emplissait la boîte et on se serait cru dans un sauna, tant la fumée était épaisse. Pour ce qui concernait la clientèle, presque exclusivement masculine, cela allait du travesti au lutteur de foire, type cuir, au torse plein de tatouages. Sur la piste, quelques couples enlacés dansaient lascivement. Là aussi, rien que des hommes.

— La troisième en partant de la gauche, souffla Grimaldi tout près de son oreille.

L'Exécuteur ne demanda pas comment le pilote s'y était pris pour se renseigner. D'ailleurs, celui-ci enchaînait :

— Ils sont deux et ils viennent de fermer le rideau. Doit se passer des trucs.

Désignant la partie surélevée du night où se situaient les alcôves, il précisa :

— Herman est à une table, quelque part là-haut. Il essaye d'écouter.

— Vu, répliqua Bolan en jetant un billet sur le comptoir. On se retrouve au van. Il est garé juste à l'angle.

Tandis que Grimaldi quittait la boîte sans discuter, l'Exécuteur se coulait dans la foule. Quand il s'assit près de Gadgets, celui-ci soupira :

— Tu tombes à pic. J'en ai ma claque d'être dragué.

La table voisine était occupée par deux colosses aux allures de Hells Angel qui semblaient effectivement très intéressés par le pauvre Herman. En d'autres circonstances, Mack Bolan aurait souri. Mais cette nuit porterait la mort et il n'était pas venu pour s'amuser.

— Tu as pu obtenir queque chose? demanda-t-il en glissant un regard vers l'espèce de walkman qui dépassait de la poche de son ami.

Avec ses pastilles-écouteurs dans les oreilles, Schwarz avait l'air de ne pas aimer la musique ambiante. En réalité, grâce à la petite antenne télescopique qui l'équipait, son appareil était un capteur de son hyper-directionnel de la nouvelle génération. Capable d'isoler une seule voix parmi une foule de bavards.

— J'entends surtout des trucs salés, grogna Gadgets. C'est encore les préliminaires, mais si ça continue, tu vas arriver en pleine romance.

L'Exécuteur écouta un instant, hocha la tête.

— O.K. Rejoins Jack au van. Juste à l'angle.

— Pas trop tôt! soupira Gadgets.

— Ne bois pas d'alcool, Ali. Le Coran l'interdit.

Le nommé Ali n'avait pas vraiment l'air d'un arabe.

Avec ses longs cheveux blonds coiffés sauvage, ses grands yeux clairs et son teint de pêche, on aurait plutôt dit un jeune Suédois. Sans doute parce qu'à l'origine, son vrai nom était Ernst Willer et qu'il était né à Munich. D'abord vaguement néo-nazi, il avait ensuite épousé la cause arabe, persuadé par amalgame simpliste que tout musulman digne de ce nom ne rêvait que d'une chose dans sa vie : voir le dernier juif mourir sous ses coups de talons. D'où sa conversion à l'islam et son nouveau nom de confession, Ali Hussein Abdallah Mansour. Là aussi, un simple amalgame. Des noms pêchés au hasard. Sauf Ali, qui lui plaisait vraiment beaucoup. Bien sûr, dès leur première rencontre, John Philip Romero s'était très vite rendu compte de la profondeur du gouffre qui les séparait sur le plan intellectuel : Ernst-Ali était un imbécile incurable. Mais, à côté de lui, l'Apollon du Belvédère n'était qu'un crapaud scrofuleux, et la douceur de sa peau dorée ainsi que la vigueur de sa jeunesse avaient très vite balayé les barrières sociales.

Maintenant, il avait un problème. Ou plutôt deux.

Mike et Ali. Ali et Mike. Il les aimait tous les deux. Vraiment. A la folie. Une passion qui le rongeait et dont il pressentait confusément qu'un jour elle causerait des ravages dans sa vie. Peut-être même sa perte. Mais il n'y pouvait rien, et lui, un des hommes les plus puissants de ce pays par le terrible pouvoir qu'il représentait, avait pour eux des faiblesses de rosière. Alors, en attendant cette catastrophe à peine redoutée, il profitait de la vie et de l'amour, prenant bien garde toutefois de ne pas mélanger les affaires et les sentiments. Enfin... les vraies affaires. Celles dont on ne parlait pas. Celles où les erreurs ne pardonnent pas et où la mort violente est la seule sanction.

— Tu sais qu'il ne faut pas boire d'alcool, n'est-ce pas, Ali ?

John Philip Romero avait une voix précieuse. Aussi délicate dans son timbre que l'étaient les reflets soigneusement argentés de sa chevelure. Mais ce soir, Ali n'était pas sensible à cette voix. Déjà fin saoul de gin et les yeux clos sur sa dernière sniffette de coke, il se foutait du Coran et de ses commandements. Dodelinant de sa tête blonde sur l'épaule de John, il ânonnait d'une voix rauque un chant hitlérien, qui détonnait affreusement au milieu des arabesques sonores de la musique ambiante.

John Philip Romero, prenant son mal en patience, ferma les yeux à son tour, se laissant bercer par le chant nazi de son amant. Il demeura ainsi un long moment, sans même toucher au Malt Cardhu qu'il s'était fait servir. Il resta ainsi, rêveur, pas un instant troublé par le souvenir des consignes qu'il avait fait transmettre quelques semaines plus tôt, ordonnant le massacre de toute une famille et de deux enfants de sept ans.

Puis il y eut ce léger courant d'air, et il ne rêva plus.

Les yeux papillotants, encore sous le charme de la chaleur du corps appuyé contre le sien, il considéra sans comprendre l'athlétique silhouette vêtue de cuir noir et de cette étrange veste qui flottait un peu trop. Derrière l'apparition, le lourd rideau était retombé et dans la lumière frémissante de la seule bougie qui éclairait l'alcôve, John Philip Romero trouva cet inconnu très beau. Très redoutable aussi. Cela se sentait à la puissance à la fois physique et psychique qui se dégageait de lui. Le temps d'un fantasme, il rêva d'un homme comme celui-là pour compagnon, puis il eut peur. Alors, il devint agressif.

— Dites donc, vous, protesta-t-il sur un ton qui se voulait hautain. Cet endroit est un salon privé et...

— John Philip Romero? coupa l'homme d'une voix qui portait la mort.

Interdit, l'interpellé resta une seconde la bouche ouverte, puis, inquiet, finit par acquiescer :

— Oui, mais...

Calme et glacé, l'inconnu vint s'asseoir face à lui et, plantant un regard d'acier dans les prunelles sombres de John Philip Romero, il déclara d'une voix calme :

— Je suis venu te tuer, pourri.

De saisissement, John Philip en resta bouche bée. Considérant le grand type en noir comme une émanation du diable, il eut une espèce de hoquet, sembla chercher de l'aide du côté d'Ali. Mais complètement *out*, ce dernier flashait comme un malade, toujours la tête sur son épaule.

— Ne cherche pas, le doucha le grand type en cuir.

Disant cela, il venait d'extraire un automatique de sous sa veste trop large, canon tourné vers Romero. Un canon anormalement long et gros. Tétanisé, l'homme d'affaires se mit à secouer lentement sa tête aux cheveux blanc-bleu, puis il questionna dans un souffle :

— Mais... qui êtes-vous? Qui vous envoie?

— Mon nom est Bolan. Mack Bolan.

La bouche de Romero demeura ouverte un moment, avant qu'une sorte de chuintement n'en sorte enfin.

— Vous êtes fou.

C'était dit si calmement, avec tant de conviction résignée que, pour un peu, l'Exécuteur aurait fini par le croire. D'ailleurs, il y avait peut-être un peu de vrai dans le propos de Romero.

— Tu as raison, Romero. Je suis fou. De haine et de dégoût. Car ce que tu as ordonné ce foutu soir de Noël, pourri, c'était impardonnable.

La pomme d'Adam de Romero fit quelques mouvements d'ascenseur, tandis que tout son corps semblait se transformer en statue de sel. Bizarrement, il avait moins peur, maintenant que les cartes étaient sur table. Ou il s'habituait.

— Je suis venu jusqu'à toi, reprit l'Exécuteur. Après bien des étapes, je suis remonté jusqu'au sommet de la pyramide. Pour entendre ta confession.

Un silence s'établit, ponctué par les accords langoureux d'un poème arabe chanté, où il était question de désert et de Dieu. Des mots que Bolan ne comprenait pas, mais qu'il trouvait beaux. Et tristes aussi. Contre toute attente, ce fut l'homme d'affaires qui reprit le premier :

— Vous l'avez tué, n'est-ce pas?

Il ne pouvait faire allusion qu'à Mike Monterro. Le seul à connaître le secret. L'Exécuteur acquiesça :

— Affirmatif.

— *Got!* murmura Romero.

A cet instant, sa face soigneusement entretenue aux crèmes et aux UV parut se fissurer de partout et, d'un coup, il eut l'air très vieux. Quelque chose avait craqué en lui. Un choc terrible qui avait subitement détruit tout ce qui lui avait permis de se hisser si haut, dans tous les domaines. Il émanait tant de force, tant de volonté, tant de magnétisme de ce diable noir qui venait de surgir dans sa vie que tout en lui était subitement en perdition. Et puis, il y avait la mort de Mike. Alors...

Il sembla un instant perdu dans une profonde réflexion, puis, relevant les yeux sur Bolan, il dit d'une voix détimbrée où toute préciosité avait disparu :

— Que voulez-vous savoir?

— Qui et pourquoi.

John Philip Romero, le regard perdu dans le vide, se mit à parler.

Ce fut un long récit. Détaillé, implacable. Comme si les mots étaient sortis d'une autre bouche. Un compte-rendu précis et sans passion. Sans dégoût non plus. Le sang, la poudre, le feu et la mort sale, il ne connaissait pas. Il faisait partie de cette nouvelle élite du crime en col blanc et les massacres des autres se traduisaient en chiffres, en résultats, en bénéfices. Il était entré en mafia comme on entre en confrérie. Un peu par hasard, un peu par curiosité et beaucoup par inclination. Cela s'était passé des décennies plus tôt, en Sicile, bien avant d'émigrer aux States et de se fondre dans le creuset d'accueil. Il avait agi comme ces « taupes » du renseignement qui vivent, travaillent, se marient et ont des enfants dans leur patrie d'adoption. Certaines restent en sommeil longtemps, d'autres sont activées très tôt. Pour John Romero, il n'y avait pas eu de temps mort. Dès l'Université, il avait répondu aux ordres de la *Commissione* du Sommet. Celle du pays. De Sicile. Il avait jeté les bases de sa stratégie future, contrôlé dans l'ombre les activités des familles et implanté les premières vraies structures des marchés de la drogue entre les USA et ses partenaires étrangers. L'Amérique latine pour la coke, le Sud-Est asiatique pour l'héroïne. Un marché faramineux, dont le chiffre d'affaires au dernier exercice avait dépassé les deux cent milliards de dollars. Sommes inimaginables, pour la plupart blanchies, non seulement par des banques appartenant à la mafia, mais également par des casinos, des sociétés de transport, de construction, des chaînes d'hypermarchés, voire des multinationales où, grâce à Romero et à quelques autres de la même étoffe, la mafia avait infiltré des armées d'*amici*, eux aussi en cols blancs.

Sauf *Astor*.

Prudent, John Philip Romero avait tenu à ce que sa propre firme demeure clean. Inattaquable.

Et tout cela avait fonctionné pendant trente-six ans. Sans la moindre anicroche pour un des maîtres secrets des marionnettes. Il y avait certes eu des avatars et même des catastrophes, notamment à cause de la DEA, mais Romero n'avait jamais été inquiété. Il avait traité avec les plus grands, y compris au niveau gouvernemental, et on l'avait même photographié et filmé en compagnie de chefs d'Etat. Une renommée au service de l'*Organized Crime*. La trahison d'un pourri envers toute une nation. Des milliers de gosses en perdition tués par la drogue.

Puis il parla de la Sicile, de l'Organisation pyramidale, de ses chefs, de la *Commissione* enfin. Cette fameuse *Commissione* du Sommet que, durant un temps, l'Exécuteur avait crue chapeautée par une mystérieuse entité du nom de *Protector*. Puis à Malte[1], il y avait eu la rencontre... et le doute.

John Philip Romero parlait, parlait toujours. Tout au fond de son cerveau, une voix lui disait tout bas qu'en « vendant » tout, il pourrait sauver sa peau. Car, outre cette confession, l'Exécuteur aurait besoin de preuves, de dossiers, de listes. Il trahirait les siens. Pour vivre.

1. *Exécutions maltaises*, L'Exécuteur N° 82.

Il allait...
— Je suis sûr que tu ne sais même pas qui est mort ce soir de Noël, Romero. Car si tu le savais, tu n'aurais pas cette lueur d'espoir dans le regard. Elle s'appelait Jil, et les enfants avaient sept ans.
John Philip Romero considérait Bolan sans avoir l'air de comprendre, puis la voix grave ajouta :
— Salut.
Et le Beretta éternua.
Presque silencieusement, sans même réveiller Ernst-Ali.

CHAPITRE XXVIII

Ils ne voulaient pas qu'il parte.

Ils ne voulaient pas qu'il aille en Sicile. Ils avaient dit : « Tu es fou, ne va pas là-bas. Pas maintenant. Ils t'attendent. Tu auras tout un pays contre toi. C'est leur territoire, celui de la mafia. Le pays de la haine, du sang et de la mort. Cette île sera ta tombe. »

Gadgets avait dit ça. Et aussi Blancanales, Nick Rafalo et Jack Grimaldi. Même Hal Brognola lui avait dit qu'il était fou. Qu'il mourrait sur la terre de Sicile. Qu'il fallait attendre. Plus tard, quand le formidable choc de l'exécution de John Philip Monterro serait estompé et que les mémoires seraient émoussées, peut-être... Mais Mack Bolan ne pouvait pas attendre. Là-bas, sur cette terre brûlée, il y avait une poignée de pourris, avec un chef à leur tête qui allait bientôt mourir. Il fallait qu'ils payent. Que la punition leur soit donnée. A tous. Même au mourant.

Don Solo Scarlene.

Un nom qui sonnait dans la tête de Bolan à la manière d'un glas. Celui d'un bonheur à peine entrevu. Celui de l'enfance, de la joie et de l'innocence assassinées.

Don Solo Scarlene et son cancer. Don Solo Scarlene et sa mégalomanie, ses noces bidon, son insensé duplicata de Syracuse... et ses centaines de morts sur la conscience.

Don Solo Scralene, le *capo di tutti capi*.

Alors, le char de guerre roulait.

Passant outre les mises en garde, ignorant les infos selon lesquelles la *Commissione* du Sommet avait levé de véritables armées qui contrôlaient tout le sol sicilien, y compris les aéroports et les ports, il avait répondu présent à l'impérieux appel de la vengeance. Pour le char de guerre, cela avait été relativement facile. Grâce à ses fameux « amis pilotes » Jack Grimaldi avait pu convoyer le van jusqu'à son atterrissage à Sigonella. Bien que moins active depuis quelque temps, la base OTAN du sud-Sicile était toujours opérationnelle et Jack avait reçu l'assurance d'une discrétion absolue. L'objectif se trouvant dans le secteur de Palerme, les pourris allaient probablement porter la plupart de leurs contrôles sur le nord de l'île, notamment à Punta Raisi, l'aéroport international qui, selon toute vraisemblance, serait mieux gardé que la Banque Fédérale. De son côté, se souvenant de son blitz maltais, Bolan avait opté pour un périple plus complexe. Un vol Los Angeles-Francfort par la Lufthansa, un mini Francfort-Genève par la Swissair, avec escale, pour une visite éclair au petit Cheng, un Genève-La Valette à Malte, par Air Malta et Malte-Catane par bateau. Ville grise et sinistre, où il avait dû planquer quatre jours, à cause d'un retard dans l'acheminement du van. Beau casse-tête pour les mouchards de Scarlene, qui ne devait guère l'attendre de ce côté. Mais l'Exécuteur comptait principalement sur l'effet de choc pour faire sauter les têtes de l'Honorable Société locale. Un blitz qu'il avait prévu rapide et particulièrement dévastateur.

Fort des renseignements fournis par John Philip Romero et par ceux glanés par Hal Brognola auprès de différentes sources siciliennes, Bolan avait pu établir un plan de campagne relativement précis. Un plan construit sur la rapidité d'action, la violence et sur l'impact psychologique de son nom sur la mafia tout entière. Car, débarquer dans le fief de la mafia pour y punir le responsable du plan Noël Rouge transformerait son image déjà légendaire en mythe apocalyptique en cas de victoire.

Alors, le char de guerre roulait.

Depuis son départ de Sigonella, ses gros pneus renforcés au kevlar avalaient les kilomètres. Des kilomètres d'*autostrade* rectilignes et presque désertes. Le char de guerre roulait vers la dernière étape de son équipée vengeresse, bourré de munitions et de vivres. Car Bolan ne voulait pas courir le risque d'être dénoncé par le premier épicier venu. Pour la circonstance, les plaques d'immatriculation avaient été changées, la carrosserie avait été repeinte et la raison sociale d'une marque de charcuterie italienne y figurait en grosses lettres rouges. Cela devrait suffire à détourner l'attention un minimum de temps.

Soudain, il y eut un grésillement dans la radio de bord et la voix de Grimaldi s'éleva dans la cabine de pilotage :

— Condor *One* à Cobra... Condor *One* à Cobra.

A condition de se tenir loin du char de guerre, le pilote avait été autorisé à rester en Sicile. Compte-tenu de la situation, le recours à un blitz-final en hélico n'avait pas été totalement écarté. Pour le moment, Grimaldi observait un *stand-by* à Catane et conservait le contact.

— Cobra écoute.

— Tu es où, Striker?

L'Exécuteur donna sa position. Il avait maintenant dépassé la ville d'Enna et se trouvait presque à mi-chemin de son objectif. Scarlene. Le fief de Solo Scarlene. Un village situé non loin de Marineo, à une trentaine de kilomètres au sud de Palerme. En pleine montagne.

— Bien compris, Cobra. *Over*.

Ce fut tout. Grimaldi veillait de loin. Il connaissait le plan de l'Exécuteur et il avait été séduit par sa simplicité. A priori, le point délicat serait le franchissement du cordon de sécurité établi par Scarlene autour de son fief. La grosse artillerie. D'après les indics de Brognola, la forteresse du *capo di tutti capi* aurait même été équipée d'un lance-roquettes multiple et d'une batterie de DCA. Mais les indics racontaient tant de choses...

***

— Don Solo !

Depuis qu'il se savait sur le point de mourir, Don Solo Scarlene ne dormait plus vraiment. Des cauchemars hantaient ses rares moments d'assoupissement et il préférait fantasmer sur ses noces prochaines, sur fond de musique d'opéra. Toujours le même.

Nabuco de Verdi.

— Don Solo ?

— *Si*, Vito. *Si*, je t'écoute.

Il avait effectivement reconnu la voix de son fils et savait que ce dernier ne serait jamais venu le déranger la nuit sans une raison impérieuse.

— C'est le téléphone, Don Solo, fit la voix de l'adolescent. Don Gene Lavaro veut vous parler. Il dit que c'est urgent.

SS ouvrit les yeux, clignant des paupières sous l'éclairage frémissant des dizaines de cierges bénis allumés en permanence autour de lui. Avisant les deux combinés portables dans les mains de son fils, il en saisit un, faisant signe à Vito-Donato d'écouter sur l'autre. De sa voix cassée, il lança ensuite un « allô » irrité dans l'appareil.

— Don Solo, attaqua aussitôt le deuxième *capo* de la *Commissione* du Sommet, Fratticcio vient de m'appeler. Une affaire urgente.

Genio Fratticcio était le *capo* de Catane. Un vieux de la vieille. Une espèce de momie qui avait horreur du téléphone et qui se couchait à dix heures du soir. Pas le genre à s'exciter pour rien.

— Qu'est-ce qu'il veut ? questionna Don Solo.

Il écouta la réponse, demanda :

— C'est sûr ?

— Absolument, Don Solo. Je viens de vérifier.

Don Solo Scarlene referma les yeux un moment, savourant la nouvelle avec délectation. Puis, les rouvrant, il lâcha dans le combiné :

— C'est bien, Gene. Très bien. Tu peux faire déclencher l'opération.

— *Bene*, Don Solo.

La communication fut coupée et au lieu de redonner l'appareil à son fils, il le posa sur sa table de chevet. Maintenant, il voulait suivre les événements en direct.

— Tu vois, Vito, dit-il d'un ton subitement rêveur, tu vois, l'intelligence et la patience finissent toujours par triompher de la force.

— Oui, Don Solo, répondit l'Héritier de sa voix un peu trop froide. La patience est une vertu que vous m'avez apprise.

Mais Vito-Donato Scarlene savait qu'il n'aurait plus beaucoup à user de cette vertu-là. Son père était quasi-mort et leur ennemi commun, l'ennemi de tout cet *Organized Crime* qu'il aurait un jour à diriger était venu se jeter dans le piège tendu par SS.

SS qui venait de lancer l'opération. *Son* opération. « Tonnerre Sicilien ».

Mack Bolan allait mourir.

Il était minuit vingt et l'Exécuteur comptait arriver en vue de l'objectif aux environs de 2 heures du matin. La bonne heure, pour qui croyait aux vertus du premier sommeil de l'ennemi. Sur l'autoroute, il y avait toujours aussi peu de circulation et sur les côtés, les monts pelés de Sicile défilaient. Puis le van franchit une série de viaducs et la grande courbe du tunnel de *Monte Marcasita* fut signalé par un panneau vert. Bolan avait à peine repéré le panneau que le bip sonore du radiotéléphone satellitaire résonna dans la cabine. Maintenant le volant d'une main, il établit la communication et une volée de parasites lui griffa l'oreille.

— Striker?

La voix de Hal Brognola. Tendue.

— Mack! attaqua aussitôt le fédéral, j'ignore où tu en es de ton opération, mais tu dois annuler.

— Hein?

— Ne fais pas le con, vieux. Je viens de recevoir une info. Le maquillage du char est éventé. Un mouchard de ta cible t'a repéré à ton passage à La Rotondella.

— Comment ça?

— Le type bosse dans le racket de la chaîne alimentaire italienne et locale. Il a trouvé bizarre de voir un véhicule de la firme en question se balader dans le secteur sans en être prévenu et il a appelé son patron. Compte-tenu de l'état de guerre généralisé, celui-ci a aussitôt alerté son *capo*. Celui de Catane. Tu vois la suite d'ici.

— *Shit*! jura l'Exécuteur.

— Tu l'as dit, renvoya Brognola. A partir de maintenant, tu peux être sûr d'une chose : ils sont déjà sur tes talons.

— O.K., répondit Bolan. Merci de l'info.

— Eh, Mack!

— J'écoute.

— Rebrousse chemin, vieux. Tu retourneras là-bas plus tard. Quand tout sera...

— Négatif, Hal, coupa l'Exécuteur. Noël Rouge a été commandité par Scarlene et s'il doit mourir, ce ne sera pas d'un cancer.

— Mack!

— *Thanks*, Hal. Je fais le nécessaire.

Disant cela, il avait à la fois coupé la communication et enclenché la procédure de pré-mise à feu de la tourelle lance-missiles du toit. Au-dessus de sa tête, il y eut un zonzonnement ténu, puis un déclic huilé. Le système de verrouillage des vérins. Sur le petit écran de visée électronique sorti de la boîte à gants, le point lumineux au centre de la croix orange clignotait déjà. Il suffisait à présent de sélectionner la cible et d'enfoncer le bouton de tir de la poignée située sous le tableau de bord pour déclencher le carnage. Quels que soient les mouvements de l'objectif, le missile le suivrait à la trace et l'anéantirait.

— Condor *One* appelle Cobra...

— Cobra écoute.

— Striker! annonça Grimaldi dans le circuit radio. Je viens d'avoir Hal au téléphone. Il m'a dit...

— Il vient de m'appeler, coupa Bolan. Je sais ce qui se passe.

— Tu ne sais pas tout, corrigea le pilote. Mon pote de la base de Sigonella vient de me dire que ses copains des écoutes OTAN ont piraté, il y a dix minutes, un trafic radio inhabituel sur les réseaux locaux. Un message donnant le feu vert à une mystérieuse opération « Tonnerre Sicilien ».

L'Exécuteur tiqua.

— Tu as dit Tonnerre Sicilien?

— Affirmatif, Striker.

Bolan réfléchissait à toute allure. Ce message ne le concernait peut-être pas, mais il fallait tout envisager. Plusieurs fois déjà depuis son départ de Catane, le petit écran témoin situé au-dessus du pare-brise et qui était relié à la caméra de toit avait enregistré des mouvements de phares suspects. Loin derrière le van. Il avait ralenti, réaccéléré, en vain. Aucun des véhicules concernés ne l'avait dépassé. Même pas ce phare unique qui, depuis un moment, avait disparu.

— O.K., lança-t-il dans le circuit radio. Je vais faire gaffe.

— Ecoute, Striker, reprit le pilote, dans un concert de parasites, tu ferais mieux d'opter pour la solution héliportée.

— O.K., répéta l'Exécuteur. Je te ferai signe.

Il y avait vraiment trop de parasites. Avec ces montagnes que le van traversait, les vacations radio deviendraient bientôt impossibles.

— Striker! intervint encore Grimaldi. Arrête! Ça sent hyper mauvais. Tu devrais...

D'un coup, la communication fut inaudible. Une vraie friture. Normal. Le tunnel de *Monte Marcasita* dessinait son cintre de béton à cent mètres. Bolan doubla un fourgonnette orange à bandes fluos et marquée *Servicio*, accéléra encore, dépassa également un énorme semi-remorque surchargé de palettes de parpaings, engouffra bientôt le char de guerre sous le tunnel. A cet instant, son regard accrocha le rétro de portière et ses sourcils se froncèrent. Juste derrière le poids lourd, la fourgonnette de service venait de s'arrêter et quatre hommes sautaient à terre. Ralentissant instinctivement, l'Exécuteur leva les yeux vers l'écran témoin où, grâce à la caméra infrarouge, il vit nettement les quatre types extraire précipitamment du matériel du véhicule. Dont des plots de guidage fluo et d'autres accessoires du même ordre. L'un d'eux courait déjà en arrière, levant deux bâtons également fluos dans un large mouvement de sémaphore.

On arrêtait la circulation.

Juste derrrière lui, à un véhicule près. Détail qui, en d'autres circonstances, ne l'aurait sans doute pas alerté, mais ce soir, avec ce qu'il venait d'apprendre par téléphone et par radio, cela changeait tout.

— Qu'est-ce que...

L'embryon de question avait franchi ses lèvres en même temps qu'il avait vu les deux gros phares blancs du semi-remorque se mettre à danser dangereusement derrière lui. Incrédule, il vit aussitôt les phares bifurquer et le nez du mastodonte se retrouva face à la muraille de béton. En dérapant sur l'asphalte, ses énormes boudins avaient soulevé de gros nuages de fumée et, maintenant, toute la masse du véhicule se retrouvait perpendiculaire à la chaussée. Les paramètres défilaient à la vitesse du son dans la cervelle de l'Exécuteur. Pendant ce temps, le van avait encore parcouru une centaine de mètres dans la courbe prononcée du tunnel. Toujours rien d'inquiétant. Sauf que le van y était le seul véhicule roulant. Bolan commençait à mettre l'embardée du poids lourd sur le compte du hasard quand, soudain, toujours en pleine courbe, deux feux de position jaillirent de la pénombre du boyau : un autre camion.

Plus petit, bâché, fumant de son pot d'échappement, le camion roulait vite et Bolan ne chercha pas à le dépasser. En fin de courbe, le camion accéléra encore, le distança d'une centaine de mètres environ et, soudain, se mit à foncer comme un bolide vers la sortie du tunnel qui s'annonçait. Puis, alors que le van se trouvait encore loin derrière, il ralentit aussi subitement qu'il avait accéléré.

— *Shit*!

Le juron avait jailli de la bouche de l'Exécuteur,

exactement en même temps que la bâche du camion s'envolait, découvrant un empilement de tubes. Cela fut si subit qu'il mit deux ou trois secondes avant de comprendre.

Des tubes parfaitement alignés et superposés, maintenus à l'intérieur d'un cadre en acier gris. Des tubes aux orifices noirs, d'où émergeait une série de cônes plus clairs. Tous dirigés vers le van. Un container de tubes au pied duquel un homme jusqu'alors assis sur un siège métallique attenant se redressa brusquement.

Une batterie de lance-roquettes multiple !

Dans quelques secondes, les missiles dévastateurs s'abattraient sur le char de guerre et ce serait un véritable cataclysme : « Le Tonnerre Sicilien » !

CHAPITRE XXIX

Dans le cerveau de l'Exécuteur, tout allait maintenant à la vitesse de la lumière. Pourtant, il avait l'impression d'assister au déroulement d'un film au ralenti. Il voyait le pourri bouger sur sa plate-forme et il savait que la mort était une question de secondes. Mais la machine de guerre qu'il était devenu au cours de toutes ces années continuait à fonctionner au même rythme. Il ne fallait jamais s'affoler, même dans les pires situations. Ce qu'il voyait était bien une batterie de lance-roquettes embarquée. Absolument semblable aux engins de guerre mobiles que l'on trouvait sur tous les fronts de guerre. Un potentiel destructeur si disproportionné qu'on aurait pu en rire. Mais il n'y avait pas de quoi. Logiquement, le char de guerre n'avait aucune chance de s'en tirer. Bolan encore moins. Cette fois, les cannibales mettaient le paquet. Cette fameuse opération « Tonnerre Sicilien » dont avait parlé Grimaldi, il en avait maintenant un échantillon devant les yeux.

Instinctivement, l'Exécuteur avait écrasé la pédale des freins. Juste à l'instant où le servant du camion manœuvrait son matériel. Mais, déjà, l'Exécuteur avait calculé ses chances. Une sur un million. Peut-être encore moins. Pourtant, ses mains et ses pieds avaient déjà agi. Marche arrière enclenchée, main droite sur la poignée de tir du lance-missiles de la tourelle de toït, main gauche sur le volant, regard à la fois devant et sur l'écran témoin de la vidéo. Les secondes s'égrenaient dans sa tête et chacune d'elles le rapprochait du néant.

Alors, d'un coup, il joua le tout pour le tout.

Son pied gauche lâcha l'embrayage, son pied droit colla la pédale d'accélérateur au plancher et, tandis que sa main gauche s'occupait du volant, son pouce droit s'apprêtait à enfoncer le bouton de tir. Sous la poussée de ses centaines de chevaux emballés, le char de guerre fit un bond en arrière, râcla la paroi de béton sur sa droite, s'en arracha, fonça comme un boulet, cherchant l'abri de la boucle du tunnel qui le mettrait hors de portée. A l'ultime seconde, tandis que le servant du camion se redressait, en se bouchant les oreilles, l'Exécuteur enfonça la touche rouge de la poignée de tir.

Cela fit un chuintement presque soyeux au-dessus de lui, puis, telle une comète, la terrible fusée aux têtes explosives fondit sur sa proie à la seconde précise où un cône de feu fulgurait à l'arrière du container embarqué ennemi. Déjà, le char de guerre avait contourné l'arrondi du virage et il ne vit pas vraiment ce qui se passa à l'impact. Mais il y eut une telle déflagration et une lumière si intense qu'il crut la fin du monde arrivée. Puis, une demi-seconde plus tard, il y eut l'onde de choc. Un souffle si puissant et si brûlant qu'il se crut ébouillanté de la tête aux pieds. Bolan ressentit un terrible choc au niveau de la tête et du torse et eut une violente nausée. Comme pris dans un cyclône, le char de guerre recula de plusieurs mètres, heurta la muraille, craqua de toutes parts. Mais l'Exécuteur n'évaluait plus très bien la situation. Un gouffre vertigineux semblait l'attirer et des gongs fous sonnaient sous son crâne. Pourtant, il ne voulait pas mourir. Presque malgré lui, ses membres s'activaient et il sentit, plus qu'il n'entendit, le van avancer de nouveau. Quand il ouvrit les yeux, il s'aperçut qu'il était dans le noir. Ses phares avaient été brisés et, en face, c'était une nuit d'encre. Il lui fallut une seconde pour réaliser qu'il allait à contre-sens de la sortie. La déflagration avait retourné le char de guerre de 180° . Mauvais. De l'autre côté, il y avait le semi-remorque, et sûrement toute une armée de *soldati* venus à la curée. Tournant le volant comme un fou, l'Exécuteur remit le van dans le bon sens. Alors seulement, il s'aperçut qu'il roulait sur les jantes, que les deux portières de la cabine n'avaient plus de glaces et que le pare-brise en quadriplex spécial lui avait atterri sur les genoux. D'où l'énorme choc ressenti quelques instants plus tôt. Une odeur effroyable d'explosifs et de caoutchouc brûlé avait envahi le van et des hurlements, de douleur et de rage, s'élevaient devant et derrière lui. Miraculeusement, ses autres charges explosives n'avaient pas sauté et il semblait à peu près indemne. Mais il était bloqué. La direction du van était devenue folle et, sans pneus, il n'avait aucune chance de pouvoir s'échapper.

L'Exécuteur était coincé comme jamais il ne l'avait été.

Pourtant, tout en lui voulait se battre encore. Il fallait foncer. Taper et tuer, tant qu'il le pourrait. Il passa la première et, d'un coup de pied rageur, il enfonça de nouveau l'accélérateur.

Le char de guerre tangua, gémit, gronda et s'arracha enfin de l'asphalte dans un rugissement de cylindres surmenés et d'acier frottant le sol. D'un geste automatique, il avait déjà réempoigné le levier de tir du lance-missiles et, tandis que le char de guerre débouchait en cahotant au détour du tunnel, son regard encore trouble enregistrait le spectacle : un enfer de flammes, la sortie du tunnel à peine entraperçue et, derrière l'écran mouvant de fumée noire, les points lumineux d'autres phares.

Pied au plancher, la main gauche accrochée au volant et le regard halluciné, Bolan propulsa le char de guerre sur ces cibles lumineuses, conscient qu'il se précipitait vers sa propre mort. Mais cela n'avait plus d'importance. Il tuerait aussi avant de mourir, ou il passerait. Et alors, peut-être aurait-il une autre chance, dans un jour ou dans un siècle, d'aller tuer Don Solo Scarlene. Peut-être qu'il réussirait à les venger. Eux trois. Eux...

Devant le mufle estropié du van, les taches lumineuses se rapprochaient à une vitesse inappréciable dans la pénombre. Le monstre d'acier heurta quelque chose, s'accrocha, se décrocha, tangua, grinça... mais passa. Et aussitôt après, les taches furent là. Juste devant lui. Bouche ouverte sur un cri qui restait dans sa gorge, l'Exécuteur enfonça alors le bouton rouge situé sous son pouce et deux comètes irréelles fusèrent droit devant. A l'ultime seconde, Bolan avait eu le réflexe de se coucher sous le volant, mais malgré cela, ce fut l'enfer. Il se sentit cogné, arraché, griffé par des millions d'ongles acérés, son dos fut léché par une gigantesque langue de feu et ce qu'il respira lui emplit les bronches de lave incandescente.

Pourtant, il vivait encore.

Et puis, il y eut le premier choc et il se dit que c'était la fin et qu'il allait disparaître dans le cataclysme qu'il avait lui-même allumé. Solo Scarlene ne verrait jamais son cadavre et ne pourrait jamais apporter la preuve de sa victoire. Ensuite, il y eut des cahots sous les roues sans peus, un dérapage fou qui sembla durer une éternité, un déluge de feu. Le char de guerre sautait, rebondissait, fonçait droit devant lui, aveugle et déjà presque mort lui aussi. Puis il y eut un dernier choc. Terrible. Une véritable explosion de l'acier et de la chair en même temps, suivie d'un bref temps de calme. Une impression de chute sans fin.

Puis ce fut le néant.

Il ne savait pas depuis combien de temps il avait perdu connaissance, mais il était vivant. Cette nouvelle donne crispa quelque chose en lui et le galvanisa en même temps. Instinctivement, ses mains cherchaient à reconnaître le lieu où il se trouvait et, quand elles identifièrent ce qu'elles touchaient, il faillit crier de bonheur.

Le char de guerre ! Il était toujours dans la cabine du char de guerre ! Un char de guerre moribond, fichu, mais il y était encore et cela lui fit du bien. Il n'avait pas été éjecté par les chocs et le combat n'était pas fini. Rouvrant des yeux brûlants et pleins de larmes, il se rendit compte que le van était couché sur le côté et qu'une terrible odeur d'essence venait supplanter toutes les autres. Dents serrées, il se glissa dans la coursive, ouvrit la porte du module opérationnel, rampa jusque sous la batterie de computers, y ouvrit une petite trappe jamais violée jusqu'alors, trouva à tâtons une tige et un petit anneau. Il tira dessus, referma la trappe, se hissa péniblement au niveau du pupitre, vérifia que le courant passait toujours dans les ordinateurs et, pianotant sur un des claviers, il composa un seul mot.

Thanks. Merci.

Après un regard autour de lui, l'Exécuteur quitta le module opérationnel, passa dans la cabine de repos, tira un caisson de sous la couchette spartiate, en sortit un gros sac militaire plein à craquer, le jeta dans la coursive. Un instant plus tard, vêtu de la combinaison noire, le monstrueux AutoMag dans son holster de poitrine, le Beretta 92F dans l'étui de ceinture, six grenades à fragmentation accrochées aux mousquetons de sa taille, la mini-Uzi sous le bras gauche, un Ingram M.10 dans le poing droit et le Survival inox dans la tige de sa Nike montante, il quittait le char de guerre par le panneau du plancher de la coursive et retournait vers l'enfer.

De nouveau la rage, le feu, les explosions, le sang et la mort. Et, passant au-dessus de tout cela, une voix, forte, rageuse, pleine de haine et de peur mêlées.

— Prépare-toi, Fumier ! Prépare-toi à crever ! Tu es Mack Bolan le Fumier, mais moi je suis Germano Stato, le bras séculier de Don Solo Scarlene !

Un lyrique, le pourri, et qui n'en finissait pas de cacher sa peur sous les cris.

— Je vais te tuer, Mack Bolan ! Tu n'es plus rien. Ton char de guerre est mort et je vais t'anéantir aussi !

Epuisé de douleur, chaviré par quelque chose de lancinant qui ressemblait à du chagrin, l'Exécuteur pensait lui aussi au char de guerre. Son vieux compagnon mécanique et dévastateur des jours de gloire et d'invulnérabilité. Alors, comme pour conjurer le sort, il recommença à tirer. Les ombres venaient vers lui et tombaient comme des mouches. Pourtant, il y en avait encore et il cessa de tirer. De plus en plus fatigué. Contre sa joue, Bolan sentait l'odeur du sol. C'était une terre sèche et chaude, aux odeurs de maquis et de silex. Une terre qui sentait la poudre. Celle des armes à feu, celle de la mort. Dans le calme soudain qui suivit l'enfer, le chant stridulant des insectes reprit. Pour eux, rien ne s'était passé. Puis, comme pour punir cette paix retrouvée, la voix brutale de Germano Stato éclata dans l'air surchauffé, pour lancer en une sorte d'anathème :

— Tu vas mourir, Mack Bolan ! Tu vas mourir, et c'est moi qui t'aurai tué !

Le feu et l'acier s'abattirent sur Mack Bolan et les fragrances mêlées du silex et de la terre montèrent de nouveau à ses narines. Le *mafioso* avait raison. L'Exécuteur allait mourir ici. Son dernier blitz aurait lieu sur cette terre qui sentait le chaud et le sauvage. La terre de Sicile. La terre de la mafia.

Mais, si cela devait arriver, ce serait avec des armes qui claqueraient à vide. Il ne mourrait qu'après la dernière cartouche. Qu'après l'ultime grenade. Alors, il tira encore. Encore et encore, jusqu'à ce que l'Ingram, le monstrueux AutoMag, le sinistre Beretta et la légendaire mini-Uzi aient vidé tous leurs chargeurs. Puis ce fut le tour des grenades. Un baroud d'honneur auquel les cannibales ne s'étaient pas attendus, car les derniers cris de rage se transformèrent en hurlements de douleur, puis en gémissements. Des plaintes qui finirent par s'éteindre aussi. Et ce fut le silence. Epais. Même le chant des insectes s'était tu. Un silence seulement troublé par les craquements lointains des incendies et le concert encore plus lointain d'une meute d'avertisseurs incrédules.

Alors, comme surgi du néant, il y eut comme un grattement et, silhouette de zombie jaillie du cauchemar, une ombre apparut sur le fond de ciel rouge. Une ombre maigre, cassée, se traînant sur le sol pierreux, gagnant en soufflant les quelques dizaines de mètres qui la séparaient du char de guerre moribond. Immobile, plaqué au sol et faisant corps avec lui, l'Exécuteur voyait le zombie s'approcher du van, le haïssant encore plus de ce qu'il allait faire dans un instant. Trouvant au fond de lui un reliquat de forces, arrachant le Survival de sa Nike, il se dressa en titubant et murmura pour lui-même :

— Non, Germano Stato ! Tu ne l'auras pas.

Un rire sec et grinçant sembla lui répondre et, dans un dernier saut cassé de blessé, Germano Stato se hissa sur le van renversé. Glacé de haine, Mack Bolan le vit se redresser, lever devant lui le canon d'un court PM Franchi et éclater d'un rire démoniaque.

— Je l'ai eu ! cria-t-il à la cantonade en tendant son bras armé vers Bolan. Je l'ai eu, ton putain de char de guerre !

— Non.

En même temps que le mot avait franchi les lèvres sèches de l'Exécuteur, sa main droite avait jailli de sa poche pectorale de combinaison. Une main d'où dépassait un petit boîtier en forme de télécommande TV. Une main dont l'index venait d'enfoncer l'unique curseur.

— Non, dit encore l'Exécuteur. Tu n'auras pas le char de guerre, Stato. C'est lui qui t'a eu...

Et le char explosa, emportant la fin de la phrase dans un ouragan de feu. Balayé par le souffle, Mack Bolan n'eut que le temps d'apercevoir la silhouette du zombie se disloquer avant de se sentir emporté, roulé, frappé encore et encore...

Longtemps après que le grondement se fut éteint, un nouveau bruit atteignit son oreille. D'abord, il crut qu'il délirait. Mais non, la moto était bien là, et il vit le regard du pilote sous la visière de plexi relevée et le sourire qui passa dans les prunelles d'émeraude. Une expression si fugitive qu'une fois encore, il crut l'avoir rêvée. Puis sur le fond des grondements d'incendie, une voix claire et gouailleuse s'éleva de sous le casque pour déclarer, avec un brin de fatalisme :

— On est mal, hein, Schwarzie !

CHAPITRE XXX

— C'est le plus beau jour de ma vie, Vito! Le plus beau jour!

— *Si*, Don Solo.

Cette putain de vie était belle. Même s'il n'en restait pas des masses et que les jours passaient trop vite, c'était une sacrée putain de belle vie. Au point que Don Solo Scarlene se demandait secrètement si une telle joie ne pourrait pas avoir quelques vertus thérapeutiques sur son cancer, même au stade final.

Bolan le Fumier parti en fumée avec sa saloperie de char de guerre! Bien sûr, on n'avait pas retrouvé grand-chose de lui. Juste quelques déchets humains carbonisés, collés à la carrosserie du mobil-home. Mais comme on n'avait pas trouvé non plus beaucoup de restes des *soldati* envoyés au contact, ça faisait le pendant.

C'était vraiment le grand jour pour tous les *amici* sur cette foutue planète. L'Exécuteur était mort. Mieux, pulvérisé. Et ça, grâce à Don Solo Scarlene. Redressé contre ses oreillers, le *capo di tutti capi della Commissione* du Sommet n'avait plus autant peur de la mort. Il regrettait seulement de ne pouvoir recueillir la totalité des fruits de ce coup de maître. Mais la postérité n'était pas faite pour les chiens. Le nom des Scarlene serait désormais célèbre à jamais. Attaché pour l'éternité à l'acte de guerre le plus considérable de toute l'histoire de la mafia : *l'exécution de l'Exécuteur*.

Don Solo Scarlene rêva un instant, puis, repris par les fils quotidiens de la vie, il tourna les yeux vers son fils pour déclarer d'une voix encore tremblante d'excitation :

— *Bene, figlio mio*. Si on s'occupait un peu de ce mariage.

— Pourquoi tu m'appelles Schwarzie ?

La terre de Sicile était chaude et odorante et les chants des insectes stridulaient de plus belle dans le soleil. Dans son jean délavé et rapiécé et son mini T-shirt vert pistache marqué *Love*, Betty dardait sur Bolan le vert lumineux de ses grands yeux rusés, l'observant avec l'attention soutenue et bravache des enfants insolents.

— Hé ! gronda Bolan d'une voix lasse. Je t'ai posé une question. Pourquoi tu m'appelles Schwarzie ?

Il lui sembla qu'une lueur moqueuse passait dans les prunelles d'émeraude.

— A cause de Schwarzkopf.

— Schwarzkopf !

— Vous savez, « Grizzli » Norman. Le vainqueur de la guerre du Golfe. C'est mon idole. Vous faites presque autant de morts à vous seul que toute son armée réunie.

Bolan esquissa un sourire, retint aussitôt une grimace. Chaque centimètre carré de sa chair n'était que douleur et il avait l'impression d'être passé dans une essoreuse chauffée à cent degrés.

— Ça va pas des masses, hein, Schwarzie.

Derrière la lueur moqueuse, il y avait tout au fond des yeux verts quelque chose qui ressemblait à de l'inquiétude. Il fit signe que ça allait, laissant son regard errer sur les montagnes pelées qui les entouraient. Après leur rencontre de la nuit, Bolan avait accepté de se laisser prendre en charge et ne le regrettait pas. Betty était un pilote exceptionnel. Evitant les routes, ils s'étaient éloignés du théâtre dévasté des opérations et ils avaient roulé pendant ce qui avait semblé une éternité à Bolan. Ne consultant sa carte de Sicile que très rarement, Betty avait fini par s'arrêter devant une bergerie abandonnée, en plein maquis, en pleine montagne. Mère-poule en diable, elle avait arrangé une litière de paille, aidant même Bolan à s'y allonger, tant il semblait souffrir. Maintenant, après un petit en-cas frugal pris sur les réserves de Betty, Bolan s'évertuait à réunir les morceaux de son cerveau et de son corps. Quelque part en lui, un petit manque pernicieux causé par l'anéantissement du char de guerre persistait. Il n'y pouvait rien, après toutes ces années de blitz en commun, cette mécanique de destruction avait fini par faire partie de lui-même. Et, loin derrière la souffrance brûlante du massacre de Noël, cette petite douleur de plus, cette petite douleur de trop, l'anesthésiait. Mais, si les chemins sinuaient, le but était toujours le même et il fallait s'obliger à regarder l'avenir.

Plantant son regard las dans celui de la jeune fille, il murmura, ironique :

— C'est sympa que tu sois passée par là.

Elle eut un sourire modeste :

— C'est rien. Juste un peu de tourisme.

Il l'observait et une lueur intriguée flottait au fond de ses prunelles.

— Et si tu racontais? finit-il par demander.

D'abord, elle fit celle qui n'avait pas entendu, puis, remettant une de ses mèches d'or roux en ordre, elle hocha la tête :

— Vous allez pas être content.

— Pourquoi?

— Ben... parce que je vous ai suivi. Depuis le début. Depuis qu'on s'est quittés en sortant de chez ce salaud de Bernie Miles.

— Je sais.

— Hein?

Elle ouvrait de grands yeux incrédules et sa bouche demeurait entrouverte sur son exclamation, offrant l'image parfaite de la femme-enfant qu'elle était.

— Allons, jeune fille! Je le sais depuis mes planques dans le secteur de Hyde Park District à L.A. Quand j'ai repéré cette bécane qui semblait me coller aux basques, j'ai fait le rapprochement avec celle qui avait détourné l'attention des flics derrière les entrepôts de *Carabian Pacific*, et ce que tu m'avais dit à notre sortie du *Mangoo Bar*, à propos de la meule qui t'attendait.

— La vache ! Et vous n'avez pas tenté de m'en empêcher...

— Négatif. Il y avait déjà suffisamment de mauvais coucheurs après toi. Tant que tu me suivais, je te gardais à l'œil.

Fronçant ses mignons sourcils, elle acquiesça, songeuse.

— Si je comprends bien, la fourgonnette que vous avez fait sauter en pleine rue... c'était pour me protéger ?

— Affirmatif.

— La vache !

Son bestiaire était limité mais, au moins, elle ne perdait pas de temps en digressions. Bolan l'encouragea à poursuivre.

— Ouais, bon... alors, après le coup de la fourgonnette, je me suis demandé si c'était bien prudent de continuer à vous coller au train. Mais c'était plus fort que moi. Fallait que je sache.

— Quoi ?

— Ben... qui vous êtes, ce que vous faites, enfin, tous ces trucs, quoi.

— Donc, tu as continué à me suivre.

Elle le regarda de travers.

— Vous m'avez encore repérée, après ça ?

— Bien sûr.

— Ouais, bon... alors, quand je vous ai vu ressortir de cette agence de voyages de Westchester, ni une ni deux, je me suis débrouillée pour faire du gringue au minet qui y bossait et, la nuit même, je savais que votre nom était Dakota et que vous aviez réservé un tas de billets d'avions.

Betty éclata d'un petit rire frais, remonta sa mèche rebelle et déclara, moqueuse :

— Le mec, il n'a pas touché terre. Avec un baiser, un petit pelotage et une promesse pour le reste, j'avais tout obtenu de lui.

A quoi tenait le secret professionnel. Bolan soupira :

— Ensuite ?

— Ensuite, ben c'était simple. J'avais eu un amant, un pilote de ligne. Je lui ai demandé de se démerder et il s'est démerdé. J'ai eu des billets et du fric.

Bolan tiqua :

— Tu n'es pas mineure ?

— Si. Mais les faux papiers, ça existe. Dès le début de ma galère, j'avais pu me procurer tout ce qu'il me fallait. Y compris un passeport. Regardez-moi... Vous croyez qu'on me résiste très longtemps ?

Non, Bolan ne le croyait pas...

— Alors, je vous ai suivi à la trace. Jusqu'à Malte. Et là, j'ai rencontré le patron du cargo qui avait accepté de vous embarquer pour rallier Catane. Mais moi, j'ai pris l'avion. Pour vous attendre à l'arrivée. Vous connaissez la suite.

Aux innocents, rien n'est impossible. Mais Bolan n'en revenait pas. Se faire pister par une gamine aussi facilement le désarçonnait. Restait à comprendre ce qui avait poussé Betty à s'accrocher ainsi à lui. Elle sourit, embarrassée.

— Ça, avoua-t-elle en haussant les épaules, j'en sais rien du tout.

C'était simple.

Puis elle le questionna avec insistance et, parce qu'elle aurait pu être la fille qu'il n'aurait jamais et aussi, sans doute, parce que sa vie avait tellement basculé ces dernières semaines, il parla de Jil, d'Aigrette Bavarde, d'Iguane Solitaire et du massacre du réveillon. Quand il eut terminé, il lui sembla que Betty avait un peu pâli et que ses yeux étaient humides. Se reprochant sa faiblesse passagère il reprit un masque impassible et questionna :

— Qu'est-ce que tu comptes faire ?

Elle ouvrit de grands yeux innocents.

— Ben... continuer à vous suivre, pardi !

— Il n'en est pas question.

Elle lui lança un regard de côté.

— Et vous allez faire comment, sans votre char d'assaut ? Marcher ?

— Je sais aussi « emprunter » une voiture de passage.

Avec ce qu'il avait dans son sac militaire, il pouvait convaincre le plus récalcitrant des automobilistes. Soit par le fric qu'il avait sauvé du cataclysme, soit par la persuasion. Avec un Beretta 92F, un AutoMag 44, un Ingram M.10, une mini-Uzi et un Survival tranchant comme un rasoir, il n'était pas vraiment tout nu. Comprenant ce à quoi il pensait, Betty désigna le décor d'un coup de menton, avoua :

— Ça m'intéresserait.

— Quoi ?

— De voir comment vous allez faucher une charrette à bœufs.

Elle n'avait pas complètement tort. Les chevaux-vapeur n'embouteillaient pas le secteur. Et il n'allait quand même pas lui faucher sa meule.

— O.K., soupira-t-il. Tu vas m'emmener à Palerme.

— Affirmatif.

— Et sur la route, tu vas m'arrêter pour téléphoner.

— Affirmatif, Schwarzy.

Il fallait joindre Jack, puis appeler Brognola. Et ne pas traîner. Bolan venait d'avoir une idée. Une idée folle, qui nécessiterait les services très spécialisés de Gadgets. Mais avec un peu d'ingéniosité et un soupçon d'audace, il pouvait encore espérer donner la punition à Don Solo Scarlene et à sa clique.

Une terrible punition.

— D'ailleurs, c'est moi qui pilote, décréta-t-il.

— Négatif, c'est ma meule.

A la lueur qui était passée dans les beaux yeux verts, Bolan comprit que ce n'était pas la peine d'insister. Sans sa « meule », cette gamine se sentait sûrement aussi nue que lui sans son arsenal.

— O.K., abdiqua-t-il. Mais arrête de parler comme un militaire, même pour te foutre de ma gueule. Et puis, ne m'appelle pas Schwarzie. Mon nom, c'est Bolan. Mack Bolan.

Un sourire radieux fit luire les dents de Betty et versa de l'or dans ses yeux d'émeraude. Se redressant brusquement, elle sauta aux commandes de la TT en lançant par-dessus son épaule :

— O.K., Mack. Mais secoue un peu ta graisse.

Elle se fichait de lui, et lui, ça l'amusait. Il n'en revenait pas !

— Au fait, envoya-t-elle encore en faisant bondir la moto en avant, mon nom, c'est Monroe. Betty Monroe. Comme Marilyn.

CHAPITRE XXXI

Le concert grandiose des chœurs du *Nabucco* de Guiseppe Verdi s'envolait à l'assaut de la *cavea* aux gradins bondés, s'enroulant en volutes sonores autour des embryons de piliers et des socles de statues, grimpant le long des hauts portiques rapportés et auxquels pendaient les lourds plis des immenses tentures noires bordées d'argent : symboles mortuaires d'un deuil annoncé, illuminé des cierges noirs de deux cents candélabres dont les flammes frémissaient dans l'air tiède. Une mise en scène dont s'enorgueillissait Don Solo. Une mort quasi programmée, dont il voulait voir les effets sur le visage de ses compagnons de toujours. Dans le soir bleu sourd nimbé d'un couchant poudré d'or, les voix formidables aux accents désespérés semblaient monter vers Dieu en un élan sublime.

Don Solo Scarlene avait voulu ce spectacle prodigieux. Il avait fait construire une réplique du théâtre greco-romain de Syracuse absolument fidèle, construite en dur, pour l'interprétation prestigieuse de la troupe de la Scala de Milan, venue spécialement à Palerme pour cette occasion. Puis il avait convié tous les *amici*. Tous les *capi* de toutes les parties du monde contrôlées par la *Commissione* du Sommet. Tous les grands *mafiosi*, mais également beaucoup d'autres. Des vedettes du showbiz, du cinéma, du théâtre, de la politique et même de la justice. Un coup de maître. Juste avant de crever, il leur balançait son immense puissance en pleine gueule. Pour les faire tous crever de jalousie. Et, en plein spectacle, l'on buvait et l'on mangeait à satiété. Le Dom Pérignon coulait à flots, le caviar se servait à la louche. Dans les allées, des serveurs en livrée remplissaient inlassablement les coupes. Une réception homérique, qui coûterait la bagatelle de trois milliards de lires.

Trois millions de dollars.

Mais que diable! C'étaient les noces de Don Solo Scarlene. Et tout le monde était venu. Dans la loge d'honneur, protégée du public par un garde-fou en verre à l'épreuve des balles, le fauteuil voisin de celui de Rosaria était comme tous les autres marqué d'une plaque au nom de son occupant : l'honorable juge Marcatti.

Légèrement en contrebas, juste devant les six autres membres de la *Commissione*, Roberto Marcatti était le plus haut magistrat en poste à Palerme. Un juge pourtant incorruptible. De la trempe d'un Falcone. Un dur. Mais il était venu quand même. Sans doute pour mieux se rendre compte de l'état de santé du Don. Il ferait sûrement son rapport, mais Don Solo Scarlene s'en fichait. Il était en train de mourir et il les emmerdait tous. Y compris ces chiens de *capi* qui attendaient son trône en piaffant d'impatience. Mais ils n'auraient qu'une illusion de pouvoir jusqu'à ce que Vito soit en âge de gouverner. Et alors, ils comprendraient leur douleur. Pour être le *capo di tutti capi della Commissione*, il fallait du génie. Et seul, Vito-Donato Scarlene pouvait reprendre le flambeau. Question d'intelligence, bien sûr, mais surtout de contrôle de soi. Il fallait être dur comme le cristal. Et froid comme lui. Et son fils, avec son visage lisse et glacé, son regard minéral qui ne cillait jamais, avec son cerveau méthodique et d'une logique mathématique, Vito-Donato Scarlene était le seul digne de succéder à son père.

Il n'avait jamais eu d'âme.

Alors, tout en laissant son regard fatigué passer sans rien voir sur les cinq mille invités de ses noces, Don Solo

Scarlene songeait à sa vie bien remplie, à son ascension fulgurante dans les années soixante, aux bénéfices colossaux que sa vision des « affaires » avait permis de réaliser et au formidable essor de l'*Organized Crime* dans le monde entier. Grâce à lui. Car il *était* le Crime avec un grand C. Il avait tout compris de la nature humaine et de ses ressorts. Il était *le* Don. Le plus grand. Et maintenant, à quelques semaines, voire à quelques jours seulement de la fin de sa vie, il faisait le bilan en toute simplicité. Et admirait particulièrement le grotesque de sa dernière fantaisie morbide : ce mortuaire mariage avec cette superbe salope de Rosaria.

Son dernier coup de pied à la lune. Sa sortie à lui.

Dès qu'il serait mort, il le savait, Vito ferait assassiner sa veuve. Il la haïssait. Et Don Solo adorait cette idée. Obliger *post mortem* son fils à commettre son premier assassinat. Son initiation, en quelque sorte. Un beau thème de tragédie. De quoi faire rire feu Don Solo Scarlene pendant l'éternité. Initier son fils qui le haïssait tant à ses premiers pas dans le crime! Une idée grandiose! Belle comme un opéra.

Mais Don Solo ne voulait pas gacher son plaisir. Dans dix minutes ce serait son morceau favori. Le chant sublime, la voix des rebelles, des esclaves. Le grand air de la Liberté. Il l'attendait avec délectation.

— Dans dix minutes.

Mack Bolan pouvait faire confiance à Herman Schwarz. En parfait érudit, le génial Gadgets connaissait pratiquement tous les opéras célèbres et adorait Verdi. Comme Don Solo Scarlene.

— Tu es sûr que ça va marcher? Aucun risque de bavure?

Encore secoué par son blitz désastreux de l'autostrade dont son corps portait encore les traces douloureuses, l'Exécuteur ne pouvait se défaire d'une certaine inquiétude. Dans cette somptueuse réplique du théâtre de Syracuse, il y avait plus de cinq mille spectateurs. Bien sûr, toute la crème du crime organisé était là, mais il y avait aussi beaucoup d'innocents. Et Bolan n'aurait pour rien au monde pris le risque d'une bavure. Aussi avait-il jalousement veillé à ce que le « final » des Noces noires de Don Solo se déroule sans provoquer de panique. Il tenait, certes, à frapper un grand coup et à marquer les imaginations mais sans casse inutile.

— Ne balise pas, Mack, le rassura Gadgets en manipulant les curseurs de son ordinateur. Tout baigne. Le seul risque était qu'ils changent de place, mais aucun n'a bougé de son fauteuil.

Il alluma une cigarette, commenta avec une moue :

— Bien sûr on risque un peu d'affolement, mais le service d'ordre est efficace. J'ai vérifié.

Dans le camion régie d'où ils pouvaient suivre le spectacle par écrans TV interposés, il faisait une chaleur de four et la tension montait à mesure qu'approchait l'instant fatidique. Encore maintenant, Bolan se demandait comment Hal Brognola avait pu obtenir de la firme organisatrice du spectacle qu'elle remplace son contrôleur de régie par Herman Schwarz, et comment il avait convaincu l'installateur des sièges de la tribune de laisser Bolan et Gadgets passer quelques heures de nuit dans son atelier. Mais il y avait des casseroles estampillées FBI qu'il ne fallait pas trop faire sonner. En ce bas monde, tout n'était pas blanc-bleu et Bolan ne souhaitait pas en savoir plus. Hal savait combien cette affaire tenait au cœur de Mack et, surtout, il savait qu'il n'aurait pas pu l'arrêter. Alors, il avait fait le maximun. Gadgets et lui étaient maintenant dans ce camion et c'était là le principal.

— Huit minutes, annonça Herman.

Sur la scène, la troupe de la Scala ne pouvait se douter de ce qui l'attendait. Dommage pour elle, mais dans huit minutes, sa géniale prestation risquait bien d'être interrompue. En attendant, cadré en gros plan, sans qu'il le sache, par une caméra cachée dans les fausses ruines, Don Solo Scarlene se délectait du spectacle. Assis entre sa très récente épouse Rosaria Salito la pute et son fils

Vito-Donato au visage glacé, il semblait ailleurs. Il participait visiblement beaucoup au spectacle, mais ses traits creusés et son regard noir enfoncé dans les orbites trahissaient sa fatigue. Finalement, dans moins de huit minutes et par la main de l'Exécuteur, le destin allait lui rendre un fieffé service. Mais il fallait qu'il paye. Au prix fixé par l'Exécuteur. Qu'il reçoive la Punition.

— Six minutes.

Sur l'écran, Bolan voyait aussi le regard de l'Héritier. Le même que celui du père. En plus froid encore, si cela était possible. En plus inhumain. Vito-Donato Scarlene n'était pas un enfant. Il ne l'avait jamais été. Cela se voyait à mille stigmates gravés dans sa jeune chair. A ce regard qu'il posait sur toutes choses. Un regard sans vie. Sans âme.

— Trois minutes.

Tout en regardant ces visages sur les écrans de contrôle, Mack Bolan pensait. A Jil. Aux petits Emmerdeurs, à Cheng, toujours perdu dans son cauchemar muet, aux Galapagos, au vieux Muisak, tout là-bas, sur sa montagne du bout du monde. Il pensait à ceux qu'il aimait, à ceux qu'il avait haïs et qui étaient morts, à ceux qu'il haïssait encore et qui vivaient toujours. Il pensait à sa vie. A son combat qui ne finirait jamais.

— Une minute.

Gadgets et Mack Bolan échangèrent un regard et l'Exécuteur fit seulement oui de la tête. Alors, abandonnant son pupitre et ses ordinateurs, Herman Schwarz quitta le camion sans un mot. Son avion pour Rome l'attendait à Punta Raisi, et de là, il regagnerait aussitôt les States. Maintenant, l'Exécuteur était seul. Contre Scarlene et toute sa clique. Une sorte de duel. Un baroud d'honneur.

Pour Jil, Aigrette Bavarde et Iguane Solitaire.

Au cadran de la pendule digitale du computer couplé à la console de « tir », il ne restait plus que vingt secondes. Sur le petit écran à quartz, les sept sièges de la tribune d'honneur concernés par l'opération « Noces Noires » étaient figurés par des plots lumineux intermittents.

Celui de Scarlene portait le numéro 1, ceux des autres membres de la *Commissione* du Sommet étaient marqués de 2 à 7. Sous chacun des plots, un curseur également clignotant, et encore en dessous, une touche plus large, clignotante aussi. Il suffisait d'enfoncer les curseurs un par un pour que justice soit faite. Simple et radical.

Dix secondes.

L'index de l'Exécuteur était déjà posé sur le curseur N° 1. Une dernière fois, il pensa à Jil et aux petits Emmerdeurs. Et puis il fixa son esprit sur la personne de Scarlene. Et son index enfonça le curseur.

Cet opéra était débile et, en plus, il s'éternisait. Bien que son jeune visage glacé ne laissât transparaître aucun sentiment, Vito-Donato Scarlene était en rage. Contre cette pute de Rosaria qui n'arrêtait pas de tripoter la main de son père, contre ces imbéciles de *capi della Commissione* qui s'alignaient derrière eux, contre ces braillards qui gémissaient sur la scène de ce théâtre de malade mental, contre ce con de juge et sa bonne femme tellement rafistolée aux liftings qu'on aurait dit un patchwork, et surtout contre Don Solo Scarlene. Il en voulait à son père de l'avoir obligé à venir dans cette tribune de mégalo, avec cette glace à l'épreuve des balles devant son nez. Un caprice de trois millions de dollars. De quoi acheter des stocks de morphine-base. Une fois transformée en blanche, à la revente, on pouvait multiplier ça par cent. Quelle connerie!

L'Héritier Vito-Donato Scarlene en voulait à la terre entière. C'était chronique chez lui. Au point qu'il en venait parfois à souhaiter il ne savait quel terrible événement, comme par exemple, un super raz de marée, ou un truc volcanique dans le genre d'une monstrueuse éruption de l'Etna. Lui, ce qu'il voulait, c'était grandir très vite et devenir le boss. Le *capo di tutti capi della Commissione*. Comme son père. Sauf que lui, il ne s'entourerait pas d'imbéciles comme Lavaro ou Secca. Il aurait des *soto capi* intelligents qui l'aideraient dans ses affaires et qu'il ferait exécuter dès qu'ils deviendraient encombrants. L'humanité regorgeait de gens intelligents. On pouvait donc en user à loisir.

Ouf! Cette fois, ça y était. Le fameux air favori du vieux allait enfin jaillir. Sur la scène, loin en contrebas, les dizaines de figurants et les chœurs aux longues toges grises s'étaient alignés sous l'incendie orangé des projecteurs. Derrière eux, le mur du décor renvoyait leurs ombres fantomatiques et, tandis qu'une épaisse brume artificielle se mettait à monter du sol, l'orchestre attaquait les premières mesures du grand air de la Liberté.

Dans les volutes nuageuses de plus en plus épaisses, les chœurs éclatèrent enfin, faisant soudain vibrer l'air, les pierres et le ciel. Il sembla qu'un gigantesque frisson courait dans la foule et Vito perçut une sorte d'explosion sourde, suivie de plusieurs autres. A son côté, Don Solo Scarlene eut un violent sursaut, ses doigts posés sur les accoudoirs de son fauteuil se crispèrent violemment et, comme dans un cauchemar, Vito-Donato Scarlene vit le ventre, le buste et la face de son père gonfler d'un coup. On aurait dit qu'une pompe avait été cachée en lui. Sa face creuse et grise devint blême, avant de virer au noir. Sa bouche s'ouvrit démesurément, du sang en jaillit, ainsi que de son nez, de ses oreilles et de ses globes oculaires, tandis que d'étranges crevasses s'étaient ouvertes un peu partout du front au cou, libérant elles aussi de petits ruisseaux pourpres. Vision hideuse. Vision d'enfer.

Tétanisé, Vito-Donato avait lui aussi ouvert la bouche, mais aucun son n'en sortait. Il ne comprenait pas. Au même moment, la femme du juge se mit à hurler, se redressant comme un ressort pour tenter d'essuyer le sang qui coulait sur sa tête et ses épaules décolletées. Du sang qui, au-dessus d'elle, venait de jaillir aussi des faces lézardées des six autres membres de la *Commissione* du Sommet. Six masques révulsés, crevassés, vomissant leur sang. Dans ce magma, la crinière immaculée de Don Armando Secca ressemblait à une perruque poudrée. A cet instant, le corps de son père bascula en avant, cognant la glace blindée de sa face explosée et, alors que la panique s'emparait de la tribune, son regard captait cet étrange éclatement du velours noir du siège de son père. Un orifice effrangé, d'où un reliquat de fumée montait et par où le crin du coussin s'échappait, comme arraché. Incrédule, l'Héritier se dressa sur la pointe des pieds, inspecta les autres coussins de la rangée du haut et un éclair fulgura dans ses prunelles noires.

A cet instant, réalisant qu'il se passait quelque chose d'anormal, l'assistance des gradins avait levé les yeux et les regards stupéfaits s'accrochaient aux glaces blindées situées au-dessus d'eux. Des glaces dégoulinantes de sang. Puis ils virent un corps cassé sur le garde-fou de la loge d'honneur, et comprirent que ce qui gouttait sur eux était aussi du sang. Alors, comme sous l'effet d'une pulsion électrique, un vent de panique se mit à souffler et, sur la grande scène en demi-cercle, les chœurs se turent enfin.

Dix secondes plus tard, la panique était générale. Tout le monde courait dans tous les sens et des cris hystériques s'élevaient de partout. Seuls sur les cinq mille spectateurs, huit personnes demeurèrent parfaitement immobiles. Don Solo Scarlene, les six autres *capi della Commissione* du Sommet... et Vito-Donato Scarlene.

Glacé, figé dans une raideur inhabituelle, sans tenter d'essuyer le sang qui avait giclé sur lui, il avait tourné ses yeux trop froids en direction de la scène. Simple réaction instinctive.

Mais son instinct ne l'avait jamais trompé.

L'Exécuteur n'avait pas quitté les écrans des yeux. Quand les premières mesures du grand air de la Liberté avaient résonné, il avait enfoncé les curseurs. Le regard accroché aux écrans, il avait assisté à l'affreux spectacle sans que sa face granitique ne marque le moindre changement d'expression. Dans ses prunelles d'acier, une toute petite lueur avait juste fulguré. Il resta là un moment, contemplant sans joie le spectacle qu'il avait déclenché. Herman Schwarz était vraiment un génie. Ces mini-fusées explosives introduites dans les sièges des fauteuils déjà marqués venaient de faire merveille. Il avait suffi d'envoyer une infra-onde codée dans le circuit sono du spectacle, pour activer les charges propulseuses des mini-fusées. Traversant les coussins des fauteuils, puis le fondement de chaque cible, ces dernières avaient ensuite explosé à l'intérieur des corps, causant des ravages considérables, transformant les organes vitaux en un magma sanglant.

Ceux qui avaient décidé la mort de Jil et des enfants, ceux qui avaient programmé leur exécution, venaient de mourir. Mack Bolan n'était pas quitte, il ne le serait plus jamais, mais il avait rempli le contrat qu'il s'était donné à lui-même. Maintenant, il avait un goût amer dans la bouche et les ressorts qui l'avaient soutenu jusqu'alors commençaient à se détendre. Il devait partir.

Il avait pourtant une dernière chose à faire. Un dernier message à délivrer.

Quittant le camion-régie, il traversa l'esplanade rocailleuse qui le séparait de l'immense duplicata de théâtre antique et, fendant la foule qui s'enfuyait en criant, il pénétra dans une des grandes pièces latérales où les comédiens et chanteurs s'étaient entassés sans savoir que faire, passa dans la coulisse couverte de la scène, contourna le mur-décor encore éclairé *a giorno* et de là, déboucha naturellement sur la scène. De son pas souple et long, ouvrant la fumée lourde devant lui, il avança jusqu'au bord du demi-cercle de pierres, jaillissant dans les faisceaux des rampes, magnifique et redoutable dans la sinistre combinaison noire auréolée de brumes orangées. Et là, levant lentement la tête vers la loge d'honneur, il envoya son regard d'acier à la rencontre d'un autre regard. Un regard qu'il sentait déjà peser sur lui : celui de Vito-Donato Scarlene, le très probable futur *capo di tutti capi dell'alta Commissione siciliana.*

Raide et glacé, l'adolescent regardait la grande silhouette noire plantée sur cette scène emplie de brouillard. Ses prunelles étaient sèches et glacées. Dans sa tête, des pensées se bousculaient qu'il ne parvenait pas à analyser vraiment, mais son regard demeurait toujours aussi froid. Aussi dur.

Mack Bolan soutint ce regard en silence. La distance était énorme entre eux, mais l'adolescent comprit très bien le message. Car lui, comme son père, savait qui était Jil Becker et, comme son père, il avait regardé les photos d'Aigrette Bavarde et d'Iguane Solitaire prises après le massacre du réveillon...

Le temps sembla suspendu, puis là-haut, Vito-Donato Scarlene eut un minuscule battement de paupières et son regard trop froid se perdit droit devant lui. Absent. Alors, Mack Bolan sut que leur duel silencieux était terminé. Et, en quittant la scène comme il était venu, il sut aussi que désormais, il aurait un ennemi mortel de plus : le futur *Don* Vito-Donato Scarlene. L'Héritier. Mais l'Exécuteur n'avait pu se décider à juger un adolescent sur des crimes qu'il n'avait pas encore commis.

Dans la nuit tiède du dehors, Mack Bolan marchait, butant sur des pierres qu'il ne voyait pas. Epuisé dans sa chair et les pensées inertes, il marcha ainsi, longtemps, ne sachant pas pourquoi il le faisait. Comme à travers un voile d'épais coton, il percevait le ronronnement sourd et régulier qui semblait l'accompagner. Un ronronnement dont le rythme lent s'accordait aux battements du sang à ses tempes.

La « meule » était là.

Avec Betty aux commandes, qui levait sur lui ses grands yeux dont l'émeraude était voilée de nuit. Betty et ses paillettes de son autour du nez, Betty et sa mèche d'or roux qui lui tombait sur le front, Betty dont l'essai de timide sourire trahissait un peu qu'elle avait eu drôlement peur.

— On met les bouts, Schwarzie?

Mack Bolan, comme libéré d'un fardeau trop lourd, esquissa lui aussi un sourire un peu triste, avant de répondre de sa voix grave :

— Affirmatif, la môme. On met les bouts.

D'un mouvement naturel et plein de grâce, Betty se poussa sur la portion arrière du siège et, tout aussi naturellement, Mack Bolan s'installa aux commandes de l'engin. Il sentit deux bras lui enserrer la taille. Derrière lui, Betty Monroe posa sa joue contre le cuir frais de la combinaison noire et elle se dit qu'elle était bien.

Quand le moteur gronda, que la moto bondit en avant, il sembla à l'Exécuteur entendre, très loin, une voix vieille et sage. La voix de Muisak le Jivaro. Elle lui disait qu'il avait lui aussi gagné l'Esprit de Revanche...

Mais ce n'était peut-être que le souffle du vent.

Mais le combat de Mack Bolan continue...

La Jaguar bleue toute neuve ne s'était arrêtée qu'un court instant devant le hangar pouilleux servant d'entrepôt pour des marchandises de contrebande ou volées. L'endroit était situé dans le quartier de Tacony, à la périphérie Est de Philadelphie, et à moins de cent mètres de la rivière Delaware.

Accompagné d'un garde du corps, Larry Meninghetti en était vivement descendu tandis que l'imposante caisse sombre s'éloignait dans un chuintement pour se garer un peu plus loin.

Il était 9 heures du matin. Meninghetti était l'un des responsables de secteurs travaillant pour le compte des *capi* de la côte Est et, comme tous les jours, il faisait sa tournée d'inspection pour vérifier les opérations en cours. Vêtu d'un costume gris finement rayé, les chaussures impeccablement cirées, il traversa d'un pas décidé le hangar où s'alignaient des piles de caisses, son porte-flingue sur les talons. Il ouvrit brutalement la porte vitrée du bureau minable au fond de l'entreprôt et apostropha les deux types avachis dans un canapé crasseux, de l'autre côté d'une table délabrée :

— Qu'est-ce que vous foutez à pioncer au lieu d'être au boulot? Magnez-vous, la prochaine cargaison arrive dans moins d'une heure!

N'obtenant aucune réponse, il respira l'air vicié par petits coups, grimaça et s'adressa à son garde du corps :

— Réveille-moi ces deux enfoirés, Dick, ils se sont encore soûlé la gueule.

Des caisses retournées et sales jonchaient la pièce, encombrées de bouteilles, de verres crasseux, ou utilisées comme sièges.

— Ça pue! cracha d'un ton écœuré le gorille en s'approchant des deux hommes apparemment endormis dont l'un avait un visage bouffi et violacé.

Il se pencha par-dessus la table, fit un geste pour secouer le plus proche, mais sa main resta en suspens et ses yeux s'écarquillèrent.

— Merde, lâcha-t-il pesamment, raidi dans une attitude de chien d'arrêt.

— Eh bien quoi, qu'est-ce qu'il y a? T'as peur de te salir les pognes sur ces abrutis? Réveille-les, putain de merde!

— Patron...

— Ouais?

— Ces mecs sont pas soûls. Ils sont plutôt séchés à mort.

— Qu'est-ce que tu racontes? fit Larry Meninghetti qui s'approcha à son tour de l'ignoble canapé.

Lui aussi s'immobilisa net en apercevant la large flaque rouge dans laquelle il avait failli mettre les pieds. Durant plusieurs secondes il resta sans voix, puis se râcla la gorge et émit un juron.

— Bon Dieu, c'est pas possible! Qui est-ce qui a pu faire ça?

Dick, enfin, empoigna le type par le col de son blouson, le tirant vers lui. Le cadavre bascula lentement en avant, dévoilant dans son dos une déchirure inondée de sang. Un petit caillot s'en échappa avec un bruit gluant. Visiblement, il avait été surpris et tué d'un coup de poignard dans les reins. Son copain, lui, n'avait aucune blessure apparente mais l'examen de son cou dévoila qu'il avait été étranglé à l'aide d'un garrot.

— Ils sont encore tout chauds, patron, annonça Dick, dégageant son revolver de sous sa veste.

Le visage soudain blême, Meninghetti coassa :

— Et le troisième? Johnny... Où est Johnny?

— J'l'ai pas vu dans le hangar.

— Va voir dans les chiotes, Dick! Fouille partout, je veux savoir ce qui s'est passé!

Tandis que l'armoire à glace tournait les talons et disparaissait dans un petit couloir, Larry Meninghetti respira un grand coup en serrant les mâchoires, incapable de détacher son regard du spectacle morbide.

— Qui a pu faire une chose pareille? répéta-t-il avec incrédulité.

— Moi, fit soudain dans son dos une voix qui lui parut sortir de l'au-delà.

Ce fut comme une décharge électrique. Le chef de secteur eut la brusque sensation qu'une main géante et glaciale lui enserrait la nuque. Il voulut se retourner mais ses muscles tétanisés lui refusèrent tout service. Sa lèvre inférieure se mit à trembler.

Ce fut à cet instant que Dick ressortit du couloir, entraînant dans son sillage un bruit de chasse d'eau et une odeur pestilentielle. Avec une moue écœurée, il fit un geste significatif de la main sur sa gorge, puis se raidit soudainement, les yeux exorbités, le regard braqué par-dessus l'épaule de son patron.

Tout se passa ensuite en une fraction de seconde. Le bras de Dick commença à remonter vivement pour tendre devant lui son revolver, mais ce ne fut qu'une ébauche. Meninghetti entendit dans son dos une détonation très atténuée, comme un soupir rauque, et il vit le nez de son garde du corps se transformer en une bouillée abjecte tandis que des projections sanglantes s'étalaient sur le mur derrière lui.

Il eut juste le temps de voir le corps de Dick commencer à basculer en avant, se sentit saisi par une épaule et une poigne d'acier le força à se retourner. Il eut alors une vision affolante. L'image de la mort. De sa propre mort. le grand diable tout de noir vêtu qui le regardait fixement n'était pas autre chose que l'expression de la Mort.

— Où est Flaherty ? murmura Bolan. Tu as cinq secondes. Après, tu iras tenir compagnie à tes potes.

DÉJÀ PARUS

N° 1 : *Guerre à la Mafia*
N° 2 : *Massacre à Beverly Hills*
N° 3 : *Le masque de combat*
N° 4 : *Typhon sur Miami*
N° 5 : *Opération Riviera*
N° 6 : *Assaut sur Soho*
N° 7 : *Cauchemar à New York*
N° 8 : *Carnage à Chicago*
N° 9 : *Violence à Vegas*
N° 10 : *Châtiment aux Caraïbes*
N° 11 : *Fusillade à San Francisco*
N° 12 : *Le blitz de Boston*
N° 13 : *La prise de Washington*
N° 14 : *Le siège de San Diego*
N° 15 : *Panique à Philadelphie*
N° 16 : *Le tocsin sicilien*
N° 17 : *Le sang appelle le sang*
N° 18 : *Tempête au Texas*
N° 19 : *Débâcle à Détroit*
N° 20 : *Le nivellement de New Orleans*
N° 21 : *Survie à Seattle*
N° 22 : *L'enfer hawaiien*
N° 23 : *Le sac de Saint Louis*
N° 24 : *Le complot canadien*
N° 25 : *Le commando du Colorado*
N° 26 : *Le capo d'Acapulco*
N° 27 : *L'attaque d'Atlanta*
N° 28 : *Le retour aux sources*
N° 29 : *Méprise à Manhattan*
N° 30 : *Contact à Cleveland*
N° 31 : *Embuscade en Arizona*
N° 32 : *Hit-parade à Nashville*
N° 33 : *Lundi linceuls*
N° 34 : *Mardi massacre*
N° 35 : *Mercredi des Cendres*
N° 36 : *Jeudi justice*
N° 37 : *Vendredi vengeance*
N° 38 : *Samedi minuit*
N° 39 : *Traquenard en Turquie*
N° 40 : *Terreur sous les Tropiques*

Nº 41 : *Le maniaque du Minnesota*
Nº 42 : *Maldonne à Washington*
Nº 43 : *Virée au Viêt-nam*
Nº 44 : *Panique à Atlantic City*
Nº 45 : *L'holocauste californien*
Nº 46 : *Péril en Floride*
Nº 47 : *Épouvante à Washington*
Nº 48 : *Fureur à Miami*
Nº 49 : *Échec à la Mafia*
Nº 50 : *Embuscade à Pittsburgh*
Nº 51 : *Terreur à Los Angeles*
Nº 52 : *Hécatombe à Portland*
Nº 53 : *L'as noir de San Francisco*
Nº 54 : *Tornade sur la Mafia*
Nº 55 : *Furie à Phoenix*
Nº 56 : *L'opération texane*
Nº 57 : *Ouragan sur le lac Michigan*
Nº 58 : *Bain de sang pour la Mafia*
Nº 59 : *Piège au Nouveau-Mexique*
Nº 60 : *Pleins feux sur la Mafia*
Nº 61 : *La filière new-yorkaise*
Nº 62 : *Vengeance à Hong-Kong*
Nº 63 : *Chaos à Caracas*
Nº 64 : *Le capo de Palerme*
Nº 65 : *Nuit de feu sur Miami*
Nº 66 : *Trahison à Philadelphie*
Nº 67 : *Banco à Denver*
Nº 68 : *La guerre de Sicile*
Nº 69 : *Pluie de sang sur Hollywood*
Nº 70 : *Complot à Columbia*
Nº 71 : *Débâcle à Rio*
Nº 72 : *Les sources de sang*
Nº 73 : *Mort en Malaisie*
Nº 74 : *Fleuve de sang en Amazonie*
Nº 75 : *Tueries en Arizona*
Nº 76 : *Arnaque à Las Vegas*
Nº 77 : *La bataille du New Jersey*
Nº 78 : *Flots de sang pour une vengeance*
Nº 79 : *Raid sur Newark*
Nº 80 : *Tempête de mort sur Istanbul*

N° 81 : *Alerte à Phœnix*
N° 82 : *Exécutions maltaises*
N° 83 : *Le Parrain de Nettuno*
N° 84 : *Sédition à El Paso*
N° 85 : *Ligne de feu sur Nicosie*
N° 86 : *Capo di Roma*
N° 87 : *Massacre à Dallas*
N° 88 : *Les tueurs du Plan Fire*
N° 89 : *Les charniers d'Abidjan*
N° 90 : *Course de mort à Maja Blanca*
N° 91 : *Traquenard en Louisiane*
N° 92 : *Le boss de Zurich*
N° 93 : *Hécatombe à Hollywood*
N° 94 : *Piège à Chinatown*
N° 95 : *Apocalypse à Houston*
N° 96 : *Sabordage à Bombay*
N° 97 : *Le crash de San Diego*
N° 98 : *Enfer à Tingo Maria*
N° 99 : *Les masques du pouvoir*

Composé sur Euroserveur, à Sèvres
Achevé d'imprimer en février 1992
sur les presses de l'imprimerie Firmin-Didot
à Mesnil-sur-l'Estrée

— N° d'imprimeur : 19958 —
— N° d'éditeur : Ex. 100 —
Dépôt légal : mars 1992.

Imprimé en France